Reinekin Kelmer, Lübecker Kaufmann und Schwiegersohn des Bürgermeisters, hat sich nach dem Tod seiner Frau von allen öffentlichen Ämtern zurückgezogen. Nach zehnjährigem Krieg einigen sich Dänemark und die Hanse, in Stralsund Friedensverhandlungen zu beginnen. Kelmer soll als Unterhändler Lübecks die Verhandlungen führen, doch er lehnt ab. Selbst eine Serie von Anschlägen auf Ratsendboten aus Bremen, Danzig und Wismar, die ebenso wie Lübeck für einen schnellen Frieden mit Dänemark eintreten, kann ihn nicht umstimmen. Erst als der Lübecker Bürgermeister selbst Opfer eines Anschlags wird, entschließt sich Kelmer, die gefährliche Aufgabe zu übernehmen.

In Stralsund gilt es nicht nur einen gerechten Frieden auszuhandeln, sondern auch die Anschläge aufzuklären, denn der Mörder ist in der Stadt, und er tötet weiter. Ganz oben auf seiner Liste steht Reinekin Kelmer, doch der ist ein kluger Kopf, ein geschickter Diplomat und ein hervorragender Schachspieler. Ihm zur Seite steht sein langjähriger venezianischer Freund Pietro Bottone und die junge, geheimnisvolle Frauke Tyrbach. Reinekin fühlt sich zu der außergewöhnlichen Frau hingezogen, doch sie ist schon einem anderen versprochen ...

Thomas Prinz, 1959 in Wetzlar geboren, arbeitete als freier Journalist und wissenschaftlicher Mitarbeiter im Bundestag. Seit 1990 ist er beim Auswärtigen Amt mit Stationen in Bonn, Bukarest, Jakarta und Berlin tätig. Er veröffentlichte die Krimis »Mode, Morde und Model«, »Ankunft in Bukarest« und »Abschied von Jakarta«.

THOMAS PRINZ

Der Unterhändler der Hanse

Ein Hansekrimi

Die Hanse

Für Leonhard

Bibliografische Information Der Deutschen Bibliothek

Die Deutsche Bibliothek verzeichnet diese Publikation in der Deutschen Nationalbibliografie; detaillierte bibliografische Daten sind im Internet über http://dnb.ddb.de abrufbar.

Umschlaggestaltung: Susanne Reizlein, Hamburg
Motiv: Detail aus Hans Holbein d.J., »Bildnis des Danziger Hansekaufmanns Georg Gisze in London«, 1532

Herstellung: Das Herstellungsbüro, Hamburg
Druck und Bindung: Clausen & Bosse, Leck
Printed in Germany

ISBN 3-434-52815-6

Informationen zu unserem Verlagsprogramm finden Sie im Internet unter www.die-hanse.de

Am Anfang des Jahres 1370 hatten die Städte mit der Beherrschung des Sundes und Schonens ihre Kriegsziele gegen Dänemark erreicht. Die Fürsten dagegen hatten keinen endgültigen Erfolg gegen Waldemar errungen, so dass sie weiterkämpfen mussten. Nun hatten die Städte die Wahl zwischen Krieg und Frieden. Die Städte wandten sich von der Sache der Fürsten ab. Diese Politik war nicht ohne Gefahr.

Philippe Dollinger, »Die Hanse«

Leicht ist das Fähnlein an die Stange gebunden,
aber es ist schwer, es mit Ehren wieder abzunehmen.

Hinrich Castorp, Lübecker Ratsherr,
Bürgermeister und Diplomat

PERSONEN

Reinekin Kelmer, Lübecker Kaufmann und Ratsherr
Johanna Kelmer, geb. Grevenrode, seine verstorbene Frau
Jan, Geseke und Johanna, Reinekins Kinder
Balthasar Grevenrode, Bürgermeister von Lübeck und Schwiegervater von Reinekin
Pietro Bottone, Freund und Partner von Reinekin
Hermen Burskup, Lübecker Kaufmann und angehender Bürgermeister
Bertram Wulflam, Bürgermeister von Stralsund
Frauke Tyrbach, Stieftochter des Wirts im Artushof in Stralsund
Heinrich Molteke, Ratsherr aus Danzig, ertrinkt im Hafenbecken
Sievert Classoen, nimmt an Moltekes Stelle an den Verhandlungen teil
Hildebrand Karbow, Ratsherr aus Wismar, wird von einem Armbrustschützen ermordet
Thymme Ghulsowe, nimmt für Karbow an den Verhandlungen teil
Hermen Wackerowe, Bremer Ratsherr, wird in einem Wirtshaus *vergiftet*
Rudolf Sudermann, nimmt an Wackerowes Stelle an den Verhandlungen teil
Gerkin Wollepont, Hamburger Ratsherr
Henning von Putbus, dänischer Verhandlungsführer
Admiral Johann Nicleson, Mitglied des dänischen Reichsrates
Vicko Diederckes, Kapitän mit zwielichtiger Vergangenheit
Der einäugige Claas, Knecht von Reinekin
Der kleine Claas, Hannes, Söhne des einäugigen Claas
Albert Puster, Armbrustschütze
Die rote Lisbeth, Hure in Stralsund

PROLOG · STRALSUND, 25. MAI 1370

Der zierliche Mann mit dem vernarbten Gesicht, der sich Albert Puster nannte, trat in den eisernen Steigbügel, der mit Hanfseilen am Bogen der Armbrust befestigt war. Dann bückte er sich, hakte die Sehnenklauen des Spanngurts, den er mit einem ledernen Gurt um die Hüfte geschnallt hatte, in die Sehne ein und richtete sich auf. Es bedurfte einer Zugkraft von über einhundert Kilogramm, um die Sehne zu spannen und in der Nuss zu arretieren. Dann nahm er einen der vierzig Zentimeter langen Bolzen mit Metallspitze aus dem Köcher, der an seinem Gürtel hing, und legte den Bolzen in eine Kerbe der Nuss. Die Waffe war nun schussbereit. Er verschloss den Bolzenköcher und kniete hinter einem Stapel mit Fellen nieder. Einen zweiten Bolzen würde er nicht brauchen. Albert Puster war ein Meisterschütze.

Es war die vierte Stunde nach Sonnenaufgang. Durch das halb geöffnete Tor im zweiten Stock des Lagerhauses konnte er den größten Teil des Stralsunder Hafenkais überblicken, ohne im Schatten des Speichers selbst gesehen zu werden. Wie immer hatte er sein Versteck sorgfältig ausgewählt. Ein optimaler Hinterhalt durfte nicht weiter als einhundert Meter vom Ziel entfernt sein und musste die Möglichkeit bieten, schnell und unerkannt zu verschwinden. Das Lagerhaus grenzte an die Stadtmauer, deren Brüstung zwei Meter unter dem Tor verlief, durch das mit Hilfe eines Seilzuges Waren vom Hafen direkt in den Speicher geladen werden konnten. Vor unangenehmen Überraschungen glaubte er sich sicher, denn die beiden Lagerarbeiter, die er seit Tagen beobachtet hatte, lagen mit durchschnittener Kehle im hinteren Teil des Lagerhauses. Vom Strelasund näherten sich Fischerboote und liefen im Fischerhafen ein. Gut siebzig Meter vor ihm plagten sich vier Männer mit dem Beladen einer Schute ab, die zwischen

Kai und einer der Koggen pendelte, die draußen im Tiefwasser vor dem Hafenbecken lagen. Noch zwei Ladungen, schätzte der Mann hinter der Armbrust, würde es brauchen, um die am Kai aufgestapelten Säcke zur Kogge zu bringen. Erst danach würde der Lübecker Kaufmann erscheinen, der noch nichts von seinem bevorstehenden Ende ahnte. Er griff in die Tasche seiner Jacke, holte ein Stück harten Stockfisch heraus und biss davon ab. Danach kontrollierte er noch einmal seine Waffe. Sie wies keinerlei Verzierungen auf und hatte ihn dennoch ein kleines Vermögen gekostet. Das Wertvollste an ihr war der Bogen; gefertigt aus einer Kombination von Horn, Holz, Sehnen und Leim. Den Kern bildete ein Block aus zwanzig verleimten Hornplatten zwischen zwei Eibenholzstreifen, umgeben von einem dicken Mantel aus Tiersehnen. Dieser Bogen war wesentlich leichter und biegsamer als der Eschenholzbogen seines Vaters, mit dem er als Kind sein tödliches Handwerk gelernt hatte. Ein Bolzen, der von diesem Bogen abgeschossen wurde, konnte noch auf hundert Meter den Brustpanzer eines Ritters durchschlagen.

Die Sonne stand bereits hoch am Himmel, als eine Gruppe von sieben Personen, gefolgt von vier Mann der Stadtwache, sich dem Hafenkai näherte. Albert Puster erkannte den Mann sofort, für dessen Tod er bezahlt wurde. Sein Name war Reinekin Kelmer, und er war ein reicher Lübecker Kaufmann, der auf den ersten Blick eher wie ein Handwerker aussah. Seine Kleidung ließ nahezu jeden Prunk vermissen. Er trug ein kurzes gegürtetes Wams, eine ärmellose Weste und eine enge Hose. Dennoch musste es sich um einen bedeutenden Mann handeln, da er vom Stralsunder Bürgermeister begleitet wurde. Kelmer war einen halben Kopf größer als die Personen, mit denen er zusammen war. Er mochte gut über dreißig Jahre sein, bewegte sich aber noch leichtfüßig wie ein Zwanzigjähriger. In seiner Begleitung befand sich ein mittelgroßer südländischer Mann mit schwarzem, langem Haar, das nach der neusten Mode mit einem Brenneisen gekräuselt zu sein schien. Sein Schwert baumelte vom Gürtel einer zweifarbigen

Jacke, deren enge Ärmel in glockenförmigen Manschetten endeten, die bis über die Fingerspitzen herabfielen. Der Bürgermeister war an einer schweren silbernen Halskette zu erkennen, die er über einem schwarzen und mit Gold bestickten Mantel trug. An seiner Seite ging ein junger Mann, der leicht als Sohn des Bürgermeisters zu identifizieren war. Er hatte die gleiche Plattnase wie sein Vater und den gleichen kurzen Hals. Neben ihnen gingen zwei Frauen, die gekleidet waren wie adlige Damen. Die jüngere von ihnen trug den dicken Bauch einer Hochschwangeren vor sich her. Die ältere schmückte eine Schmetterlingshaube, deren Spitzen die Köpfe der Männer überragten und von denen ein Schleier über den gesamten Rücken bis fast auf den Boden fiel. Beide Frauen trugen teure Brokatmäntel, deren eingewebte Goldfäden in der Sonne schimmerten. Eine dritte Frau ging an der Seite von Reinekin Kelmer. Sie war einfacher gekleidet. Ihr Haar war unter einer weißen Haube versteckt, wie sie von einfachen Bürgersfrauen getragen wurde, und ihr Kleid war aus blauem Barchent oder einem anderen Baumwollstoff, wie man ihn in den Vierteln der Handwerker sah. Sie hatte sich bei Reinekin Kelmer untergehakt, und der Mann hinter der Armbrust fragte sich, in welcher Beziehung sie zu dem Lübecker stehen mochte. Und wo konnte der Einäugige sein, der sonst immer bei Kelmer war?

Der Schütze hatte sein Ziel deutlich im Visier, aber noch war die Gruppe zu weit entfernt für einen sicheren Schuss. Kelmer war im Gespräch mit dem Bürgermeister. Beide schienen guter Dinge zu sein. Die Stimme des Bürgermeisters war bis in das Lagerhaus zu hören. Er lachte laut, und Kelmer grinste mit einem zustimmenden Kopfnicken. Er hatte ein sympathisches Gesicht, und der Schütze bedauerte, dass es nicht den Bürgermeister oder einen der beiden eitlen Gecken in seinem Gefolge treffen sollte. Aber dafür wurde er nicht bezahlt. Sein Auftrag war eindeutig: Reinekin Kelmer sollte er töten, und das war seinem Auftraggeber eine schöne Summe wert gewesen. Die Hälfte des Geldes hatte er bereits eingesteckt, und die andere sollte er nach Ausführung seines Auftrags erhalten. Das Geld würde ausreichen, um ein paar Jahre ein sorgenfreies Leben zu führen, selbst wenn er einen Teil davon an einen Priester würde bezahlen müssen, um für seine Tat die Absolution zu erhalten. Für zwanzig lübische Mark musste ein Söldner normalerweise ein ganzes Leben lang arbeiten, und selbst sein verhasster Vater, der Burgmann in Bremen gewesen war, hatte nur fünf Mark im Jahr erhalten. Er hatte immer vorgehabt, nach Bremen zurückzukehren und den Alten – bevor er ihn umbringen würde – wissen zu lassen, zu welchem Reichtum er es gebracht hatte. Das ging nicht mehr, denn der Alte war tot. Über ihn brauchte er sich den Kopf nicht mehr zu zerbrechen. Das Einzige, was ihm in den letzten Tagen Sorge bereitet hatte, war die Frage, ob er seinem Auftraggeber vertrauen konnte und tatsächlich die zweite Rate ausgezahlt bekommen würde. Bei dem zuletzt vereinbarten Treffen vor fünf Tagen war der Mann nicht erschienen, und zudem hatte er bei dem letzten Treffen darauf gedrängt, dass der Auftrag vor Christi Himmelfahrt ausgeführt werden müsse. Christi Himmelfahrt lag drei Tage zurück, aber was machte das für einen Unterschied? Er würde sein Geld erhalten, denn er hatte Erkundigungen über seinen Auftraggeber eingezogen und wusste, wo er den Mann zu finden hatte, falls die Zahlung ausblieb. Und bislang hatten noch alle gezahlt – schon aus Angst vor seiner tödlichen Kunst. Dies war sein letzter Auftrag, so hatte er sich vorgenommen. Danach wollte er ein neues Leben beginnen mit der Frau, die ihm in den letzten Wochen Liebe und Geborgenheit geschenkt hatte.

Die Gruppe um Reinekin Kelmer und den Stralsunder Bürgermeister erreichte den Kai an der Stelle, an der die Schute festgemacht hatte. Albert Puster hatte den Finger am Abzug der Armbrust. Mit leichtem Druck würde er den Bügel gegen den Schaft heben. Die Nuss würde sich senken, die Sehne freigeben und den Bolzen mit ungeheurer Wucht ins Ziel schleudern. Er zielte auf die Brust des Lübeckers. Der Zeigefinger seiner rechten Hand fühlte die Spannung des Abzugs. Der Lübecker verneigte sich vor der Frau mit dem Schmetterlingshut, ging auf die jüngere mit dem dicken Bauch zu, schüttelte ihr die Hand, und dann war der Sohn des Bürgermeisters an der Reihe. Albert Puster zögerte. Der Mann mit dem Schwert war in die Flugbahn des Bolzens getreten. Auch er verabschiedete sich. Kelmer umarmte den Bürgermeister, sein Rücken hätte ein perfektes Ziel geboten, aber die Schwangere kam in die Quere, ging auf die Frau an Kelmers Seite zu und drückte ihr die Hand. Kelmer stand in der Mitte der Gruppe. In der Abschiedszeremonie war zu viel Bewegung, aber irgendwann würde er sich lösen müssen. Einen guten Schützen zeichnete genau diese Geduld aus, die es brauchte, um den sicheren Schuss zu setzen. Nur dafür wurde er bezahlt, und er hatte nur einen Schuss. Zum Nachladen würde keine Zeit bleiben. Jetzt traten die beiden reichen Frauen zurück. Der Bürgermeister und sein Sohn standen an der Kaimauer, der Bootsmann streckte eine Hand aus und half der Frau an Kelmers Seite in die Schute. Sie kehrte dem Schützen den Rücken zu. Kelmer sprang auf das andere Ende des Lastkahns, der leicht schaukelte. Albert Puster zielte über den Kopf der Frau und hatte Kelmers Brust im Visier. Der Schuss würde tödlich sein. Der Schütze hielt den Atem an. Die Armbrust lag warm in seinen Händen. Er genoss diesen Sekundenbruchteil zwischen dem Entschluss, jetzt zu schießen, dem Drücken des Metallbügels gegen den Schaft und dem satten Geräusch, wenn sich die Sehne entspannte, den Bolzen über dem Lauf aus feinstem Eibenholz beschleunigte und ihn auf seinen unaufhaltsam tödlichen Weg sandte. Er genoss diesen Augenblick der Entscheidung genauso wie beim ersten Mal, als er den Bolzen auf den Weg geschickt hatte, der den Hals seines Bruders durchschlug.

KAPITEL 1 · LÜBECK, IM NOVEMBER 1369

»Um mancherlei Unrecht und Schaden, den die Könige dem gemeinen Kaufmann tun und angetan haben, wollen die Städte ihre Feinde werden und eine der anderen treulich helfen. – So haben wir es zu Köln im Jahre des Herrn 1367 beschlossen, und heute, gut zwei Jahre später, sind wir am Ziel, liebe Freunde. Der große dänische König, Waldemar Atterdag, liegt am Boden. Kopenhagen ist zerstört, und die ganze dänische Küste hinauf bis nach Norwegen haben sich die Städte und Festungen ergeben. Waldemar Atterdag bittet uns, die hansischen Städte, um Frieden.« Balthasar Grevenrode, der grauhaarige Lübecker Bürgermeister, hielt inne und blickte in die Runde der an die hundert Ratsherren. In die Stille brach ein zunächst verhaltener, dann anschwellender und schließlich donnernder Applaus.

»Hoch lebe die Hanse«, rief ein Wismarer Ratsherr. »Hoch lebe die Hanse«, schallte es aus hundert Mündern zurück.

Balthasar Grevenrode genoss den Triumph. Für Lübeck hatte in diesem Krieg viel auf dem Spiel gestanden, und zwei seiner Vorgänger hatte die Auseinandersetzung mit den Dänen den Kopf gekostet. Für Johan Wittenborg galt dies im wahrsten Sinne des Wortes. Er war nach verlorenem Kampf gegen die Dänen vor sechs Jahren in Lübeck geköpft worden, und Brun Warendorp war in der Schlacht gefallen. Balthasar Grevenrode streckte besänftigend beide Hände aus und versuchte, sich Gehör zu verschaffen.

»Liebe Freunde«, rief er in den großen Saal des Lübecker Rathauses. »Liebe Freunde, nach dem großen Sieg gilt es nun, einen gerechten Frieden zu schließen. Deshalb haben wir, der Rat der Stadt Lübeck, Euch hergebeten. Sobald die Winterstürme vorbei sind und die Ostsee wieder sicher befahrbar ist, wird

Waldemar Atterdag eine Delegation entsenden, um die Bedingungen eines gerechten Friedens auszuhandeln.«

»Die Dänen sollen bluten«, rief der Bremer Ratsherr Rudolf Sudermann.

»Richtig, sie sollen bezahlen, doppelt und dreifach«, stimmte ein Hamburger Kaufmann ein, der trotz seines fortgeschrittenen Alters ein modisches rot-blaues Wams trug und dessen Schnabelschuhe mit Abstand die längsten waren, die man je im Lübecker Rathaus gesehen hatte. Der Saal applaudierte erneut. »Wir haben an die achtzig Koggen bemannt und bewaffnet. Wir können jede dänische Stadt ausquetschen bis auf den letzten Pfennig. Sie sollen zahlen, sie, ihre Kinder und Kindeskinder, und wenn sie nicht zahlen, werden wir sie plündern.« Der Hamburger schlug mit der Faust auf den Tisch.

Dann erhob sich Bertram Wulflam, der Bürgermeister von Stralsund, und wartete, bis der Saal sich beruhigt hatte. Wulflam war einer der reichsten Kaufleute an der Ostseeküste, ein untersetzter Mann mit grauem Vollbart, kurzem Hals und einer platten, breiten Nase.

»In dieser Stunde des Triumphs dürfen wir nicht übermütig werden«, nuschelte er. »Zehn Jahre Krieg sind nicht nur uns teuer zu stehen gekommen. Auch die dänischen Städte haben darunter gelitten. Wenn wir die Dänen schröpfen bis zum letzten Pfennig, wird der Handel nicht wieder auf die Beine kommen. Vor dem Krieg habe ich jedes Jahr an die vierzig Schiffsladungen nach Schonen und Kopenhagen geliefert, Salz, Bier, Wein, Malz, und habe Heringe und Kabeljau eingehandelt. Das Geschäft liegt seit zehn Jahren danieder. In Süddeutschland können kaum mehr die Fastengebote eingehalten werden, weil es keinen Fisch mehr gibt. Es muss unser Ziel sein, sobald als möglich wieder dahin zu kommen, wo wir vor dem Krieg waren.«

»Auch wir haben Verluste erlitten«, widersprach der Hamburger. »Wir haben alle den Pfundzoll entrichtet auf jedes Schiff, das unsere Häfen verließ, damit wir den Krieg gegen die Dänen finanzieren konnten. Habt Ihr vergessen, wie niederträchtig

Waldemar vor zehn Jahren unsere Freunde in Visby überfallen und geplündert hat, habt Ihr vergessen, dass wir 1362 unsere Flotte vor Helsingborg verloren haben? Jetzt sollen sie uns entschädigen, und wenn sie nicht freiwillig zahlen, dann werden wir uns das Unsrige holen.«

»Soweit ich mich erinnere, hat Hamburg nicht ein einziges Schiff für den Krieg gestellt. Wir Stralsunder haben drei Koggen verloren.« Bertram Wulflam war aufgestanden, hatte die Fäuste auf den Tisch gestellt und den Oberkörper vorgebeugt, dass seine Bürgermeisterkette heftig gegen sein rotes Wams schlug.

Der Bremer antwortete mit erregter Stimme: »Ihr wisst sehr wohl, dass wir im Krieg mit den Seeräubern waren. Das hat unsere Kräfte gebunden. Und dieser Bedrohung mussten wir mit den Freunden aus Hamburg alleine Herr werden«, empörte sich Rudolf Sudermann.

»Gemach, gemach«, rief ein Wismarer Kaufmann. »Kopenhagen ist geplündert, der Hafen zerstört. Da gibt es nichts mehr zu holen. Handeln kann man nur mit Leuten, die Geld in der Tasche haben.«

»Aber wir sind im Bündnis mit den Grafen von Holstein und den Mecklenburgern und haben ihnen zugesichert, keinen separaten Frieden mit den Dänen zu schließen«, fügte Sudermann hinzu.

»Dieses Bündnis endet im April des kommenden Jahres«, warf Balthasar Grevenrode ein. »Die Interessen der Landesherren sind andere als die unsrigen. Sie wollen Dänemark aufteilen. Wir wollen Handel treiben und Geld verdienen.«

»Es geht nicht nur ums Geld.« Heinrich Molteke war ein bedächtiger Mann, der dem Rat von Danzig schon seit zwanzig Jahren angehörte und dessen Schiffe Pelze nach Flandern und Tuche nach Nowgorod brachten. »Es geht auch darum, die Dänen ein für alle Mal in die Schranken zu weisen. Mit ihren Festungen am Sund können sie uns jederzeit wieder erpressen. Wer den Sund sperrt, durchtrennt unsere wichtigste Lebensader. Deshalb sage ich Euch, wie immer ein Frieden aussieht, er muss uns für alle Zeit die freie Durchfahrt durch den Sund garantieren.«

Die Niederländer klopften zustimmend auf den Tisch.

»Und das erreichen wir am besten, indem wir die Dänen klein halten«, schloss sich Sudermann an.

»Unmöglich können wir Städte uns den Sund nehmen. Wer das versucht, beschwört den nächsten Krieg herauf.« Hermen Burskup gehörte zu einer alteingesessenen Lübecker Patrizierfamilie, die ihr Vermögen zum guten Teil auf der Landverbindung zwischen Lübeck und Hamburg gemacht hatte. Diese siebzig Kilometer zwischen Ostsee und Nordsee ersparten die gefährliche Fahrt durch den Sund. Aber trotz der dänischen Zölle und der Unbilden des Wetters zogen immer mehr Händler die Sundfahrt dem aufwendigen Verladen ihrer Waren auf dem Landweg vor, hauptsächlich die Livländer und die Holländer. Burskup mochte 45 Jahre zählen. Er war von großer Gestalt mit roter Gesichtsfarbe und nahezu kahlem Haupt. Sein Gesicht prägten eine riesige Knollennase, hängende Backen und hängende Augenlider, was ihm den Ausdruck eines schläfrigen Bernhardiners verlieh. Balthasar Grevenrode kannte den Mann zu seiner Rechten so gut, dass er in jeder seiner Regungen lesen konnte wie in einem offenen Buch. Burskup war Ratsherr und würde demnächst Bürgermeister werden. Er hatte vor über zehn Jahren um die Hand von Balthasars Tochter angehalten und war abgewiesen worden – eine Schmach, die er niemals vergessen würde. Seit damals schien all sein Tun und Trachten darauf ausgerichtet, diese Zurückweisung zu rächen.

»Stattdessen sollen wir lieber an das Frachtkontor des Herrn Burskup bezahlen«, rief ein Danziger Kaufmann, und der Saal schallte vor Lachen. Burskup setzte sich ärgerlich.

»Hermen Burskup hat Recht«, mischte sich Balthasar Grevenrode ein. »Wenn wir den Sund bekommen, werden sich alle anderen gegen uns verbünden. Dann haben wir in zwei Jahren den nächsten Krieg. Niemand sollte glauben, dass die Landesherren tatenlos zuschauen, wenn sich die Städte wie Fürsten aufführen. Wir müssen holen, was wir kriegen können, aber es muss zu dauerhaftem Wohlstand für uns alle führen. Ich schlage vor, dass jede Stadt eine Abordnung zu den Friedensverhandlungen entsendet. Dann kann am Ende keiner behaupten, seine Interessen seien nicht berücksichtigt worden.«

Einige Ratsherren klopften zustimmend auf die Tische des großen Versammlungssaales im Lübecker Rathaus.

»Und wo wollt Ihr die Verhandlungen führen?«, fragte Sudermann.

Balthasar Grevenrode hatte mit der Frage gerechnet und war dankbar, dass sie nun gestellt wurde. Zum einen implizierte sie, dass die Verhandlungen natürlich unter Vorsitz Lübecks, des Hauptes der Hanse, geführt würden, und zum anderen gab sie Balthasar Grevenrode die Gelegenheit, all denen, die Lübeck mit Misstrauen gegenüberstanden, den Wind aus den Segeln zu nehmen. Balthasar nickte seinem Stralsunder Kollegen zu, der sich erhob und mit stolzgeschwellter Brust sagte: »Ich würde mich freuen, liebe Freunde, wenn Stralsund Euch empfangen dürfte. Seid versichert, dass wir alles dafür tun werden, um die Verhandlungen zu einem für uns alle erfolgreichen Abschluss zu führen, und dass es Euch in Stralsund an nichts fehlen soll.«

Rudolf Sudermann war vor Ärger und Überraschung sprachlos. Hätte Grevenrode Lübeck vorgeschlagen, so hätte man dagegen angehen können. Es gab genug Städte, die eine allzu große Konzentration der Macht in den Händen der Lübecker vermeiden wollten. Gegen Stralsund gab es dagegen wenig einzuwenden, mit Ausnahme der Tatsache, dass Wulflam und Grevenrode unter einer Decke steckten. Stralsund war die größte und bedeutendste Stadt zwischen Danzig und Lübeck. Sie war für alle gut zu erreichen, und es war bekannt, dass der dänische König Waldemar Stralsund bevorzugte. Es regte sich keine Gegenstimme.

Balthasar Grevenrode stand auf und schaute in die Runde. »Liebe Freunde, wenn es dagegen keinen Widerspruch gibt, so können wir unsere Verhandlung beschließen. Wir treffen uns

Anfang Mai in Stralsund, und jetzt möchte ich Euch einladen in die ›Ratsschenke‹. Es gilt, einen großen Sieg ordentlich zu feiern.«

Zu feiern, dachte Rudolf Sudermann, gibt es nur etwas für die Ostseestädte, allen voran für die arroganten Lübecker. Es gab genug andere, da war sich Sudermann sicher, die nichts zu feiern hatten, weil sie den bankrotten Holstengrafen Unsummen zur Kriegsführung geliehen hatten und diese nur zurückerhielten, wenn sich Heinrich und Klaus von Holsten genügend dänische Pfründe aneignen konnten. Und danach sah es derzeit nicht aus. Ohne das Geld und die Koggen der Städte waren die Grafen machtlos. Das Handelshaus des Rudolf Sudermann sah schweren Zeiten entgegen, aber er war nicht der Einzige, und es gab Mittel und Wege, die Lübecker zu stoppen.

KAPITEL 2 · LÜBECK, FEBRUAR 1370

»Schachmatt!« Pietro nahm einen tiefen Schluck Wein aus seinem Becher, während Reinekin Kelmer die Bernsteinfigur mit dem Kreuz umkippte.

»Weißt du, früher habe ich mich gefühlt wie ein König, wenn ich gegen dich gewonnen hatte – es kam selten genug vor. Heute denke ich, was spielt er da für einen Mist. Non è vero, come un stupido.«

»Morgen ist es ein Jahr.«

»Lo so. Ich weiß. Deshalb bin ich hier, weil ich dich nicht alleine lassen möchte.« Pietro schenkte sich italienischen Rotwein in seinen Messingbecher.

»Vielleicht ist es besser, wenn ich alleine bin.«

»Reinekin, du bist schwermütig wie dieses Land. Trink noch einen Becher mit mir, dann wirst du dich leichter fühlen. Dieser Wein schmeckt nach der Erde des Veneto. Er bringt Sonne in dein Herz.« Pietro nahm die noch gut gefüllte Kanne und goss seinem Freund den Becher voll. Sie saßen in der Diele von Reinekin Kelmers Haus am Kohlmarkt. Der einäugige Claas legte zwei dicke Holzscheite in den Kamin und schürte das Feuer.

»Kannst du dich noch an den Abend erinnern, an dem du diesen Wein zum ersten Mal probiert hast? Wahrscheinlich nicht, denn du warst so betrunken, dass Niccolò und ich dich nach Hause tragen mussten. Und Messer Ammaniti hätte mir fast den Kopf abgerissen.«

»Du solltest auf mich aufpassen. Stattdessen hat es dir gefallen, einen sechzehnjährigen Jüngling, der zuvor noch nie einen Fuß aus seiner Heimatstadt gesetzt hatte, schamlos abzufüllen.«

»Stimmt. Wir haben uns köstlich amüsiert, weil du den Wein gesoffen hast, als sei es euer deutsches Dünnbier.«

»Ich war zwei Tage krank.«

»Beschwer dich nicht, schließlich hat der Wein dich reich gemacht.«

»Ja, der Wein hat mir Glück gebracht.« Reinekin nahm einen tiefen Zug aus seinem Becher und dachte an das Frühjahr des Jahres 1358 zurück, als er sich nach dem Ende seiner Lehrzeit bei Messer Ammaniti mit sechs Fuhrwerken voller Weinfässer über die Alpen und quer durch Deutschland gequält hatte. In Frankfurt und Köln hatten die reichen Kaufleute und Ratsherren noch gezögert, des hohen Preises wegen und weil man nur den billigen deutschen Wein kannte und den französischen. Als er nach Lüneburg und Hamburg kam, war ihm der Ruf seines Weines schon vorausgeeilt, und die Fässer wurden ihm vom Wagen gerissen, ohne dass die reichen Käufer die Köstlichkeit vorher auch nur probierten. Jeder wollte etwas von dem besonderen Wein abhaben, und der Preis spielte keine Rolle. Mit dem letzten Wagen war er in Lübeck angekommen. Auch hier hatte sich die bevorstehende Ankunft dieser Rarität schon herumgesprochen. Reinekin wurde in das Haus des Bürgermeisters gebeten. Und während Balthasar Grevenrode den Wein probierte und sich nach dem Preis erkundigte, war sie hereingekommen.

»Soll ich später wiederkommen?«, hatte sie höflich gefragt.

»Nein, setz dich zu uns. Ich stelle dir Reinekin Kelmer vor, einen Kaufmann aus Frankfurt, oder sollte ich besser sagen: aus Venedig.«

Während Reinekin auf die junge Frau starrte, sagte Balthasar Grevenrode: »Meine Tochter hilft mir bei den Geschäften. Sie ist talentiert. Ich habe keine Söhne. Nur dieses eine Kind, und da blieb mir nichts anderes übrig, als einen Kaufmann aus ihr zu machen.« Grevenrode lachte laut, und seine Tochter blickte verlegen zu Boden. Sie war eine Schönheit, groß und schlank, mit braunen Locken, die sich nicht mit Haarnadeln bändigen ließen. Sie berichtete von einem Schiff, das aus Brügge eingelaufen sei, und dass die Preise für Pelze in ganz Flandern gefallen seien und man deshalb die Kogge aus Nowgorod besser nach England schicke.

»Aber wir brauchen die Tuche aus Brügge«, hatte Grevenrode eingewandt und sie hatte ihm vorgerechnet, dass er an die dreißig lübische Mark mehr gewinnen würde, wenn die Kogge London anlaufen würde, um dort die Pelze zu verkaufen, und dann mit englischer Wolle nach Brügge fahre und von dort die Tuche mitbringe. Balthasar Grevenrode hatte lächelnd genickt. Dann hatte er Reinekin die Fuhre Wein abgekauft.

»Kommt morgen zum Abendessen, Reinekin, und erzählt uns von Italien.«

Reinekin hatte die Einladung gerne angenommen, diese und noch viele andere bis zu seiner Abreise nach Frankfurt. Schon damals wusste er, dass seine Zukunft nicht in Frankfurt oder Italien lag, wie es sein Vater geplant hatte, sondern in Lübeck.

»Kommst du wieder, Reinekin?«, hatte Johanna gefragt.

»Ja«, hatte er geantwortet und sie zum ersten Mal geküsst.

Im nächsten Jahr hatte er noch einmal die beschwerliche Reise vom Mittelmeer an die Ostsee auf sich genommen, doch diesmal war er in Lübeck geblieben, hatte sich die Bürgerschaft der Stadt gekauft und das Haus eines Kaufmanns, der auf der Ostsee mit Schiff und Waren untergegangen und dessen Besitz mangels

Erben an die Stadt gefallen war. Im Jahr darauf hatte er Johanna Grevenrode, die Tochter des Bürgermeisters, geheiratet.

»Der Wein hat mir wahrlich Glück gebracht.«

Die Haustür flog auf und riss Reinekin aus seinen Erinnerungen. Jan und Geseke schossen herein. Sie schleuderten die hölzernen Trippen in eine Ecke und stürzten auf Reinekin und Pietro zu.

»Papa, Pietro, schaut euch das an: ein Pferd.« Der achtjährige Jan hielt Reinekin eine Holzfigur vor die Nase.

»Und eine Puppe«, ergänzte seine Tochter, die ein Jahr jünger als ihr Bruder war. »Sogar mit Haaren. Mit richtigen Haaren.«

»Nein, das stimmt gar nicht. Das sind Pferdehaare, frag Opa.«

Balthasar Grevenrode tauchte in der Tür auf.

»Richtige Pferdehaare«, sagte er, trat in die Diele, schloss die Tür hinter sich und schüttelte sich vor Kälte.

»Papa, das schenken wir morgen der kleinen Johanna zum Geburtstag, und Opa hat mir versprochen, dass ich auch so eine Puppe kriege.«

»Los, komm in die Kemenate, wir zeigen es Sarah.«

»Seid bitte leise, Johanna schläft«, rief Reinekin ihnen nach, aber da waren sie schon im Hinterhaus verschwunden.

»Setz dich, Balthasar. Wie kommt es, dass der Bürgermeister persönlich die Kinder bringt?«

»Sie müssen ins Bett. Es hat schon zur Nacht geläutet. Und …«, Grevenrode zögerte und schaute die beiden Männer an, »… ich muss mit dir reden.«

»Va bene, signori, ich wollte ohnehin gerade aufbrechen.«

»Nein, bleib da. Es ist möglich, dass es auch dich betrifft«, sagte Grevenrode, nahm einen Becher von dem verzierten Messingtablett, das auf dem massiven Eichentisch stand, goss sich ein, trank, schaute Reinekin an und zog die Stirn in Falten.

»Immer wenn du so schaust, gibt es Probleme. Was ist – ein Schiff verloren, eine Ladung gestohlen oder Ärger mit den Dänen?«

»Ich glaube, es ist schlimmer. Vor sechs Wochen ist Heinrich Molteke ertrunken. Ich habe es gestern erfahren. Sie haben ihn tot aus dem Hafenbecken in Danzig gefischt – mit eingeschlagenem Schädel. Vor zwei Wochen ist Hermen Wackerowe, ein Bremer Ratsherr, in einem Wirtshaus in Hamburg tot zusammengebrochen. Er hatte Schaum vorm Mund und ist unter qualvollen Krämpfen gestorben. Hermen war ein ehrenwerter Mann, ein verlässlicher Kaufmann und ein Freund. Man könnte meinen, dass es ein dummer Zufall war, dass Hermen und Molteke fast gleichzeitig und auf merkwürdige Weise starben. Aber es kommt noch dicker: Heute Mittag kam ein Schiff aus Wismar und brachte die Kunde, dass Hildebrand Karbow abends auf der Heimkehr von einer Ratsversammlung hinterrücks mit einer Armbrust ermordet wurde. Der Mörder ist entkommen.«

»Sie waren alle Geschäftsfreunde von dir. Richtig?«

»Geschäftsfreunde, ehrenwerte Kaufleute, Ratsherren und Sendboten ihrer Städte bei den Hansetagen. Und alle drei sollten zu den Friedensverhandlungen nach Stralsund entsandt werden.«

»Und du vermutest, dass der Tod dieser Männer damit im Zusammenhang steht.«

»So ist es. Molteke, Wackerowe und Karbow wollten zu einem fairen Ausgleich mit den Dänen kommen, und es gibt genügend andere, die genau das nicht wünschen.«

Reinekin wiegte skeptisch den Kopf.

»Es geht um Macht, Reinekin, darum, wer das Sagen hat rund um die Ostsee, und es geht um Geld, sehr viel Geld. Die Holsteiner wollen weiter Krieg und der Mecklenburger auch. Sie wollen sich auf Kosten der Dänen bereichern, und Hamburg, Bremen und die Westfalen haben sich ihnen angeschlossen. Sie treiben Handel mit England, Süddeutschland und bis hinunter nach Italien. Was auf dem baltischen Meer passiert, ist ihnen egal.« Allmählich spürte Balthasar Grevenrode die wärmende Kraft des Feuers und schlüpfte aus seinem Pelzmantel.

»Lübeck hat den größten Teil der Flotte bezahlt. Und dein Wort, Balthasar, das Wort des Lübecker Bürgermeisters, zählt mehr als das des schwedischen Königs.«

»Unsere Schiffe waren wichtig, um den Sieg zu erringen. Aber jetzt, wo die dänische Flotte zerstört ist und Dänemark schutzlos, genügen ein paar Koggen, um zu plündern und zu rauben. Vor der großen Pest im Jahre 1350 hatte ich zehn, manchmal fünfzehn Schiffe, die nur zwischen Lübeck und Dänemark unterwegs waren. Als König Waldemar vor zehn Jahren Gotland eroberte und Visby besetzte – eine Hansestadt«, Balthasar erhob seine Stimme, um seiner Entrüstung Ausdruck zu geben, »da waren wir gerade wieder dabei, uns dem alten Handelsaustausch anzunähern. Das baltische Meer ist für uns so wichtig wie das Mittelmeer für Venedig. Nur wenn wir hier Frieden haben, werden unsere Städte gedeihen.«

»Ich kenne keinen Besseren als dich, um einen guten Frieden auszuhandeln.«

»Ich bin ein alter Mann, und wenn ich stürbe, müsste ein anderer für mich verhandeln. Nach Lage der Dinge wird das Burskup sein, und was das bedeutet, kannst du dir ausmalen. Burskup würde für seinen eigenen Vorteil die Seele seiner Mutter verkaufen.«

»Henning Brödersen ist ein guter Mann oder der junge Rech.«

Eine Pause trat ein, bevor der Bürgermeister das Gespräch wieder aufnahm.

»Sicher hast du Recht«, meinte Balthasar, stand auf, trat näher an das Kaminfeuer und griff zu dem Argument, das er sich bis zuletzt aufgespart hatte und das er nur ungern anführte.

»Es geht auch um dich. Ich will, dass du mich begleitest, weil ich möchte, dass du dich wieder mit etwas anderem beschäftigst als mit unnützen Selbstvorwürfen. Niemandem ist damit gedient, wenn du dich ständig bei den Franziskanern herumtreibst und dich zurückziehst. Johanna ist jetzt seit fast einem Jahr tot. Sie ist gestorben aufgrund des Ratschlusses unseres Herrn. Dich trifft keine Schuld. Nimm deine Arbeit wieder auf. Hilf mir im Rat und versteck dich nicht hinter Klostermauern oder auf der Werft von Swartekop.«

»Und wozu das alles? Genügt es nicht, dass unsere Speicher gefüllt sind? Unser Wohlstand, Balthasar, wird reichen für unsere Kinder und Enkel und für deren Kinder und Enkel, und ich will nicht …«

Balthasar Grevenrode unterbrach seinen Schwiegersohn mit ärgerlichem Tonfall.

»Wir sind Kaufleute. Ohne uns gibt es im ganzen Land keine Fastenspeise, weil wir es sind, die Heringe von Gotland bis nach Köln, Nürnberg und bis nach Italien bringen. Ohne uns gibt es keinen Wein zur Feier des Abendmahls in Schweden und in Dänemark und keine Gewürze in den Speisen.«

»Wir befriedigen vor allem die Wünsche unserer besonders reichen Kunden nach immer neuen Luxuswaren. Je reicher der Kaufmann, umso schärfer sind die Speisen gewürzt. Kein vornehmer Mann läuft mehr ohne Biberkragen, Luchsfell, schönes Eichhörnchenfutter oder Marderbesatz auf Umhang und Mantel herum. In Venedig tragen die Männer bei festlichen Gelegenheiten sogar im Sommer Luchsfell und die Frauen Zobel und Hermelin.«

»Wir bringen Getreide nach Flandern und in die Niederlande, wo nicht genug produziert werden kann, und wir bringen Getreide an die kargen Küsten Norwegens.«

»Und wir häufen dabei ungeheure Reichtümer an.«

»Mit unserem Reichtum stiften wir Kirchen und Klöster und speisen die Armen. Es ist der Platz, an den uns der Herr gestellt hat.«

Balthasar trat hinter Reinekin, der noch immer am Lucht stand, dem großen Fenster zum Hinterhof des Dielenhauses, und den Blickkontakt mit seinem Schwiegervater mied.

»Vielleicht ist es dir egal, was ich denke, aber ich kann dir mit größter Gewissheit versichern, dass Johanna ebenso denken würde. Frag dich, was sie davon halten würde, dass du den größten Teil deiner Zeit mit einem Zimmermann und einem Franziskanermönch verbringst. Komm endlich zu dir, Reinekin!«

»Du übertreibst. Mit dem Prior von St. Katharinen habe ich ein neues Geschäft durchgerechnet, und mit Swartekop werde ich ein Schiff bauen, wie es die Ostsee noch nicht gesehen hat. Und deine Befürchtungen hinsichtlich der Verhandlungen in Stralsund mögen berechtigt sein, aber die Ratsherren von Bremen, Danzig und Wismar werden andere Unterhändler schicken. Das ändert doch nichts am Verlauf der Friedensverhandlungen.«

»An Stelle von Wackerowe wird Sudermann den Rat von Bremen vertreten. Seine Interessen liegen nicht in der Ostsee. Er handelt zwischen Köln und London. Für Molteke wird Sievert Classoen den Rat von Danzig vertreten. Er ist ein Dummkopf, der nur deshalb im Rat sitzt, weil sein Vater seit einem Jahr das Bett hütet. Der Kerl ist strohdumm und unberechenbar. Und für Karbow wird unser alter Freund Ghulsowe teilnehmen, und den kennst du so gut wie ich.«

»Thymme Ghulsowe?«

»Genau der.«

»Habgierig und korrupt.«

»Pietro, du hast noch eine Rechnung mit ihm offen«, sagte Reinekin grinsend.

»Das Schwein hat uns verdorbenen Fisch verkauft, hat oben in die Fässer eine Schicht guten Hering gelegt, und unten drunter war alles verrottet. Der Hund, wenn ich ihn treffe, wird er es bereuen.« Pietro schlug mit der Faust auf den Tisch.

»Und du wirst am Pranger landen. In Wismar darfst du dich ohnehin nicht mehr blicken lassen, seit du dem ehrenwerten Ratsherrn zwei Zähne ausgeschlagen hast.«

»Wenn er mir noch mal begegnet, wird er den Rest seines Gebisses auch noch verlieren.«

»Sehr unklug, lieber Pietro. Du hast den Prozess verloren. Wenn du Ware kaufst, musst du dich über deren Zustand vergewissern. Es war dein Pech, dass ihr Italiener keine Ahnung habt, wie Hering riechen muss«, sagte Balthasar Grevenrode.

»Allerdings. Hering stinkt. Verrottet oder nicht. Er stinkt.«

Reinekin schaltete sich grinsend ein: »Wir haben alle Lehrgeld bezahlt. Heute wissen wir, wer von wem kaufen kann. Aber eins ist sicher: Ein Mann, der kein ehrenwerter Kaufmann ist, wird auch kein ehrenwerter Unterhändler sein.«

»So ist es. Molteke, Wackerowe und Karbow sind tot, und an ihrer Stelle haben wir es in Stralsund mit Classoen, Sudermann und Ghulsowe zu tun.«

»Wer steckt dahinter? Die Mecklenburger?«

»Oder die Holsteiner, vielleicht die Schweden, selbst den Jütländern ist das zuzutrauen, und es gibt genügend Städte, die kein Interesse am Handel mit den Dänen haben, Städte, die es gerne sehen würden, wenn Lübeck unter den Einfluss der holsteinischen Grafen geraten würde. Es gibt Fürsten und Landesherren, die den Dänen am Boden halten wollen, um sich selbst ein Teil des dänischen Reiches einverleiben zu können. Es dürfte unmöglich sein herauszufinden, wer dahinter steckt.«

»Was willst du tun?«

»Ich werde morgen Boten nach Danzig, Bremen und Wismar senden und versuchen, den Gang der Dinge zu beeinflussen. Und ich möchte dich bitten, dass du mich nach Stralsund begleitest, zusammen mit Pietro. Ich weiß, dass du nicht willst, aber du solltest es dir durch den Kopf gehen lassen. Ich brauche jemand, dem ich vertrauen kann. Und ich brauche vielleicht auch einen, der das Schwert zu führen weiß.« Balthasar schaute die beiden Männer an.

Reinekin Kelmer senkte den Blick. Er schwieg und zögerte, bis er schließlich sagte: »Morgen ist es ein Jahr, dass ich meiner Frau bei Gott versprochen habe, dass ich mich um die Kinder kümmern werde und dass ihr Wohl alles ist, wonach ich trachte.«

Balthasar Grevenrode hatte sich erhoben. »Du hast deinen

Schwur gehalten. Die Kinder sind tadellos versorgt. Sie lieben dich und haben alles gut verkraftet. Jetzt sind wir vielleicht an einem Punkt angelangt, wo du wieder über den Horizont der Familie hinausschauen musst. Ich brauche dich. Lübeck braucht dich.«

Balthasar Grevenrode hatte seinen Mantel ergriffen.

»Un momento. Ich verstehe von Eurer Politik nicht viel, aber eins solltet Ihr umgehend veranlassen. Die Wachen an den Stadttoren würde ich verdoppeln und jeden Fremden, der in die Stadt will, kontrollieren. Und an Eurer Stelle, Bürgermeister, würde ich keinen Schritt mehr ohne Leibwache tun.«

KAPITEL 3

Der Mann, der sich Albert Puster nannte, hatte die Nacht in einem Gasthaus an der Handelsstraße von Lüneburg nach Lübeck verbracht – etwa einen halben Tagesmarsch vor den Toren der Stadt an der Trave. Er ließ sich Zeit mit dem Frühstück, bestellte eine zweite Pfanne mit Eiern und Speck und genoss das Gefühl des schweren Geldbeutels, der in seiner Gürteltasche hing und der bald noch schwerer werden würde. Er war ein wohlhabender Mann, und er war ein freier Mann. Albert Puster sah einer strahlenden Zukunft entgegen. Sein Vater hatte ihn geschlagen, gequält, eingesperrt und schließlich aus dem Haus geprügelt. Er hatte in der Gosse gelebt, gehungert und sich vor hohen Herren verneigt. Erst mit dem Krieg gegen die Dänen hatte sich das geändert. In Rostock suchte man damals Armbrustschützen, um eine Kogge zu bemannen. Sie lachten ihn aus, als er sich bewarb, weil er zu klein und zu schwach sei. Darauf hatte er sich zum Beweis seiner Fähigkeiten eine Armbrust von dem Hauptmann erbeten und auf einen Weinkrug gedeutet, der gut 150 Meter weiter vor einem Gasthaus stand. Der Bolzen zerschmetterte den Weinkrug, und Albert

Puster führte fortan das Leben eines gut bezahlten Söldners. 1362 hatten sie vor Kopenhagen die Dänen schon fast besiegt, als dieser Idiot von Bürgermeister, Johan Wittenborg, die Hälfte der Flotte nach Helsingborg abzog. Zwölf Koggen eroberten die Dänen damals, und Albert Puster fiel mit einer dieser Koggen in die Hände der Dänen. 1362 war kein gutes Jahr für ihn gewesen, und zu den zahlreichen Narben auf seinem Körper, die er dem Alten verdankte, waren neue hinzugekommen. Aber es war wieder die Armbrust gewesen, die ihn rettete.

»Auf 150 Meter den Weinkrug«, hatte er mit dem Kerkermeister gewettet – und gewonnen. Danach arbeitete er zwei Jahre für die Dänen. Eine schöne Zeit: Raubzüge auf Gotland, Überfälle auf Hansekoggen und Plünderungen, bis dieser Hauptmann gekommen war – Henning von Putbus –, weil er in Schonen eine Frau erschossen hatte. Eine Frau! Henning ließ ihn auspeitschen, bis das Fleisch in Fetzen von seinem Rücken hing. Das lag jetzt sechs Jahre zurück, und seitdem hatte er seine Armbrust eingesetzt, wo immer man ihn dafür bezahlte, und er erledigte seine Aufträge mit der Präzision eines unterschätzten, kleinen, gewissenhaften Mannes.

Er befestigte seinen Reisesack, in dem sich die Armbrust befand, am Pferdesattel und schwang sich geschmeidig auf die Stute. Der Wirt stand in der Tür, nickte ihm freundlich lächelnd zu, drehte sich um und ging in die Wirtsstube.

»Ist die Ratte endlich weg?«, flüsterte seine Frau.

»Ja, Richtung Lübeck.«

»Gott sei Dank!«

»Er hatte Geld.«

»Das hat er gestohlen. Hast du die kalten Augen gesehen, die Narben, dieses überhebliche Grinsen und wie er mich von oben herab behandelt hat, als sei er ein Herr?«

»Hier, nimm und scher dich nicht mehr drum.« Der Wirt warf ihr zwei Pfennige zu – das Doppelte dessen, was »die Ratte« eigentlich hätte bezahlen müssen.

Zwei Stunden vor Lübeck hatte Albert Puster eine Gruppe von Fuhrwerken eingeholt.

»Gott sei mit Euch, Kutscher. Salz nach Lübeck?«

»Gott mit Euch. So ist es, und Ihr?«

»Nach Lübeck. Geschäfte.«

Zehn Minuten später hatte Albert Puster sein Pferd an das Fuhrwerk gebunden und saß neben dem Kutscher, den sie Langheinrich nannten, auf dem Bock. Es war unauffälliger, die Lübecker Tore in Begleitung einer Lüneburger Salzlieferung zu passieren. Kein Mensch würde sich an ihn erinnern. Viel schwieriger dürfte es werden, die Stadt wieder zu verlassen, nachdem er den Bürgermeister getötet hatte.

Nachmittags um vier erreichten sie das äußere Mühlentor, das südliche der drei Lübecker Stadttore. Die Fuhrwerke holperten über die Travebrücke, passierten das innere Mühlentor und wurden von einem Wachmann gestoppt. Albert Puster war nervös. Wusste man von seinem Vorhaben?

»Kutscher, hier herüber zum Wiegen«, rief der Wachmann.

»Ja, ja, Soldat, ich kenne mich aus, komme jedes Jahr fünfmal nach Lübeck, und das schon seit einer Zeit, in der du noch in die Hosen geschissen hast.« Die Fuhrleute lachten über Langheinrichs Scherz, und der junge Wachmann verschwand mit rotem Kopf in der Wachstube.

Als der letzte Wagen das Tor passiert hatte, erschien eine Gruppe von vier Wachmännern unter dem Kommando eines blonden Hauptmanns, der sich bei seinen Kollegen in der Wachstube meldete, die ihn fragend anschauten.

»Die Ablösung kommt zwei Stunden früher als erwartet, Kameraden«, witzelte einer der Männer, die sich mit Würfeln die Zeit vertrieben.

»Die Wachen werden verdoppelt. Anordnung des Bürgermeisters. Jeder, der die Stadt betritt, soll durchsucht und befragt werden. Jeden Verdächtigen sollen wir festhalten und dem Hauptmann vorführen.«

»Scheiße.«

»Verdammte Scheiße.«

»Und warum?«

»Sie befürchten einen Mordanschlag auf den Bürgermeister.«

»Wonach suchen wir denn?«

»Nach einer Nadel im Heuhaufen.«

Einer der Spieler schob den Würfelbecher beiseite. »Na dann ans Werk. In einer guten Stunde schließen wir das Tor, und bis dahin bringt ihr mir diesen Satan bei.«

Die Männer lachten und zogen ihre Mäntel an.

»Alsdann, habt Dank für den gemütlichen Ritt und macht Euch einen schönen Abend.« Albert Puster legte eine Münze auf den Kutschbock. Der Kutscher setzte ein strahlendes Lächeln auf, als er das Geldstück sah. Die Lüneburger hatten vor dem Zollhaus gehalten. Albert Puster nahm sein Pferd an die Zügel und ging in Richtung Hafen davon.

»Wer war das?«, wollte einer der Zöllner von Langheinrich wissen.

»Er arbeitet für einen Nürnberger Kaufmann und will Hering kaufen, und er hat mir ein Loch in den Bauch gefragt, wollte alles über Lübeck wissen und über Euren Bürgermeister. Dabei hat er hier eine Schwester, die mit einem Paternostermacher verheiratet ist.«

»Die Paternostermacher wohnen aber da drüben.« Der Knecht deutete in die entgegengesetzte Richtung, in die Albert Puster verschwunden war.

»Genug geschwätzt. Bringen wir das Salz auf den Hof, und danach gehen wir einen saufen.«

Albert Puster führte unterdessen sein Pferd an der Stadtmauer entlang zum Hafenviertel. Hier hatte er vor acht Jahren schon einmal übernachtet, bevor es gegen die Dänen ging. Heute besaß er genügend Geld, um sich in jedem Wirtshaus einzuquartieren, selbst in der »Ratsschenke«, aber das wäre zu auffällig gewesen. Die Stute gab er in einem Mietstall ab und bat den Pferdeknecht, nach einem geeigneten Käufer für das Tier Ausschau zu halten. Dann machte er sich auf die Suche nach dem Haus der jungen Hure, bei der er vor sechs Jahren gewohnt hatte.

Nur wenige Gassen des Hafenviertels waren gepflastert. Die meisten waren schlammige Wege, auf denen die Menschen ständig auf der Suche nach einem Pfad zwischen den zahlreichen Pfützen und dem Kot von Pferden, Ochsen, Schweinen und anderem Viehzeug waren. Die Häuser, die sich hier aneinander reihten, waren kaum mehr als Bretterbuden. Es stank nach Urin und Fisch und nach nahezu allen anderen Gerüchen, die von Verrottung und Verwesung ausgehen. Zwei Schweine trotteten langsam über die Straße. Albert Puster klopfte an die Tür einer windschiefen Holzhütte. Eine Frau mittleren Alters mit einem Kleinkind auf dem Arm öffnete. Fast hätte er sie nicht wieder erkannt. Ihre Reaktion zeigte ihm aber, dass sie es sein musste. Die Frau erschrak, als sie den Mann mit den Narben sah, und wollte die Tür sofort wieder schließen. Albert Puster hatte inzwischen eine Silbermünze aus seiner Tasche gezogen, die er mit dem Geschick eines Spielers über die Fingerrücken laufen ließ. Die Frau hielt inne, ein Grinsen offenbarte die Tatsache, dass sie schon die Hälfte ihrer Zähne eingebüßt hatte. Sie öffnete die Tür, und Albert Puster betrat einen niedrigen dunklen Raum, in dem es nach dem Rauch eines Herdfeuers roch.

KAPITEL 4

»Papa, du musst nicht traurig sein. Mama ist doch im Himmel. Stimmt doch, oder?« Geseke schaute erst ihren Vater an, dann Onkel Pietro, Bruder Benedikt und schließlich ihren Großvater.

Reinekin musste seinen Schmerz hinunterschlucken, und Tränen traten ihm in die Augen.

»Aber freilich ist deine Mama im Himmel. Sie ist bei Gott, den Heiligen und den Engeln, und sie schaut auf dich herab und freut sich über dich«, sagte der Franziskaner.

»Und sie freut sich noch mehr, wenn du endlich ins Bett gehst. Jan und Johanna schlafen schon längst«, ergänzte Balthasar Grevenrode.

»Ich bleibe bei Papa.« Die Siebenjährige kuschelte auf dem Schoß von Reinekin und schlang die Arme um seinen Nacken.

»Komm, ich bringe dich ins Bett.«

»Aber nur wenn ich bei dir schlafen darf.«

»Du kannst ausnahmsweise in Mamas Bett schlafen, aber ich muss noch mit Opa und Pater Benedikt reden. Komm, geh ins Bett.«

»Nur wenn du mich hochbringst.«

»Na gut.«

Einem Kuss für Balthasar Grevenrode und einem weiteren für Pietro folgte eine Verbeugung vor dem Prior von St. Katharinen, und dann ließ sich Geseke von ihrem Vater aus dem Zimmer tragen.

»Sie sieht aus wie ihre Mutter«, sagte der Franziskaner.

»Und sie feilscht wie ihre Mutter«, fügte der Bürgermeister stolz hinzu.

»Gibt es etwas Neues von den Wachen?«, wollte Pietro wissen.

»Nein, aber ich habe Boten geschickt nach Stralsund, um Wulflam zu warnen, und nach Bremen, Danzig und Wismar, weil ich wissen will, ob sie etwas über die Todesumstände unserer Freunde herausbekommen haben.«

»Und Eure eigene Sicherheit?«

»Keine Sorge, ich tue keinen Schritt mehr, ohne dass mich die Wache begleitet.«

»Wie viele Wachen habt Ihr?«

»Vier.«

»Das ist zu wenig. Wenn ein guter Schütze mit der Armbrust auf Euch lauert, dann ist das zu wenig. Nehmt sechs große Kerle und lasst sie dicht bei Euch.«

»Ich mache mir mehr Sorgen um Reinekin als um mich.«

»Es war ein schwerer Tag für ihn«, sagte der Pater. »Aber es wird wieder werden. Das Trauerjahr ist jetzt vorbei. Verzeiht, Balthasar, aber Euer Schwiegersohn sollte wieder heiraten.«

Balthasar Grevenrode schwieg.

»Auch wegen der Kinder«, ergänzte der Mönch.

»Es schmerzt, aber ich werde ihm keine Steine in den Weg legen«, sagte der Bürgermeister leise.

»Wie steht es um seine Geschäfte?«, fragte der Pater.

»Es läuft mehr schlecht als recht. Den Wein kriegen wir dieses Jahr nur, weil Niccolò die Lieferung losgeschickt hat, obwohl keine Bestellung vorlag. Reinekin hatte es einfach vergessen«, sagte Pietro.

»Und das Haus ist ständig von Bittstellern umlagert. Ich habe gehört, dass er sogar Swartekop Geld gegeben hat«, ergänzte Balthasar Grevenrode.

»Verehrter Bürgermeister, Mildtätigkeit ist keine Sünde.«

»Fünfzig Mark für einen bankrotten Zimmermann«, empörte sich Balthasar Grevenrode.

»Swartekop ist kein einfacher Zimmermann. Er baut die besten Schiffe an der Ostsee. Gut, ich habe von Schiffen keine Ahnung, aber Reinekin ist überzeugt davon«, versuchte Pietro seinem Freund zur Hilfe zu kommen.

»Swartekop war einmal ein guter Zimmermann, bevor er angefangen hat zu saufen. Und dann hat er Reinekin den Floh mit diesem riesigen Frachtschiff ins Ohr gesetzt. Dabei weiß jeder, dass es natürliche Grenzen für ein Schiff gibt. Das Schiff, das Reinekin mit Swartekop bauen will, ist jedenfalls viel zu groß und zu instabil für unser Meer, und deshalb wird es im ersten Sturm untergehen. Es geht nichts über unsere Koggen.«

»Ich verstehe davon nichts. Mir ist schon zum Kotzen, wenn ich ein Schiff nur sehe, aber im Mittelmeer haben wir diese großen Schiffe auch. Die Kraweelen haben drei Masten, sind schneller als Koggen, und ihr Laderaum ist mehr als doppelt so groß. Reinekin sagt, Swartekops Idee ähnele den Kraweelen und sei genial.«

»Herausgeworfenes Geld ist das. Und Schlechtriemen hat er die Parte eines Schiffes erstattet, das vor Gotland gekapert wurde.«

»Das stimmt so nicht.« Jetzt schaltete sich der Pater ein. »Wir haben lange darüber gesprochen. Schlechtriemen erhält Geld aus einer, äh, wie nennt Reinekin es?«

»Versicherung«, warf Pietro ein.

»Versicherung, genau. Man zahlt einen regelmäßigen kleinen Betrag ein, und wenn etwas passiert, erstattet Reinekin das Geld für den gesamten Schaden.«

»So einen Unsinn habe ich noch nie gehört.«

»Wir haben es im Kloster durchgerechnet. Wenn zwanzig Kaufleute mitmachen, kann jedes Jahr der Verlust einer Parte ersetzt werden.«

»Und wer macht bei solch einem Mist mit?«

»Bislang nur Schlechtriemen, aber vielleicht wird die Idee sich ausbreiten«, sagte Pietro, obwohl er selbst nicht daran glaubte.

»Hätte er Renten gekauft, Parten oder Grund, dann ...«

»Na, zerreißt Ihr Euch das Maul über die Versicherung?« Reinekin setzte sich zu seinen Gästen. »Heute haben Möhlmann und Sackse gezeichnet.«

»Und wenn die eine Parte verlieren, musst du sie auch bezahlen?« Balthasar schaute seinen Schwiegersohn skeptisch an.

»Genau das werde ich tun. Und spätestens dann werden alle, die noch Zweifel haben, mitmachen und einzahlen.«

»Ein Kaufmann muss sein Risiko selbst tragen«, sagte der Bürgermeister mit Überzeugung.

»Du kannst das, Balthasar, und ich und vielleicht noch zehn andere in Lübeck. Aber was ist mit Leuten wie Schlechtriemen, die nur zwei Parten besitzen? In zwei, drei Jahren wird in Lübeck niemand mehr in ein Armenhaus gehen müssen, weil Piraten oder ein Sturm sein Schiff genommen haben.«

Der Nachtwächter rief bereits die elfte Stunde aus, als Reinekins Gäste sich verabschiedeten. Balthasar Grevenrode ging, umringt von seiner Wache, vom Kohlmarkt durch die Breite Straße zum Koberg, wo sich gegenüber dem Heilig-Geist-Hospital eine Reihe mit prächtigen Giebelhäusern befand. Wer hier wohnte, gehörte zu den alten Kaufmannsgeschlechtern Lübecks. Es war ein schwerer Tag für Balthasar Grevenrode gewesen: der Kirchgang zum Gedenken an seine Tochter Johanna, die heute vor einem Jahr bei der Geburt ihres dritten Kindes gestorben war, der zerstörte Reinekin, die weinenden Enkelkinder, die Verantwortung für die Familie und die Stadt, und bei all dem blieb kaum Zeit für die eigenen Gefühle. Es war gut, dass es begonnen hatte zu regnen, denn so konnte die Wache die Tränen des alten Mannes nicht sehen.

KAPITEL 5

Langheinrich und seine Kutscherkollegen waren dabei, das Trinkgeld des Fremden auf den Kopf zu hauen. Bei den ersten zeigte das Lübecker Starkbier bereits seine Wirkung, und Langheinrich bestellte die nächste Runde in der Schenke »Hinter dem Burgtor«, und für den großen blonden Wachmann, der die Schenke betrat, bestellte er gleich mit.

»Und einen Humpen für den fleißigen Torwächter. Während wir Fuhrleute uns über matschige Straßen quälen dürfen, müssen die Torwächter in der warmen Stube sitzen und würfeln.«

Die Fuhrleute lachten.

»Schön wär's. Vor lauter Wachdienst weiß ich bald nicht mehr, wie meine Braut aussieht. Seit heute schieben wir wieder Doppelschichten.«

»Was ist passiert?«

»Wir suchen einen Mann, der den Bürgermeister umbringen will.«

»Wer soll das sein?«

»Wissen wir nicht.«

»Wie sieht er aus?«

»Wissen wir nicht.«

»Na, dann Prost.« Der Fuhrmann hob seinen Humpen. »Auf dass ihr seiner bald habhaft werdet.«

Langheinrich trank und dachte für einen kurzen Moment an den auffälligen Wegbegleiter mit dem Narbengesicht, der sich nach dem Bürgermeister erkundigt hatte und dann in die entgegengesetzte Richtung gegangen war, in der seine Schwester angeblich lebte. Der Mann war ihm nicht sympathisch gewesen, und seine Geschichte hatte wenig überzeugend geklungen: Heringe für einen Nürnberger Kaufmann abholen. Wie einer, der Lesen, Schreiben und Rechnen konnte, hatte der Mann jedenfalls nicht ausgesehen. Langheinrich verwarf den Gedanken, dem Wachmann von dem Wegbegleiter zu berichten, zunächst, aber als die nächsten Biere getrunken waren, lockerte sich seine Zunge, und er erzählte seine Geschichte dem Torwächter.

KAPITEL 6

Albert Puster hatte einen dreckigen, zerrissenen alten Mantel angezogen und sich auf die Stufen der Marienkirche gesetzt. Es war die mächtigste Kathedrale, die er je gesehen hatte. Die gewaltigen Doppeltürme ragten über hundert Meter hoch in den Himmel. Albert Puster hasste Kirchen – nicht nur weil er sich in den riesigen Hallen noch kleiner fühlte, als er ohnehin schon war. Es war vor allem der Gedanke an das Fegefeuer, der ihn erschaudern ließ, wann immer er ein Gotteshaus betrat. Aber auch das Fegefeuer konnte nicht schlimmer sein als seine

Kindheit im Hause seines Vaters, und der Teufel trug vielleicht das Antlitz des Bremer Burgmanns.

Neben ihm saßen ein beinloser Krüppel auf einer Strohmatte, der unablässig Psalmen rezitierte, und ein Blinder, der schweigend die rechte Hand ausstreckte. Als der Krüppel zum Gott weiß wie vielten Mal mit ›Der Herr ist mein Hirte. Er weidet mich auf einer grünen Aue und führet mich zum frischen Wasser …‹ begann, erwog Albert Puster, dem Mann auf der Stelle ein Messer zwischen die Rippen zu rammen. Alberts Vater hatte immer Psalmen gebetet, wenn er seinem Sohn das Fell gerbte. Alberts ältere Brüder Vicko und Dierk hatten vor dem Essen Psalmen gebetet – zum Wohlgefallen des Alten. Und jetzt dieser Krüppel. Albert Puster spürte das Messer in seiner Manteltasche. Er sah seinen Vater vor sich, wie er die Gerte nahm, und es gab kein Entkommen. Er hörte sich flehen und schreien, und er würde nie vergessen, welche Explosion von Schmerzen der erste Schlag hinterließ. Und wenn der Alte nicht mehr konnte, gab er die Gerte an den ältesten Sohn weiter. Vicko hatte die Aufgabe mit Freude übernommen und ihn gequält, wann immer es möglich war. Auch mit ihm hatte er noch eine Rechnung offen.

»… er erquicket meine Seele. Er führet mich auf rechter Straße um seines Namens willen. Und ob ich schon wanderte im finstern Tal, fürchte ich kein Unglück; denn du bist bei mir, dein Stecken und Stab trösten mich. Du bereitest vor mir einen Tisch im Angesicht meiner Feinde …«, rezitierte der Krüppel, und Albert Puster schwor sich, dass der Nächste auf seiner Liste, wenn die Arbeit hier erledigt wäre, der Bremer Burgmann sein würde.

Die Rathaustür öffnete sich, und die Garde des Bürgermeisters erschien: Sechs Männer traten aus dem Rathaus, schauten sich um und bildeten einen Halbkreis. Dann erschien der Bürgermeister und trat in den Halbkreis, der sich sodann zu einem engen Kreis um ihn herum schloss. Die Gruppe setzte sich in Bewegung und marschierte ohne Umweg zu Grevenrodes Anwesen davon. Albert Puster stand auf, nahm die Krücken, die er einem Krüppel vor St. Aegidien gestohlen hatte, und folgte der Eskorte. Der Bürgermeister wurde zu seinem Haus begleitet. Zwei Männer der Eskorte gingen mit ihm hinein. Die anderen kehrten um. Das ging jetzt schon seit Tagen so. Als ob der alte Pfeffersack ahnen würde, dass es jemand auf ihn abgesehen hatte. So war ihm jedenfalls nicht beizukommen, es sei denn vom Speicher oder Dach eines der angrenzenden Häuser, aber es wäre verdammt schwer dorthin, und vor allem schnell genug wieder wegzukommen. Wie einfach war es dagegen vor zwei Monaten in Wismar gewesen. Morgen war Sonntag, und es blieb abzuwarten, ob Balthasar Grevenrode seine Recken auch beim Kirchgang um sich scharen würde. Albert Puster nahm die Krücken unter seinen Mantel und verschwand flinken Schrittes in Richtung seiner Unterkunft am Hafen. Die Holzhütte bestand aus einem einzigen Raum, in dem ein Herdfeuer für beißenden Gestank sorgte. Auf dem blanken Lehmboden lag eine Strohmatte, und ein Kleinkind krabbelte zwischen Geschirr und Unrat herum. Über dem Feuer hing ein Kessel mit einer dünnen Brühe. Es roch nach Fisch. Albert Puster warf die Krücken in eine Ecke des dunklen Raumes, zog den stinkenden Mantel aus und legte sich auf die Strohmatte.

»Komm!«, sagte er zu der Frau.

Am nächsten Morgen wählte Albert Puster unter den vielen Verkleidungen, in die er zu schlüpfen vermochte, den Sonntagsstaat eines Kaufmannsgesellen und machte sich auf den Weg zur Kirche. Obwohl er eine halbe Stunde vor Beginn der Messe in der Kirche war, fand er die Bänke der Kaufmannsgesellen schon besetzt und stellte sich in einen hinteren Teil des Gotteshauses. St. Marien füllte sich langsam. Wer hier zur Kirche ging, gehörte zu einer der vielen Lübecker Kaufmannsfamilien. Nach den Gesellen erschienen die kleinen Kaufleute und dann die Reichen der Stadt. Zum Schluss betrat der Bürgermeister mit seiner Sippschaft, zwei Kindern und einem großen Mann, dem eine Amme mit einem Kleinkind folgte, die Kirche. An der Seite des großen Mannes ging ein Schwarzhaariger mit langen Locken und südländischen Gesichtszügen. Als sie sich gesetzt hatten, öffnete sich die Sakristei, und der Priester betrat den Altarraum. Albert Puster kannte die Formeln und Gebete, die in den nächsten zwei Stunden gesprochen werden würden, auswendig, aber sie bedeuteten ihm nichts. Das Einzige, was sie wachriefen, war die Erinnerung an Schmerzen und Demütigung.

Mit dem Segen des Priesters verließen die Gläubigen das Gotteshaus in der umgekehrten Reihenfolge, in der sie erschienen waren. Die Gesellen verschwanden durch die Seiteneingänge und strebten den nächsten Gasthäusern zu. Albert Puster hatte mit ihnen die Kirche verlassen und stellte sich an die Ecke der Fischstraße. Der Bürgermeister betrat den kleinen Platz vor der Kirche. Einige Kaufleute standen bei ihm. An den Mann war nicht heranzuommen. Er hielt sich ausschließlich zwischen Rathaus, Koberg und St. Marien auf. Nur ein einziges Mal war er in die andere Richtung gegangen und in einem Haus am Kohlmarkt verschwunden. Albert Puster ging über den Marktplatz, der sonntags jede Geschäftigkeit vermissen ließ. Er schaute sich um, und plötzlich wusste er, wie er zum Schuss kommen würde.

Es war ein gewagtes Unterfangen. Am Marktplatz, gegenüber dem Rathaus, war das Haus eines Goldschmieds mit einem Gerüst versehen worden, das anscheinend zu Dacharbeiten dienen sollte. Er schätzte die Entfernung zwischen Dachgeschoss und dem Eingang des Rathauses auf ungefähr 160 Meter. Für einen guten Schützen war das machbar, und Albert Puster war ein Meisterschütze.

Noch am gleichen Abend kehrte er im Schutz der Dunkelheit auf den Marktplatz zurück. Eine Leiter führte an der Ostseite des Gerüstes hinauf zu einem ersten Podest. Albert Puster sah sich um. Aus einem der Wirtshäuser drang Lärm, doch der

Marktplatz lag einsam und dunkel vor ihm im Nieselregen. Er erklomm die Leiter und lief das Gerüst ab, das zu seiner Freude bis an die rückwärtige Seite des Eckhauses reichte. Hier war ein Flaschenzug angebracht, mit dem die Ziegel auf das Dach befördert wurden. Er ging zurück zur Marktfront. Das Gerüst war feucht, und die Bohlen und Äste, auf denen er sich bewegte, waren glitschig. Vom äußersten Ende des Gerüsts konnte er den Marktplatz überblicken. Hier oben am Rande des Daches war die beste Position. Von diesem Schuss würden die Lübecker noch in hundert Jahren reden.

Der Bürgermeister hatte einen geregelten Tagesablauf. Um sieben Uhr morgens verließ er sein Haus am Koberg, ging, umringt von seinen Wachen, die Breite Straße hinunter bis zum Rathaus, das er pünktlich zum Mittag wieder verließ, um zum Koberg zurückzulaufen. Am Nachmittag trat er den gleichen Weg erneut an, blieb dann aber nur zwei Stunden in den Amtsräumen, bevor er den Heimweg antrat. Zu dieser Stunde wurden die letzten Marktbuden abgeräumt, die Goldschmiede in den Lauben des Rathauses hatten ihre Geschäfte dann bereits geschlossen und die Dachdecker ihre Arbeit am Haus eines Goldschmiedemeisters eingestellt. Albert Puster hatte das drei Tage lang beobachtet. Am Donnerstagabend wartete er im Dunkel des Gerüsts. Es war lausig kalt für einen Tag in der zweiten Märzhälfte, und der Regen wollte kein Ende nehmen. Albert Puster schaute die Straße hinauf und hinunter. Niemand trieb sich bei diesem Wetter und zu dieser Stunde noch ohne triftigen Grund auf den Gassen herum. Er erklomm das Gerüst, schlich über glitschige Bohlen bis zur Marktfront und holte die Armbrust aus seinem Hanfsack. Er trat in den Spannbügel und zog die Sehne des Bogens zurück, arretierte sie in der Nuss, schob einen Bolzen ein und legte sich bäuchlings auf die feuchten Gerüstbohlen. Er peilte über seine Waffe auf die Tür des Rathauses. Die Sicht wurde durch den Regen und die Dunkelheit beeinträchtigt. Es war kalt, doch die Kälte machte Albert Puster nichts aus. Sie brachte ihm eine Menge Geld ein. Früher hatte er für nichts gefroren. Das Einzige, was ihm Sorgen machte, war dieses merkwürdige Verschwimmen der Konturen, wenn er Ziele in größerer Entfernung anpeilte. Er hatte es schon einige Male beobachtet, aber den Gedanken daran immer wieder verdrängt. Jetzt fiel es ihm erneut auf. Seine Augen waren schwächer geworden. Albert Puster hatte keine Zeit mehr, um darüber nachzudenken. Die Rathaustür öffnete sich, und die Wachen traten heraus, formten einen Halbkreis, und dann trat der Bürgermeister durch die Tür. Albert Puster atmete aus, drückte den Abzug der Armbrust und gab dadurch den Bolzen frei. Der Bürgermeister fiel. Eine Wache schrie, aber da war Albert Puster schon auf den Beinen, streifte den ledernen Riemen der Armbrust über seinen Kopf und lief zu dem Flaschenzug. An dem dicken Hanfseil glitt er nach unten. Er spürte das Pflaster unter seinen Sohlen, rannte hinunter zur Schüsselbudengasse und verschwand in einem der Gänge, die hier die Hinterhöfe miteinander verbanden.

Albert Puster wusste, dass er entkommen war. Er hatte sich den Fluchtweg genau überlegt, war ihn mehrfach abgelaufen, und zudem war er schneller als die Wachen. Zehn Minuten später hatte er seine Waffe versteckt, den zerschlissenen und durchnässten Umhang abgeworfen und eine Spelunke am Hafen betreten. Er bestellte ein Starkbier und einen Schnaps.

»Scheißwetter«, sagte er zu einem Fischer, der ein Dünnbier vor sich stehen hatte.

»Das kann man wohl sagen.«

»Trinkt Ihr einen mit mir?«

Der Fischer hatte ein breites, fast zahnloses Lächeln.

Albert Puster bestellte Starkbier.

»Auf einen guten Fang«, prostete er dem Mann zu.

»Das wird nichts. Seit Tagen können wir nicht auf die Ostsee rausfahren, und auf der Trave fängt man nicht genug.«

»Ich hätte da einen Vorschlag. Komm, setzen wir uns.«

Albert Puster verließ noch in der gleichen Nacht Lübeck an Bord eines Fischerbootes. Er hatte sich Kleider von dem Fischer geborgt und war mit dem Mann hinunter zum Hafen gegangen, wo noch vor Sonnenaufgang die ersten Fischerboote ausliefen. Die Kontrollen der Wachen, die in diesem Abschnitt von der Fischergilde und der Gilde der Bootszimmerleute gestellt wurden, waren oberflächlich. Was sollte man bei diesen armen Kerlen auch suchen? Um fünf Uhr morgens segelte das Boot gemächlich die Trave hinunter und erreichte gegen Mittag den Dassower See, auf dessen Südende der Fischer zuhielt. Dort verlief die Handelsstraße von Lübeck nach Wismar, Rostock und Stralsund. Das Wetter war lausig, aber der Fischer war dennoch guter Dinge, denn die ausgemachte Bezahlung kompensierte die Einkommensausfälle der letzten Wochen um ein Vielfaches. Die Anzahlung hatte er schon seiner Frau gegeben, und er war sicher, dass seine Familie heute zum ersten Mal wieder ein Stück Fleisch essen würde. Mit dem restlichen Geld könnte er neue Netze kaufen und ein neues Segel. Den ganzen Tag über hatte er sich gefragt, warum es diesem Fremden so viel Geld wert war, mit einem Fischerboot hinauszufahren. Er ahnte, dass der kleinwüchsige Mann etwas auf dem Kerbholz haben musste, doch das ging ihn nichts an, und der Fremde war schweigsam. Der Fischer sprang in das flache Wasser und zog das Boot so weit an den Strand, dass sein Passagier trockenen Fußes aussteigen konnte. Albert Puster sprang an Land, kramte in seinem ledernen Geldbeutel und ließ eine Münze zu Boden fallen. Der Fischer bückte sich nach der Münze. Albert Puster zog seinen Dolch und stach mit Wucht zu. Es war ein leichtes Spiel. Der Fischer war sofort tot. Albert Puster wischte den Dolch an den armseligen Kleidern des Toten ab und steckte ihn wieder ein. Die Leiche zog er ins Schilf und bedeckte sie notdürftig mit Schilfgras. Das Boot schob er zurück ins Wasser und ließ es davontreiben. Keiner würde je erfahren, wie er die Stadt verlassen hatte.

KAPITEL 7

Reinekin Kelmer beugte sich über die Bauzeichnung eines Schiffes, das gigantische Ausmaße hatte: Der Plan zeigte einen Dreimaster mit 49 Meter Länge und einer Breite von dreizehn Metern. Das Schiff hatte nahezu die doppelten Ausmaße einer üblichen einmastigen Kogge, hatte aber eine länglichere und elegantere Form. Peter Swartekop, der Schiffszimmermann, deutete auf den Kiel.

»Bei der Kogge ist das Unterwasserschiff nur an Bug und Heck schlank und scharf geschnitten. In der Mitte ist es breit und platt. Bei dem neuen Schiff will ich den Kiel durchziehen. Das wird die Segeleigenschaften erheblich verbessern, besonders bei Kursen hart am Wind. Zudem wird das Schiff schneller. Mit diesem Schiff werdet Ihr auch bei Westwind von Riga nach Lübeck fahren können und müsst nicht tagelang oder gar wochenlang warten, bis sich der Wind dreht.«

»Das Schiff kann aber nicht mehr trocken fallen.«

»Nicht mehr so einfach jedenfalls. In den Nordseehäfen müsste man es stützen, aber dieser Nachteil in der Nordsee wird durch die vielen Vorteile aufgewogen, besonders auf der Ostsee.«

Reinekin nickte.

»Ein Problem bleibt das Ruder. Das Schiff wird von nur einem Rudergänger nicht mehr zu steuern sein.« Reinekin nahm einen Schluck Rotwein, und Swartekop schaute ihn gierig an. Reinekin bemerkte den Blick des Zimmermannes.

»Fällt es dir schwer?«

»Der Teufel führt mich immer wieder in Versuchung, aber ich bleibe standhaft. Keinen Tropfen habe ich mehr angerührt, seit Ihr mir das Geld geliehen habt. Ich schwöre bei der Heiligen Jungfrau.«

Reinekin lächelte den großen schweren Mann an. »Gut so.«

»Das Problem mit dem Ruder habe ich gelöst. Die Pinne will ich durch einen Seilzug verstärken …«

Die Tür von Reinekins Kontor wurde aufgerissen. Pietro stürmte, begleitet von Bartel, einem Knecht seines Schwiegervaters, in das Zimmer, das von der Diele abgetrennt war.

»Ein Attentat auf den Bürgermeister«, sagte Pietro knapp.

»Der Herr Balthasar, überall Blut. Mein Gott, wie fürchterlich. Wer tut so etwas? Kommt schnell, Herr«, ergänzte der Knecht.

Reinekin griff seinen Mantel und schlüpfte in die Winterstiefel, während Pietro in kurzen Worten erzählte, was er dem aufgeregten Knecht hatte entlocken können.

Reinekin nickte dem Zimmermann zu. »Ich komme morgen bei dir vorbei.« Dann eilte er aus dem Haus.

Balthasar Grevenrode lag auf seinem Bett und stöhnte vor Schmerzen. In seiner linken Schulter steckte der Bolzen einer Armbrust. Ein Medikus erteilte Anweisungen. »Und dann bring mir die Tücher, wenn du sie in den Sud getränkt hast«, befahl er einer Magd. »Damit werden wir die Wunde verbinden«, ergänzte er an einen Bader gewandt, der ihm assistierte.

»Reinekin, jetzt haben sie mich auch erwischt«, stöhnte Balthasar Grevenrode.

Reinekin kniete sich zu ihm und ergriff seine rechte Hand.

»Das kriegen wir schon wieder hin«, meinte der Bader aufmunternd. »Da habe ich schon Schlimmeres gesehen. Der Bolzen steckt im Schultergelenk. Ihr könnt von Glück sagen.«

»Reinekin, hör zu, selbst wenn ich dem Gevatter Tod noch mal entkomme, so werde ich doch nicht nach Stralsund fahren können. An meiner statt musst du fahren. Wir können Burskup nicht mit dieser wichtigen Mission betrauen. In sechs Wochen beginnen die Verhandlungen in Stralsund. Reinekin, du musst dabei sein.«

»Balthasar, beruhige dich. Wir sprechen darüber, wenn du wieder gesund bist.«

Eine Magd brachte Tücher, die nach einer bitteren Kräutermischung rochen und vor Hitze noch dampften.

»Es kann losgehen«, sagte der Medikus.

Der Bader reichte Balthasar ein Tuch und träufelte ein paar Tropfen aus einer kleinen braunen Flasche darauf. »Nehmt es in den Mund, damit Ihr Euch nicht die Zunge verletzt oder Zähne ausbeißt. Die Medizin wird Euch eine Zeit lang das Bewusstsein nehmen.«

»Herr Kelmer, könnt Ihr mit anfassen, oder soll ich noch einen Knecht kommen lassen?«

»Was soll ich tun?«

»Haltet die Beine.«

Reinekin Kelmer stand auf und blinzelte seinem Schwiegervater zu. »Du schaffst das, Balthasar. Du bist aus gutem Holz.«

Er setzte sich auf den Rand des Bettes, um mit seinem Gewicht die Beine während der Operation festhalten zu können. Einer von Balthasar Grevenrodes Knechten drückte den Oberkörper nieder, und der Medikus nahm ein Skalpell in die Hände, während der Bader bereitstand, um die Blutung zu stillen.

Balthasar Grevenrode versuchte sich aufzubäumen, und Reinekin und der Knecht mussten all ihre Kraft aufbringen, um den alten Mann ruhig zu halten, bis die erlösende Ohnmacht eintrat und den Verwundeten von seinen Schmerzen befreite. Doch auch danach schien es noch eine halbe Ewigkeit zu dauern, bis der Medikus die Widerhaken der Bolzenspitze freigelegt hatte und den Bolzen entfernen konnte. Es war der Bader, der Reinekin mit der Hand auf die Schulter klopfte: »Gut gemacht, ich glaube, Ihr könnt Euch jetzt zurückziehen.«

In der Diele hatte sich das Gesinde zusammengefunden und einer der Wachmänner, deren Aufgabe der Schutz des Lübecker Bürgermeisters war, sowie Pietro. Reinekin gab in knappen Worten wieder, was der Bader gesagt hatte. »Er wird wohl durchkommen, Gott sei Dank.«

»Von dem Mordgesellen gibt es keine Spur«, berichtete Pietro.

»Er muss noch in der Stadt sein. Zur Tatzeit waren die Tore

schon geschlossen. Morgen können wir ihn erwischen«, sagte Reinekin.

»Ich bin mir da nicht so sicher. Der Mann ist kein Anfänger. Er hat von einem Baugerüst bei schlechtem Wetter gut 150 Meter über den Marktplatz geschossen. Ich kenne keinen, der auf diese Entfernung trifft. Dann ist er von dort an einem Seil so schnell herabgeklettert, dass keiner unserer Männer zur Stelle war. Sie haben ihn nur von hinten gesehen, und außer der Beobachtung, dass er klein und flink ist, haben wir nichts. Er hat seine Flucht offensichtlich gut geplant«, meinte Pietro skeptisch.

Reinekin gab dem Wachmann Instruktionen. »Vor allem der Hafen muss kontrolliert werden. An den Toren wird er es nicht wagen zu fliehen. Jedes auslaufende Schiff muss genau untersucht werden.«

Am nächsten Morgen war Reinekin nach kurzer Nacht wieder früh unterwegs. Es war wärmer geworden. Endlich schien der Frühling sich durchzusetzen. Er atmete tief ein. Von der Ostsee kam eine frische Brise, und es roch nach Frühling. Er kontrollierte die Wachposten an den Toren, und am Hafen vergewisserte er sich, dass kein Schiff ohne vorherige Durchsuchung auslief.

Um die zehnte Stunde ging Reinekin zum Haus des Bürgermeisters. »Er war wach, hat getrunken, und jetzt schläft er wieder«, berichtete eine Magd. »Wir haben alle für ihn gebetet.«

Reinekin betrat das Schlafgemach seines Schwiegervaters. Balthasar hatte einen Verband um den Oberkörper und lag schlafend im Bett. Neben ihm saß eine Magd, die sich ehrfürchtig erhob, als Reinekin den Raum betrat. Er bedeutete ihr, sitzen zu bleiben. Reinekin schaute auf den alten Mann, dessen Haut aschfahl war. Reinekin schien es, als schauten die Wangenknochen mehr als sonst aus dem Gesicht hervor. Keine Frage – selbst bei einer schnellen Genesung würde Balthasar Grevenrode nicht an den Verhandlungen in Stralsund teilnehmen können.

Im Hof wartete der Hauptmann der Wachen mit einem seiner Leute. »Herr, der Mann hier hat eine Meldung gemacht, die von Bedeutung sein könnte.«

»Was gibt's?«, fragte Reinekin den Wachmann.

»Vor einer Woche, Herr, am Tag, an dem wir die Wachen verdoppelt haben, hab ich abends in der Schenke ›Hinter dem Burgtor‹ mit einem Fuhrmann aus Lüneburg getrunken. Der Mann nannte sich Langheinrich. Er erzählte von einer verdächtigen Person, die sich ihm auf dem Weg von Lüneburg angeschlossen und mit ihm die Stadttore passiert hat. Der Verdächtige gab vor, bei seiner Schwester zu wohnen, die mit einem Paternostermacher verheiratet sei, aber anscheinend wusste er nicht, wo die Paternostermacher leben. Angeblich war er nach Lübeck gekommen, um Heringe für einen Nürnberger Kaufmann zu erwerben, so hat er dem Langheinrich erzählt, dabei hat der gar nicht lesen können. Und dann hat er noch gesagt, der Langheinrich, dass der Fremde klein war und viele Narben im Gesicht hatte. Aber Geld hat er gehabt, weil er dem Langheinrich fürs Mitnehmen so viel Gehalt gegeben hat, dass die ganzen Fuhrleute sich haben besaufen können, und mich haben sie auch noch eingeladen. Und dieser Fremde ist dem Langheinrich eingefallen, als ich erzählt habe, warum wir die Wachen verdoppelt haben. Weil wir nämlich einen Anschlag auf unseren Bürgermeister fürchten.«

Reinekin überlegte, ob er dem Wachmann Vorwürfe machen sollte, weil er erst jetzt mit seiner Geschichte herauskam, oder ob er sich bedanken sollte, dass er überhaupt damit herausgekommen war. Er entschied sich für Letzteres und wandte sich dann an den Hauptmann.

»Lasst bei den Paternostermachern überprüfen, ob sich da ein Nürnberger Kaufmannsgehilfe eingenistet hat. Wenn nicht, dann fragt in den Schenken und Herbergen, ob jemand den Verdächtigen gesehen hat. Und schickt einen Mann nach Lüneburg diesem Langheinrich hinterher. Vielleicht kann der sich noch an mehr erinnern. Ein weiterer Mann soll nach Wismar reisen, einer nach Bremen und einer nach Danzig, damit wir in Erfahrung bringen, wie die dortigen Morde begangen wurden und ob es Zusammenhänge mit dem Anschlag auf den Bürgermeister gibt.«

Die Nachforschungen brachten zunächst nichts ein. Es wurde zwar schnell klar, dass die Geschichte des Fremden nicht stimmen konnte, denn bei den Paternostermachern hatte niemand Besuch erwartet oder empfangen. Wo der Fremde stattdessen abgestiegen war, blieb aber unklar. Erst als die Wachen aus Wismar, Hamburg, Danzig, Bremen und Lüneburg zurück waren, ergaben sich erste Anhaltspunkte. Nur in Danzig hatte man nichts beobachtet. Den Mörder von Heinrich Molteke hatte niemand gesehen. Anders verhielt es sich im Falle des Bremer Ratsherrn Wackerowe, der in einem Hamburger Wirtshaus vergiftet worden war. Drei der an diesem Abend anwesenden Gäste hatten kurz vor dem Eintritt des Todes das Lokal verlassen. Zwei davon waren ausfindig gemacht worden. Es handelte sich um Viehhändler aus der Umgebung, die nicht verdächtig waren. Die dritte Person war nicht gefunden worden. Der Mann wurde als relativ klein, zierlich und mit Narben auf den Handrücken beschrieben. Er hatte Kaufmannskleidung getragen. Das deckte sich weitgehend mit der detaillierten Beschreibung, die der Kutscher Langheinrich aus Lüneburg von dem Mann gegeben hatte. Langheinrich hatte noch von Narben im Gesicht gesprochen und Details hinzugefügt: dünnes braunes Haar, tief liegende, eng stehende Augen, Hakennase und eine trotz Kaufmannstracht insgesamt ungepflegte Erscheinung. Nur aus Wismar konnte man keine Personenbeschreibung liefern, aber der Bolzen, der aus Karbows Rücken entfernt worden war, glich demjenigen, den man aus Balthasar Grevenrodes Schulter operiert hatte, haargenau. Ging man einmal davon aus, dass die meisten Bolzen in Material, Länge, Form der Spitze und Art der verwendeten Federn erhebliche Unterschiede aufwiesen, dann war das schon ein gewichtiges Indiz dafür, dass es in beiden Fällen der gleiche Schütze gewesen sein musste.

»Es handelt sich um einen gedungenen Mörder, einen Meisterschützen, der über große Entfernung treffsicher mit der Armbrust umgehen kann. Der Mann ist von kleiner, zierlicher Gestalt, mit Narben im Gesicht und auf den Handrücken und tritt anscheinend als Kaufmann auf. Er schreckt auch vor anderen Mordwaffen nicht zurück und ist klug genug, den Ort seiner Taten unbemerkt zu verlassen«, resümierte Reinekin. »Das sollten wir unbedingt an Wulflam weitergeben, denn ich befürchte, unser Mann ist auf dem Weg nach Stralsund.«

KAPITEL 8

Der »Goldene Krug« war ein Gasthof auf halbem Wege zwischen Lübeck und Wismar. Hier hielten Reisende an, die auf dem Landweg entlang der Ostseeküste unterwegs waren, zumeist Händler und Fuhrleute. Sie kamen meist am Abend, fuhren auf den großen Hof des Gasthauses, ließen ihre Tiere versorgen und sich in der niedrigen Schankstube Brot und Fleisch servieren, tranken ein paar Lübecker Biere und fuhren am nächsten Morgen weiter. Nur selten kam es vor, dass jemand über mehrere Tage blieb. Umso auffälliger war der Gast, der sich jetzt schon seit drei Tagen im Krug aufhielt. Der Mann war zu Fuß gekommen und hatte eines der Pferde aus dem Stall des Wirts erworben. Der hielt sich seitdem für einen geschickten Viehhändler, denn er hatte weit mehr Geld erhalten, als der Gaul wert war. Gerne hätte der Wirt, der von Natur aus neugierig war, den Reisenden ausgefragt, doch der verhielt sich ausweichend. Er komme aus Hamburg und wolle nach Greifswald und sei Teilhaber an einem Handelshaus und warte auf einen

Geschäftspartner aus Lüneburg – mehr war von dem Mann nicht zu erfahren.

Albert Puster hatte guten Grund, nicht allzu auskunftsfreudig zu sein. Das brachte sein Beruf mit sich, und das lag auch im Interesse seines Auftraggebers, dessen Abgesandten er hier treffen sollte. Ihm wäre eine Verabredung an einem belebten Ort, in Wismar, Greifswald oder Stralsund, lieber gewesen, doch sein Auftraggeber hatte das strikt abgelehnt, wahrscheinlich weil er an diesen Orten zu schnell erkannt worden wäre. Am dritten Tag traf der Mann, auf den er gewartet hatte, endlich ein. Er hatte sich einer Gruppe von Fuhrwerken angeschlossen, die auf dem Weg nach Wismar waren. Lüders, wie er sich nannte, war untersetzt und trug einen ordentlichen Bauch vor sich her. Sein nahezu kahler Kopf ruhte auf einem kurzen Hals mit einem ausladenden Doppelkinn. Eine mächtige Knollennase, auf der sich mehrere Warzen befanden, prägte das Gesicht. Er trug den teuren Stoff der Kaufleute und sah sich nervös um, als das Fuhrwerk in den Hof einbog. Albert Puster musste grinsen, als er Lüders sah. Für den Dicken war der Umgang mit einem gedungenen Mörder Angst einflößend. Lüders fürchtete sich vor dem Tod, und noch mehr fürchtete er sich vor dem, was danach kommen würde. Nach den bisherigen Treffen mit dem Narbengesicht war er tagelang die Angst vor den Höllenqualen nicht mehr losgeworden. Albert Pusters Grinsen verwandelte sich in ein lautes Lachen. Das Warzenschwein war endlich da. Der Mann band seinen Rappen los, führte ihn zum Stall und übergab ihn dem Pferdeknecht. Dann kam er auf Albert Puster zu, der vor der Schenke in der Sonne saß und den dritten Humpen Lübecker Schwarzbier vor sich stehen hatte. Das Warzenschwein rückte dicht an ihn heran und sagte mit leiser, aber ärgerlicher Stimme:

»Was gibt es da zu lachen? Du hast versagt. Der Lübecker lebt noch.«

»Ich habe ihn getroffen, habe gesehen, wie er fiel.«

»Aber er lebt. Ich komme gerade aus Lübeck.«

Albert Puster erinnerte sich, dass der Lübecker nicht in die Knie gegangen und vornüber gesackt war, sondern dass es ihn seitlich umgerissen hatte. Möglicherweise hatte er ihn an der Schulter getroffen. Albert Puster ärgerte sich. Früher wäre ihm das nicht passiert. Gegenüber Lüders ließ er sich jedoch nichts anmerken.

»Was regt Ihr Euch auf? So wie ich es sehe, wird er sobald nicht mehr auf die Beine kommen.«

»Ich hatte dir den Auftrag erteilt, ihn aus dem Verkehr zu ziehen.«

»Wenn er tatsächlich wieder auf die Beine kommt, kann ich es noch mal probieren. Aber das kostet extra. Es ist nicht leicht, an so einen Mann heranzukommen.«

»Nein, ich habe einen anderen Auftrag für dich. Halte dich in Stralsund bereit. Am Fährtor, nach Sonnenuntergang, in den ersten Maitagen werde ich dir Näheres mitteilen.«

»Bevor ich den Auftrag annehme, solltet Ihr erst die ausstehende Hälfte für den Lübecker bezahlen.«

Der Mann mit der Knollennase griff ärgerlich in sein Wams, holte einen Lederbeutel hervor und warf ihn wütend auf den Tisch.

»Wenn du erneut versagst, wird es keine zweite Rate mehr geben.«

»Ich habe den Wismarer für Euch erledigt und einen in Bremen und einen weiteren in Danzig. Den Lübecker habe ich zumindest getroffen und schwer verletzt. Jetzt habt Ihr einen neuen Auftrag und glaubt, mir drohen zu können?« Albert Puster lachte, griff den Geldbeutel, öffnete ihn und zählte nach.

»Da fehlt die Anzahlung für den neuen Auftrag.«

»Die erhältst du in Stralsund.«

»Und wen soll ich für Euch beseitigen?«

»Das erfährst du noch früh genug.«

Albert Puster steckte den Lederbeutel mit den Münzen ein. Auch ohne Anzahlung war er hochzufrieden. Das Warzenschwein hatte gezahlt, obwohl der Lübecker noch lebte. Mit der Summe würde er sich überall niederlassen können. Ein Gasthof wie dieser hier, das wäre nicht schlecht. Eine halbe Stunde später hatte er sein Bündel gepackt und ritt auf einer alten Stute in Richtung Stralsund. Nach einer Stunde bog er Richtung Norden ab und erreichte nach zwei Kilometern die Küste, wo er sich nach einem Platz zwischen den Dünen umsah, der für sein Vorhaben geeignet war. Er deponierte die zerlegte Armbrust im Sand und schritt dann eine Entfernung von hundert Schritten ab, grub einen armdicken Ast in den Sand, legte weitere fünfzig Schritte zurück, grub erneut einen Ast ein und wiederholte diese Prozedur nach zweihundert Schritten. Dann ging er zurück und baute die Armbrust zusammen. Es dauerte eine gute halbe Stunde, bis er mit dem Sitz des Bogens zufrieden war. Er spannte die Sehne, legte einen Bolzen ein und zielte auf den ersten Pfosten. Er wartete, bis er den ruhigen, langsamen Schlag seines Herzens spürte, atmete aus und schoss. Der Holzpfosten wurde aus dem Sand gerissen und nach hinten geschleudert. Er spannte die Armbrust erneut, nahm den zweiten Bolzen und visierte das Ziel in 150 Schritt Entfernung an. Er sah den Pfosten, aber dessen Konturen waren merkwürdig verschwommen. Dieses Phänomen beobachtete er seit einiger Zeit, wenn er weit in die Ferne schaute. Dinge, die er früher klar gesehen hätte, schienen ihre Konturen zu verlieren. Bei dem Schuss auf den Lübecker Bürgermeister hatte er zum ersten Mal gespürt, dass nun auch Gegenstände in geringerer Entfernung an Schärfe verloren. Er kniff die Augen zusammen. Für kurze Zeit schien das Ziel seine Konturen wiederzugewinnen, doch dann verschwammen sie wieder. Er konzentrierte sich erneut. Ausatmen. Schuss. Der Ast fiel. Albert Puster atmete auf und lud die Armbrust nach. Das dritte Ziel konnte er nicht mehr eindeutig anvisieren, so sehr er sich auch konzentrierte und die Augen zusammenkniff. Sein Atem ging langsam, die Armbrust lag ruhig in seiner Hand, aber über Kimme und Korn sah er nur eine mehr oder weniger verschwommene dunkle Linie. Er schoss, aber der Ast blieb stehen. Albert Puster legte die Waffe in den Sand und sammelte die Bolzen ein. Der erste steckte mitten in dem zehn Zentimeter breiten Holz. Der zweite hatte ein Stück aus dem Ast gesplittert und lag fünf Meter hinter dem Ziel. Wie in Lübeck, dachte er. Die gleiche Entfernung und wieder nur ein Streifschuss. Den dritten Bolzen fand er weit hinter dem Zweihundert-Meter-Ziel, das er offensichtlich deutlich verfehlt hatte. Er trat verärgert in den Sand. Noch vor einem Jahr hätte er getroffen. Jetzt traf er nicht mal mehr genau auf nur 150 Meter, und er fragte sich, wie schnell diese Krankheit voranschreiten und wie sie enden würde. Irgendwann würde er seinen Beruf nicht mehr ausüben können. Würde am Ende die Dunkelheit stehen? Er fürchtete sich vor der Dunkelheit, seit ihn der Alte selbst für kleinste Verfehlungen stundenlang, oft tagelang in den Turmkeller gesperrt hatte. Der Alte – Albert Puster biss die Zähne zusammen – den Alten musste er noch töten, und damit sollte er nicht mehr allzu lange warten.

KAPITEL 9

Am Krankenbett von Balthasar Grevenrode hatte sich ein guter Teil des Rates der Stadt Lübeck versammelt. Es waren allesamt Fernhandelskaufleute wie Balthasar Grevenrode und Reinekin Kelmer. Neben Balthasars Bett waren vier Stühle aufgestellt. Der Stuhl neben dem Bürgermeister war für Reinekin freigehalten worden. Neben ihm saß Johan Warendorp, einer der reichsten Kaufleute der Stadt und Bruder von Brun Warendorp, dem Lübecker Bürgermeister, der vor einem Jahr im Kampf gegen die Dänen gefallen war. Warendorp hatte sich bei Reinekin regelmäßig nach dem Gesundheitszustand von Balthasar Grevenrode erkundigt und sich ob der bevorstehenden Verhandlungen in Stralsund beunruhigt gezeigt. »Wenn Euer Schwiegervater nicht reisen kann, werdet Ihr sicher an seiner statt fahren?«, hatte er einmal wie beiläufig gefragt, und Reinekin hatte mit einem kurzen »Nein« geantwortet. Außer Warendorp zählte Reinekin noch an die zwanzig Häupter einflussreicher Lübecker Kaufmannsfamilien. Balthasar Grevenrode, dem es seit einigen Tagen besser ging, hatte seinen Schwiegersohn zu diesem Treffen gebeten. Reinekin war nur widerstrebend der Bitte gefolgt, denn er ahnte, worum es gehen sollte.

»Leider kann ich Euch keinen gemütlicheren Platz anbieten. Der Medikus hat mir noch immer nicht erlaubt, das Bett zu verlassen. Aber das Wundfieber, mit dem ich lange gerungen habe, ist überstanden, und bald werde ich wieder auf den Beinen sein.«

»Gott sei gepriesen«, sagte Johan Warendorp. »Es gibt in dieser Runde wohl keinen, der nicht für Eure Genesung gebetet hat, verehrter Balthasar.«

Einige der Anwesenden nickten zustimmend mit dem Kopf.

»Wir haben lange gezögert, Euch aufzusuchen«, fuhr Warendorp fort, »weil wir hörten, dass Ihr mit dem Fieber ringt. Nun, da Ihr mit Gottes Hilfe davon genesen seid, wollten wir mit Euch eine Angelegenheit höchster Dringlichkeit besprechen. Nächste Woche, wie Ihr wisst, müssen wir Ratssendboten nach Stralsund schicken, um mit dem dänischen Reichsrat einen Frieden zu verhandeln. Ihr wisst, welche Verantwortung auf den Lübecker Sendboten lastet. Bei derart wichtigen Fragen, zumal wenn die Städte unterschiedlicher Meinung sind, schauen alle auf das Haupt der Hanse, um zu einer Einigung zu kommen. Und nun ja«, Johan Warendorp zögerte, »es geht das Gerücht, dass an Eurer Stelle Hermen Burskup uns vertreten wird.«

»Das ist kein Gerücht«, mischte sich Henneke Ricboden ein, der am Fußende des Krankenbettes stand und einen modischen Federhut in den Händen hielt. »Ich habe es aus Hermen Burskups eigenem Mund gehört, dass er Lübeck in Stralsund vertreten werde. Im Ratskeller hat er im Kreis der Brauer damit geprahlt.«

»Burskup und die Brauer! Er hofiert sie wie ein König«, sagte Vicko Elbeck, der ebenfalls auf einem der Stühle saß.

Keiner der Anwesenden war gut auf Hermen Burskup zu sprechen. Beschimpfungen und Flüche wurden ausgestoßen, bis Balthasar Grevenrode beschwichtigend die rechte Hand hob.

»Die Brauer und die Zünfte stehen hinter ihm und einige von den Kaufleuten, mit denen er Geschäfte macht oder denen er Geld geliehen hat. Jedenfalls hat er eine Mehrheit im Rat und wird aller Wahrscheinlichkeit nach der nächste Bürgermeister Lübecks, wenn meine Amtszeit im Herbst abgelaufen ist.«

»Und so führt er sich jetzt schon auf«, meinte Henneke Ricboden verächtlich.

»Kurzum, Balthasar, wir wollten Eure Meinung hören, wer uns in Stralsund vertreten soll. Am liebsten wäre es uns natürlich, wenn Ihr selbst reisen könntet«, sagte Johan Warendorp.

»Ich fühle mich durch Euer Vertrauen geehrt, aber das ist ausgeschlossen. Eine Reise kann ich mir noch nicht zumuten.«

Es entstand eine Pause, bis Warendorp sagte: »Das haben wir befürchtet. Deshalb wollten wir hören, welche Pläne Ihr habt.«

Balthasar Grevenrode sah Reinekin an, der dem Blick seines Schwiegervaters auswich.

»Ich habe keine Pläne.«

»Ihr müsst jemanden benennen, der an Eurer Stelle fährt«, insistierte Warendorp.

»Wen schlagt Ihr vor?«, fragte Balthasar Grevenrode.

»Es muss jemand sein, der Euch nahe steht und der unsere Interessen vertritt.« Johan Warendorp wies mit der linken Hand auf die versammelten Großkaufleute. »Und, nun, wir haben an Euren Schwiegersohn gedacht.« Warendorp schaute zu Reinekin, der an den beiden goldenen Ringen spielte, die er seit dem Tod seiner Frau am Ringfinger der rechten Hand trug.

»Ich nehme an, Ihr habt mit ihm gesprochen«, sagte Balthasar Grevenrode.

»Nun, nicht direkt diesbezüglich.«

»Ich habe nein gesagt. Mit Verlaub, Warendorp, warum fahrt Ihr nicht an des Bürgermeisters Stelle? Ihr habt Lübeck auf zahlreichen Hansetagen vertreten und seid ein erfahrener und angesehener Unterhändler«, sagte Reinekin mit hörbarem Ärger in der Stimme.

Warendorp hatte damit gerechnet, dass er aufgefordert würde, nach Stralsund zu fahren. »Ihr wisst alle, dass ich letztes Jahr vor Bergen in einen Sturm geraten bin. 27 Menschen sind ertrunken. Ich habe als Einziger überlebt und wurde durch ein Wunder nach zwei Tagen – bewusstlos auf ein paar Planken im offenen Meer treibend – von einem Schiff aus Brügge gerettet. Ich habe in den Stunden der Not mit dem Herrn gesprochen und am ersten Jahrestag meiner Rettung eine Wallfahrt nach Santiago de Compostela gelobt, wenn ich dem Tod entgehe.«

Es war allen Anwesenden klar, dass Johan Warendorp dieses Versprechen einhalten musste.

»Ich werde morgen aufbrechen und – so Gott will – im August wieder zurück sein.«

»Dann eben Henneke Ricboden oder Heinrich Elbeck. Jeder hier im Raum kommt in Frage«, sagte Reinekin.

»Theoretisch ja, aber es sind nur wenige hier, die an Einfluss und Macht Hermen Burskup übertreffen. Wir brauchen jemanden, der ihn in die Schranken weisen kann«, sagte Johan Warendorp.

Die Diskussion dauerte an. Verschiedene Möglichkeiten wurden durchgespielt, aber keine Lösung gefunden. Währenddessen ermattete Balthasar Grevenrode zunehmend. Seine Augen fielen zu.

»Es wird Zeit, dass wir gehen«, sagte Johan Warendorp, »und Balthasar seine verdiente Ruhe erhält.«

Der Ratsherr stand auf.

»Wir wünschen Euch gute Genesung und bitten Euch, noch einmal einen Familienrat zu halten. Gott sei mit Euch.«

Die Ratsherren verließen das Krankenzimmer, und Reinekin blieb mit Balthasar allein zurück.

»Sie warten alle nur auf dich. In der jetzigen Situation bist du der Einzige, der die Macht hat, Hermen Burskup auszustechen.«

»Macht«, sagte Reinekin verächtlich. »Wie käme ich dazu? Ich kaufe Pfeffer, Wein und Glas in Italien, verkaufe bis hinauf nach Riga und Bergen. Meine Schiffe bringen Bernstein und Pelze zurück, die ich wieder nach Italien schicke, und dann geht der ganze Kreislauf von vorne los. Wo ist da Macht?«

»Reichtum ist Macht. Familienverbindungen sind Macht. Wohltätigkeit führt zu Ansehen, und Ansehen ist Macht. Gottesfurcht verleiht Macht. Klugheit und Besonnenheit und die Gabe der Rede verleihen Macht. Und von all dem hast du, Reinekin, mehr als alle anderen.«

»Balthasar, es ist spät geworden.« Reinekin stand auf und wandte sich zur Tür.

»Sprich mit Bruder Benedikt und denk daran, was Johanna dir raten würde.«

Die Straßen der nächtlichen Stadt waren leer. Der Nachtwächter rief die elfte Stunde aus. Die »Ratsschenke« entließ ihre letzten Zecher. Ein Hund kläffte ihn an, und auf der Breiten Straße lagen zwei große Sauen, denen Reinekin ausweichen musste. Er fühlte sich einsam. Wenn nur Johanna jetzt zu Hause auf ihn warten würde. Am Kohlmarkt wurde ihm die Tür geöffnet. Der kleine Claas trat heraus und lächelte ihn an.

»Du hast einen siebten Sinn, Claas.«

»Nur ein gutes Gehör«, sagte der achtzehnjährige Sohn des einäugigen Claas und verriegelte die Tür. »Gute Nacht, Herr.«

Reinekin fand keinen Schlaf. Eine Stunde lang hatte er vor den Betten von Jan und Geseke gesessen und die schlafenden Kinder angeschaut. Die Gesichtszüge des Mädchens erinnerten so sehr an ihre Mutter, dass Reinekin bei ihrem Anblick manchmal erschrak.

Um zwei Uhr nachts verließ Reinekin das Haus und lief mit einer Laterne in der Hand die Königstraße hinunter zum Franziskanerkloster. Er klopfte an die Tür, und nach einiger Zeit öffnete sich die Klappe. Ein Klosterbruder steckte sein verschlafenes Gesicht heraus, nuschelte etwas Undeutliches, schloss die Klappe und öffnete die Klosterpforte. Reinekin war einer der großen Stifter der Franziskanerbrüder und hatte ihre Messen im letzten Jahr häufig besucht. Durch einen Seiteneingang betrat er das Gotteshaus. Die Kirche der Bettelmönche war kleiner als St. Marien und der Dom. Für Reinekin war sie dennoch die schönste der sieben großen Lübecker Kirchen. Der Chor, in dem sich die Brüder zur nächtlichen Messe der Vigilien versammelt hatten, lag erhöht über dem Erdgeschoss der Kirche. Unter dem Chor befand sich ein Kreuzgewölbe, in dem sich Reinekin niederließ. Hierher war er schon einige Male gekommen, um Zwiesprache mit Johanna zu halten.

»Dominus regit me et nihil mihi deerit«, sang die Gruppe der Mönche im rechten Chorgestühl. »In loco pascuae ibi me collocavit super aquam refectionis educavit me«, antworteten die Mönche im linken Chorgestühl, woraufhin die erste Gruppe den Gesang wieder aufnahm: »Animam meam convertit. Deduxit me super semitas iustitiae propter nomen suum.«

Während der Vigilien sangen die Mönche im Wechselgesang die Psalmen. Der Duft von Kerzen und Weihrauch durchdrang den Raum, üppig und schwer, wie ein Herbstnebel in der Lübecker Bucht. Reinekin versank im Gebet. Er redete mit Gott, und irgendwann redete er mit Johanna.

»Ich wünschte, dass du bei mir wärest.«

»Ich bin bei dir, Reinekin.«

»Ich habe dir ein Versprechen gegeben.«

»Du hast es gehalten. Den Kindern geht es gut, sie sind wohl versorgt und wachsen in der Obhut und mit der Liebe der Familie auf.«

»Wenn ich nach Stralsund fahre, sind sie alleine.«

»Für kurze Zeit.«

»Vielleicht für immer. Es gibt eine Verschwörung, der schon drei Männer zum Opfer gefallen sind und beinahe auch Balthasar. Ich könnte der Nächste auf der Liste der Verschwörer sein.«

»Gott hält seine schützende Hand über dich. Du hast Stürme überlebt und Überfälle von Räubern. Und sind nicht deine Schiffe noch immer wohlbehalten zurückgekehrt?«

»Wer Handel treibt, kennt die Gefahren, die auf ihn lauern. Diesmal ist es anders. Ich weiß nicht, gegen wen ich kämpfe.«

»Du wirst dich zu schützen wissen. Nimm Pietro mit und die beiden Claas und finde heraus, wer hinter der Verschwörung steckt. Vertraue keinem der Sendboten – auch Wulflam nicht.«

Der Gesang der Mönche hatte aufgehört. Der Hall ihrer Schritte riss Reinekin in die Wirklichkeit zurück.

»Gott zum Gruß!«

Reinekin schaute auf. Neben ihm stand Bruder Benedikt, der Abt der Franziskaner.

»Gott zum Gruß, Bruder Prior. Entschuldigt, dass ich so unangekündigt in Eure Nachtmesse geschlichen bin.«

»Es ist immer eine Freude, dich bei uns zu sehen. Kann ich dir helfen, willst du die Beichte ablegen?«

»Bruder Prior, Ihr habt mir schon geholfen, mehr als Ihr Euch denken könnt. Ich habe mich soeben entschlossen, an Stelle von Balthasar nach Stralsund zu reisen.«

»Stralsund«, sagte der Mönch, »ist ein gefährliches Pflaster. Der Bürgermeister ist ein gieriger Mann, der ein schreckliches Regiment führt. Er kümmert sich wenig um die Armen, und das Werk meiner frommen Brüder hat er oft genug behindert und die Rechte der Kirche missachtet. In Stralsund haben die Wände Ohren, aber es gibt einen Ort, an den der lange Arm der weltlichen Obrigkeit nicht zu reichen vermag. Ich werde dir ein Schreiben an die Brüder des heiligen Franziskus mitgeben. Dort kannst du wohnen, und dort wirst du Ruhe finden, wenn du sie brauchst.«

Um fünf Uhr morgens erwachte Lübeck zu neuem Leben. Fenster wurden geöffnet und Nachttöpfe auf die Straße entleert. In der Knochenhauerstraße konnte Reinekin gerade noch Exkrementen ausweichen. Es war eine gefährliche Uhrzeit für Spaziergänge durch die Stadt, besonders in den engen Gassen des Handwerkerviertels.

Nach einem Frühstück aus Haferbrei und Milch suchte Reinekin seinen Schwiegervater auf.

»Gut«, sagte Balthasar Grevenrode. »Ich habe nie daran gezweifelt, dass du die Aufgabe übernimmst.«

Der Bürgermeister schickte nach einem Schreiber, dem er einen Brief an den Rat diktierte. Darin bedauerte er, nicht selbst an den Verhandlungen in Stralsund teilnehmen zu können, und teilte mit, dass an seiner statt der Ratsherr Reinekin Kelmer die Verhandlungen für den Rat von Lübeck leiten werde. Dabei solle ihm alle mögliche Unterstützung zuteil werden, die er wünsche.

Dann wandte sich Balthasar an Reinekin:

»In Stralsund musst du auf Sudermann, Ghulsowe und Classoen achten. Ich weiß nicht, welche Interessen sie vertreten werden, aber es werden mit Sicherheit nicht die unseren sein. Nimm dich außerdem vor Hermen Burskup in Acht. Er hat zwar im Prinzip die gleichen Interessen wie wir, aber schon aus Rache würde er alles tun, um dir zu schaden. Und achte auf Wulflam. Er sucht seinen persönlichen Profit. Er hat keine Prinzipien. Sein Ziel ist die Vermehrung seiner Macht und seines Reichtums. Verlassen kannst du dich auf die Niederländer, die Süderseer und die Holländer. Die Preußen werden dich unterstützen, ebenso die Balten und die Lüneburger. Die wenigsten Schwierigkeiten wirst du mit den Dänen selbst haben. Sie werden unsere wichtigsten Punkte akzeptieren und alles tun, um den Bestand des dänischen Reiches zu retten. Aber Henning von Putbus ist ein gewiefter Taktiker. Pass auf, dass er dich nicht hereinlegt. Er wird behaupten, dass er dies und jenes nicht entscheiden könne ohne die Zustimmung von König Waldemar. Er wird mit all seiner Liebenswürdigkeit behaupten, dass er selbst dir gerne entgegenkommen würde, aber nicht weiß, ob Waldemar so weit gehen könne. All das kannst du getrost als taktisches Geschwätz abtun. Henning und Waldemar ziehen immer am selben Strang. Zwischen sie passt kein Blatt Papier. Sie kennen und vertrauen sich seit mehr als zwanzig Jahren.«

Der einäugige Claas war ein Hüne, ein gelernter Schmied, der durch den Tritt eines Pferdes ein Auge verloren hatte. Der Pferdehuf hatte ihm außerdem Jochbein und Nase zertrümmert, was sein Gesicht für alle Zeit deformierte. Wer den einäugigen Claas nicht kannte, konnte bei seinem Anblick leicht erschrecken. Seit diesem Unfall hatte er in den Diensten Balthasar Grevenrodes gestanden und war nach der Hochzeit von Balthasars Tochter in deren Hausstand gewechselt. Claas war trotz seines grobschlächtigen Äußeren mit krummer Nase und schwarzer Augenklappe ein liebenswürdiger und gutmütiger Mann, ein Majordomus im Hausstand der Kelmers, der das Beladen und Entladen der Schiffe beaufsichtigte, Waren prüfte, die Knechte und Hafenarbeiter einteilte und für Frieden sorgte, wenn sich wieder einmal zwei Knechte in den Haaren lagen. Der einäugige Claas hatte fünf Söhne, die sich allesamt als Schmiede und Wagner in Lübeck, Wismar und Stralsund niedergelassen hatten. Sein jüngster Sohn, der ebenfalls Claas hieß und deshalb der ›kleine Claas‹ genannt wurde, obwohl er seinen Vater noch überragte, hatte ebenfalls Schmied gelernt und war nach seinen Lehrjahren in Reinekins Hausstand zurückgekehrt. Er würde in ein paar Jahren die Aufgaben seines Vaters übernehmen, wenn dieser sich aufs Altenteil setzen wollte.

Reinekin fand den einäugigen Claas am Hafen beim Entladen einer Kogge, die Pelze aus Nowgorod gebracht hatte. Claas wuchtete eines der zentnerschweren Fellbündel auf ein Fuhrwerk, als handele es sich um einen Sack englischer Wolle.

»Die halbe Ladung ist nass geworden. Im Sturm vor Bornholm. Wir müssen sie trocknen, bevor wir sie verkaufen.«

Reinekin fuhr mit der Hand über einen der Packen mit Hermelinpelzen. Das braune Fell war eben, dick und flauschig. Die Kürschner würden daraus Mäntel machen, mit denen sich in Venedig, Frankfurt und Nürnberg gute Gewinne erzielen ließen.

»Claas, ich werde in drei Tagen an Balthasars statt nach Stralsund aufbrechen, und ich will dich fragen, ob du und der kleine Claas mich begleiten wollt. Es wird nicht ganz ungefährlich sein, denn wer Balthasar nach dem Leben getrachtet hat, könnte es auch auf mich absehen.«

Der Einäugige wuchtete ein weiteres Bündel Hermelin auf das Fuhrwerk, drehte sich grinsend um, streifte die Ärmel seines Wamses bis zum Ellenbogen hoch und hielt Reinekin seine mächtigen Hände entgegen.

»Wenn in Stralsund die Möglichkeit besteht, dass diese Hände den Halunken zu fassen kriegen, der Euren Schwiegervater ermorden wollte, dann sind wir mit Freude dabei.«

Pietro Bottone bewohnte ein schmales Giebelhaus in der Petersgrube hinter St. Petri, das er der Witwe eines Schiffers abgekauft hatte, die in das Heilig-Geist-Hospital gezogen war. Seine Magd, eine junge Frau mit hochgesteckten blonden Haaren, öffnete auf das erste Klopfen und schaute Reinekin enttäuscht an.

»Wenn Ihr Euren Freund sprechen wollt, so seid Ihr umsonst gekommen. Der Schuft war seit drei Nächten nicht mehr hier. Vielleicht steckt er bei der Witwe Eversen am Lohberg oder bei einem Frauenwirt, und wenn er nicht bald auftaucht, kann er sich eine neue Hausfrau suchen. Sagt ihm das.« Die Blonde knallte wütend die Tür zu, um sie sofort danach wieder zu öffnen.

»Nein, sagt ihm das nicht.« Sie fing an zu schluchzen. »Sagt ihm, er soll zu seiner Friederike nach Hause kommen. Keine liebt ihn so wie ich!« Heulend schloss sie die Tür.

Reinekin ging zum Hauptquartier der Wache im Rathaus. Den Petersgrund herauf zwängten sich Hafenarbeiter mit Karren voller Salzfässer, die von Prähmen im Binnenhafen entladen worden waren. Reinekin mied den Kohlmarkt und den Marktplatz vor dem Rathaus, da zu dieser Zeit dort kaum ein Durchkommen war. Stattdessen wählte er den Weg über die Schüsselbudengasse und St. Marien. Doch auch hier drängten sich die Menschen. Waren wurden in Tragen in die Lagerhäuser der Kaufleute geschafft. Fußgänger, Lastenträger, Karrenschieber und vereinzelte Reiter wuselten an den Schüsselbuden vorbei, deren Waren bis weit auf die Straße gestapelt waren und von Kunden begutachtet wurden. Eine Gruppe von Kindern lief von der Marienkirche herunter. Ein Bauer verfolgte sie. »Haltet die Diebe«, schrie er und erntete Gelächter. Reinekin ging an den Läden der Goldschmiede vorbei, grüßte nach hier und dort und betrat die Wachstube im Rathaus. Der Hauptmann war über Reinekins Vollmachten bereits informiert.

»Wenn ich Euch recht verstehe, geht es Euch nicht darum herauszufinden, wer den Bürgermeister und die Ratsherren in Danzig, Wismar und Bremen töten wollte. Ihr wollt Informationen über diejenigen, die an Stelle der Ermordeten an den Verhandlungen in Stralsund teilnehmen.«

»Ja. Über den Mörder werden wir nicht viel mehr herausfinden, als wir bereits wissen. Es handelt sich um einen recht kleinen Mann mit vernarbtem Gesicht, der es versteht, auf nahezu zweihundert Meter zu treffen und außerdem klug genug ist, den Ort seiner Taten unbemerkt zu verlassen.

»Wahrscheinlich ein Landsknecht.«

»Möglicherweise, aber es gibt nur wenige, die auf so große Entfernungen so meisterlich zu treffen verstehen. Auf alle Fälle handelt es sich um einen gedungenen Mörder, und ich will herausbekommen, wer sein Auftraggeber ist. Deshalb schickt Eure klügsten Leute. Lasst sie nicht als Stadtwachen auftreten. Stattdessen können sie sich als Einkäufer oder als kleine Kaufleute ausgeben. Wie auch immer. Steckt sie in die rechten Kleider. Ich will wissen, mit wem Classoen, Ghulsowe und Wackerowe in letzter Zeit Geschäfte gemacht haben.«

»Das ist nicht einfach, wenn man bedenkt, dass kaum einer meiner Leute auch nur seinen Namen schreiben kann. Die Tore bewachen, Fuhrwerke kontrollieren, Halunken festnehmen und Raufereien beenden – dafür kann man meine Leute gebrauchen – und zum Zechen und Würfeln.«

»Dann schickt sie zum Zechen und Würfeln, aber sie sollen die Augen und Ohren offen halten.«

Den Nachmittag verbrachte Reinekin in seinem Kontor. Zu viel war in den letzten Monaten liegen geblieben. Reinekin schrieb Briefe nach Venedig, Frankfurt, Riga und Nowgorod. Er bestellte Waren in Venedig und fragte in Riga nach Abnehmern und Preisen. Reinekins Großvater war noch häufig mit den Waren gereist. Heutzutage brauchte ein Fernhandelskaufmann seine Ware nicht mehr selbst zu begleiten. Er leitete seine Geschäfte von seinem Hause aus. Nur bei besonderen Anlässen, wenn es etwa galt, einen neuen Vertriebsweg aufzubauen oder neue Geschäftspartner zu gewinnen, war das Reisen noch erforderlich.

Das Abendessen nahm Reinekin mit Jan und Geseke ein.

»Wie geht es dem Großvater?«, fragte Reinekin.

»Er wird wieder ganz gesund«, antwortete Jan.

»Und dann hat er gesagt, es sei viel wichtiger, dass du jetzt auch wieder ganz gesund wirst. Warst du denn krank, Papa?«

»Vielleicht war ich krank am Herzen und an der Seele.«

»Was ist die Seele, Papa?«

Pietro saß in der Küche und scherzte mit Reinekins Köchin Sarah, während er die Reste eines Schmorbratens verspeiste.

»Hätte ich solch eine Köchin, Reinekin, dann wäre meine Leibesfülle wahrscheinlich größer als die des Messer Ammaniti in Venedig.«

»In der Tat scheint sich deine Köchin weniger um deine Ernährung als um andere Bedürfnisse zu kümmern.« Reinekin erzählte von seinem morgendlichen Besuch.

»Sie wird sich wieder beruhigen. Spätestens heute Nacht.« Die Köchin verließ kichernd die Diele.

»Wo hast du gesteckt?«

»Heute Abend war ich in der Ratsschenke«, antwortete Pietro ausweichend. »Du bist das Hauptgesprächsthema an jedem Tisch. Hermen Burskup hat geschäumt vor Wut über Balthasars Brief an den Rat, so hörte ich Viersen, den Brauer, am Nebentisch berichten. Und ich weiß aus sicherer Quelle, dass sich Burskup mit den Zünften getroffen hat. Aber sie sind zu keinem Ergebnis gekommen.«

»Sie werden sich beruhigen. Im Herbst werden sie Burskup zu ihrem neuen Bürgermeister wählen. Bis dahin muss er sich noch gedulden. Wenn er sich zu früh gegen Balthasar auflehnt, werden einige seiner Unterstützer abspringen.«

Reinekin holte das Schachbrett hervor. »Hast du Lust, mich nach Stralsund zu begleiten?«

»Nach Stralsund will ich schon seit langem, um dem dort weit verbreiteten Übel der Alterssichtigkeit abzuhelfen und die dortigen Meister der Küche die Feinheiten der italienischen Pasta zu lehren.«

Reinekin musste grinsen. Was als kaum ernst zu nehmender Spleen begonnen hatte, war inzwischen ein Geschäft von beträchtlichen Ausmaßen geworden. Pietro Bottone hatte in mehreren Städten Verträge mit Goldschmieden geschlossen, die er in die Kunst der Herstellung von Brillen eingewiesen hatte. Die Goldschmiede zahlten ihm den vierten Teil einer jeden verkauften Brille und mussten sich außerdem verpflichten, das Wissen um die Herstellung nicht weiterzugeben und ausschließlich von Pietro geliefertes Glas aus Murano zu verwenden. Zudem hatte Pietro, wo immer er hinkam, ein paar Säcke Nudeln dabei, die er für ausgewählte Gäste zubereitete. Inzwischen hatte sich in der feinen Gesellschaft von Lübeck, Wismar, Rostock, Lüneburg und einigen anderen Städten, wo man den Luxus des Besonderen und Außergewöhnlichen schätzte, ein Kundenstamm entwickelt, der einen jährlichen Import von zwei Fuhrwerken italienischer Nudeln erforderlich machte.

»In drei Tagen brechen wir auf. Die beiden Claas werden uns begleiten.«

»Vertraust du meinem Schwert nicht mehr, oder warum willst du zwei Schmiede zu deinem Schutz mitnehmen?« Pietro sah ihn beleidigt an.

»Die beiden Claas sind nicht nur Schmiede. Das weißt du genau. Jeder von ihnen ist mehr wert als die drei besten Männer der Stadtwache, und dich werde ich für andere Aufgaben brauchen.«

KAPITEL 10

Der April ist ein Monat mit unsicherem Wetter, aber an diesem Morgen merkte man doch, dass nach dem langen Winter der Frühling endlich kommen wollte. Reinekin gab die letzten Anweisungen zum Verstauen der Waren, die er in Stralsund zu verkaufen dachte. Zwanzig Fässer italienischen Wein hatte er an Bord bringen lassen und ein paar kleine Säcke mit Gewürzen, vor allem Ingwer, Kardamom und Muskat. Hinzu kamen die Gastgeschenke – zehn große geräucherte Lachse, die er gestern beim Gildemeister der Fischergilde gekauft hatte, und Schuhe aus feinstem Leder, wie sie so nur in Lübeck hergestellt wurden. Auch die Schiffsbesatzung hatte Waren an Bord genommen. Der Kleinhandel war für sie ein attraktives Zubrot. Pietro hatte eine hölzerne Truhe mit optischen Gläsern aus Venedig unter dem Arm, als er den Kai herunterkam. Während er seinen Kleidersack von einem Knecht tragen ließ, gab er seine Truhe nicht aus der Hand. Der Rest des riesigen Schiffsbauches war mit

Lübecker Salz gefüllt, das Reinekin für seinen Schwiegervater in Stralsund verkaufen sollte.

Reinekin stieg auf das Kastell des Achterschiffs hinauf und begrüßte Vicko Diederckes, den Schiffer der »Stolz von Lübeck«. Diederckes war ein großer, kräftiger Mann mit den Gesichtszügen einer Bulldogge. Er mochte wohl auf die fünfzig Jahre zugehen und war nicht nur ein erfahrener Kapitän, sondern konnte auch mit dem Schwert umgehen wie kaum ein Zweiter, was ihm während des Krieges gegen die Dänen den Ruf eines wilden Haudegens eingebracht hatte. Von Vicko »Dänenbrecher« erzählte man sich in den Kneipen Lübecks Geschichten, die so gruselig waren, dass Väter ihre Kinder hinausschickten, wenn wieder mal einer anfing mit den Worten: »Ich habe es mit eigenen Augen gesehen, wie Vicko damals in Kopenhagen …« Balthasar Grevenrode hatte dem Schiffer eine Parte der »Stolz von Lübeck« vermittelt, als Diederckes nach Jahren in Diensten des Deutschen Ordens wieder nach Lübeck zurückgekehrt war. Er war sicher ein guter Seemann, aber Reinekin überkam in seiner Nähe Unbehagen. Selbst wenn nur die Hälfte dessen stimmte, was man sich über Vicko Diederckes erzählte, so musste er doch grausam gewütet haben. Zum Glück würde die Überfahrt nicht lange dauern.

Diederckes streckte Reinekin die Hand entgegen. »Willkommen an Bord Eures Schiffes«, sagte er grinsend und legte dabei eine sehr lückenhafte Zahnreihe frei.

»Es ist nicht mein Schiff, Kapitän«, entgegnete Reinekin trocken. »Mir gehört nur eine Parte, genau wie Euch.«

»Und eine gehört Eurem Schwiegervater und eine Eurem italienischen Knecht«, ergänzte Diederckes noch immer grinsend.

»Messer Bottone ist nicht mein Knecht. Er ist Kaufmann wie ich, und er ist mein Partner.«

Diederckes steckte sein Grinsen weg. Diesen arroganten Pfeffersack hatte er noch nie ausstehen können, aber vielleicht würde es eine Gelegenheit geben, ihm eins auszuwischen. Wer weiß?

»Wie viel Mann habt Ihr an Bord, Schiffer?«

»Zehn in der ersten Wache unter meinem Kommando und zehn in der zweiten Wache unter Steuermann Fredrikson. Hinzu kommt ein Schiffsjunge und Jonis, der Koch.«

Jonis war einer der bestbezahlten Seeleute und auf Lübecker Schiffen eine sagenumwobene Gestalt. Er war als junger Mann während der großen Pestepidemie des Jahres 1350 erkrankt und – wie viele glaubten – an der Pest gestorben. Jedenfalls hatte man ihn für tot erklärt und seinen Leichnam oder was ein Bader dafür hielt morgens vor das Haus gelegt, wo er auf einen Ochsenkarren geladen wurde, der zweimal täglich die Pesttoten aufsammelte und zu Massengräbern vor der Stadt brachte. Dort war auch Jonis gelandet, war mit Hunderten anderen in ein schnell ausgehobenes Grab geworfen und mit einer dünnen Schicht Erde bedeckt worden. Aus diesem Grab hatte sich der vermutlich nur im Fieberkoma Liegende befreit, nachdem das Fieber gesunken war. Es gab aber nicht wenige unter den Lübecker Seeleuten, die glaubten, dass Jonis am dritten Tage von den Toten auferstanden sei. Jedenfalls galt der Mann, wenn schon nicht als von den Toten auferstanden, so doch zumindest als ein außergewöhnlicher Glückspilz. Dieser Ruf wurde auch dadurch bestätigt, dass noch kein Schiff, auf dem Jonis mitgefahren war, je in Seenot geraten oder gar gesunken war. So mancher Schiffer griff deshalb tief in die Tasche, um Jonis an Bord zu haben. Offiziell fungierte er als Smutje, stand jedoch im Ruf, ein lausiger Koch zu sein, dem noch dazu ein Schiffsjunge ständig zur Hand gehen musste. Hinzu kam, dass der Mann – zumeist betrunken – zu allerlei Händeln neigte.

»Dann kann ja nichts passieren«, sagte Reinekin mit ironischem Tonfall, der Diederckes jedoch entging.

»So ist es. Jonis bringt Glück. Wir haben gutes Wetter und Wind von Nordost. Es wird eine ruhige Fahrt werden, denke ich. In zwei, spätestens drei Tagen werden wir in Stralsund sein.«

»So Gott will.«

Nachdem Bruder Benedikt das Schiff, Mannschaft und Passagiere gesegnet hatte, gab Diederckes den Befehl zum Ablegen. Obwohl das Wetter ruhig war, hatten doch die meisten der Männer an Bord des Schiffes vor der Fahrt die Beichte abgelegt. Eine Fahrt über die Ostsee war immer gefährlich. Auch Reinekin hatte gebeichtet, und Bruder Benedikt hatte gemeinsam mit ihm für ein Gelingen der Verhandlungen in Stralsund gebetet. Dann hatte sich Reinekin von seinen Kindern verabschiedet, die kleine Johanna geküsst und Geseke fest an sich gedrückt. Für Jan, den Achtjährigen, hatte er nach ein paar mahnenden Worten gesucht, aber nur wenig zustande gebracht und den Jungen damit eher verunsichert.

»Bestimmt werde ich ein tüchtiger Kaufmann, Papa, und ich passe auch immer auf Geseke und Johanna auf, aber du kommst doch wieder, oder?«

»Ja, klar komme ich wieder, ich meine nur, äh, für den Fall, mhm …«

Reinekin hatte in das fragende Gesicht seines Sohnes geschaut.

»Vergiss es«, hatte er gesagt, Jan ebenfalls an sich gedrückt und geküsst.

Die Sonne stand jetzt hoch am Himmel. Reinekin schaute zurück. Noch waren die Türme der sieben Stadtkirchen zu sehen. Am Ufer der Trave glitten die niedrigen Hütten der Fischer an ihnen vorbei. Zwischen Weidendickichten grasten Rinder mit geschwungenen Hörnern und einem schwarzen Strich auf dem braunen Rücken. Zwei Fischer standen in ihrem Einbaum und holten Fangkörbe aus dem Wasser. Sie hatten ansehnliche Brassen und Barben erbeutet, und sogar ein paar Flusskrebse hingen in den Maschen. Die Kogge glitt ruhig nach Osten, und Reinekin fühlte, dass ihm der Abschied noch nie so schwer gefallen war. Obwohl ihm Bruder Benedikt zugeredet hatte, dass die Reise nicht im Widerspruch stünde zum Versprechen, dass er seiner Frau am Sterbebett gegeben hatte: »Die Kinder werden fortan das Wichtigste sein.« Wie immer man es betrachten mochte – ihm schien es, als sei die Aufgabe wegen der nicht zu leugnenden Gefahr für das eigene Leben ein Bruch seines Versprechens. In Stralsund wartete ein Meisterschütze und überaus geschickter Mörder auf ihn.

Als sie den Leuchtturm von Travemünde hinter sich gelassen hatten, packte Reinekin aus seinem Reisebeutel ein in Tücher gehülltes halbrundes Glasgefäß aus, das in einer dreibeinigen und reich verzierten Holzschale lag und mehr als faustgroß war. Er stellte das Gefäß vorsichtig an Deck der »Stolz von Lübeck«. In einer wässrigen Flüssigkeit schwamm eine in Holz verpackte Eisennadel und richtete sich langsam in Richtung Jütland aus. Reinekin nahm eine Tafel und machte sich Notizen, als Vicko Diederckes zu ihm trat.

»Was habt Ihr da?«

»In England nennen sie es Kompass.«

»Ich habe davon gehört. Im Mittelmeer benutzen sie solche Dinger auch.«

»Da habe ich diesen hier auch her. Er kam mit der letzten Lieferung aus Venedig.« Reinekin schaute auf die zitternde Kompassnadel.

»Faszinierend, nicht wahr?«

»Wenn Ihr mich fragt«, antwortete der Kapitän, »dann ist das überflüssiger Tand. Ein guter Seemann trägt die Steuermannskunst im Kopf.«

»Wo er sie im Notfall nicht findet und sein Schiff zu Schanden fährt«, ergänzte Reinekin mit Blick auf den Kompass. »Wenn dieses Ding so funktioniert, wie ich sagen hörte, dann könnt Ihr vom Darß, von der Südspitze von Falster oder gar von Bornholm direkten Kurs auf das Travemünder Leuchtfeuer nehmen, ohne dass Ihr Euch in Küstennähe aufhalten müsst. Ja, Ihr könnt sogar losfahren, wenn die Sicht schlecht ist.«

»Dafür habe ich das Lot und die Segelanweisungen, wie sie seit Generationen von den alten, erfahrenen Kapitänen an die jungen Steuermänner weitergegeben werden. Ich kenne alle Segelwege in der Ostsee von Kapitän Henrichs. Das war ein Kapitän vom alten Schlag. Er hat sie mir eingebläut, die Regeln, und wenn ich sie nicht rezitieren konnte, dann setzte es Schläge. Ich kenne sie alle, von Riga bis nach Bergen.«

Und wie zum Beweis fing Vicko Diederckes an zu rezitieren: »Von Bornholm nach Preußen nach Revekol Ost zu Nord. Von Revekol nach Rixhöft Ostnordost. Von Heisternest nach Feerderort Südost. Von Feerderort nach Hela vor die Weichsel südwärts, und es sind achtzehn Seemeilen.«

»Ja, Kapitän, Ihr kennt die Segelanweisungen und die Routen, aber ich sage Euch, dass es nicht mehr lange dauern wird, bis man das alles nicht mehr braucht, weil man von Bornholm nach Lübeck das Schiff auf einem Südwest-Kurs steuert und auch ankommt, wenn die Leuchtfeuer von Warnemünde und Travemünde nicht zu sehen sind oder der Turm von St. Peter in Rostock.«

»Bevor ich mich auf eine Nadel verlasse, die in einer Glaskugel schwimmt, traue ich lieber meiner Erfahrung und meinem Verstand.«

Zwei Stunden hinter Travemünde frischte der Wind aus nordwestlicher Richtung auf, und der Seegang nahm zu. Ab und zu spritzte Gischt über das Deck des Schiffes, und Diederckes schickte einen zweiten Mann ans Ruder. Pietro Bottone hatte sich in eine Ecke des Kastelldecks gesetzt und war kreidebleich. Reinekin trat zu ihm.

»Seekrank, alter Freund?«

»Verflucht sei das Meer.«

»Du solltest nach unten gehen. Da sind die Schiffsbewegungen nicht so stark wie hier auf dem Kastell.«

»Wenn ich schon sterbe, dann wenigstens an der frischen Luft und nicht im Bauch eines stinkenden Schiffes.«

»Der Himmel ist klar, die Sonne scheint, wir haben guten Wind. Wer wird da ans Sterben denken?«

Pietro ignorierte die aufmunternde Bemerkung seines Freundes.

»Warum hast du dich damals an diesem vermaledeiten Tag eigentlich für mich entschieden und nicht für Giuseppe, den Buchhalter, oder Giovanni, den Hausmeier? Beide hätten einem jungen Kaufmann wesentlich nützlicher sein können. Als Messer Ammaniti angeboten hat, du könntest dir einen seiner besten Leute aussuchen, der dich nach Deutschland begleiten solle, da hättest du wahrlich nützlichere finden können als mich. Verflucht sei der Tag. Warum musstest du ausgerechnet mich in dieses Land holen, wo es entweder regnet oder schneit? In ein Land mit Frauen, die den Liebreiz eines sauren Weines verströmen?«

»Giuseppe war ein humorloser alter Sack, und Giovanni wäre schon vor Heimweh gestorben, wenn er die Türme von San Marco nicht mehr gesehen hätte. Du warst außerdem der einzige gleichrangige Schachspieler, den ich in Venedig getroffen habe.«

»Schon mein Vater hat mich gewarnt, dass die Spielleidenschaft mich einmal ins Unglück stürzen würde.«

»Von Unglück kannst du nicht reden. Du besitzt Parten an der ›Stolz von Lübeck‹ und an mindestens zwei anderen Schiffen meines Schwiegervaters, und mit deinen Brillen wirst du reich, ohne auch nur einen Handschlag zu tun. Zudem haben dir bei der Ausfahrt aus Lübeck mindestens zwei Frauen nachgewinkt. Was willst du mehr?«

Pietro rollte mit den Augen und erbrach sich über die hölzerne Reling.

Am Morgen des 30. April 1370 erreichte die »Stolz von Lübeck« die Einfahrt zum Kubitzer Bodden. Diederckes steuerte vorsichtig durch die Enge zwischen Bock und Gellen. Der Mann am Bug ließ nun ständig das Lotblei sinken und gab die Wassertiefe an den Kapitän weiter. Zwei Stunden später hatten sie mit leichtem achterlichem Wind die Einfahrt zum Strelasund erreicht. Südöstlich sah man die Türme der Stralsunder St.-Nikolai-Kirche in den Himmel ragen. Eine Stunde später erreichten sie den Hafen. In sicherem Abstand ankerten hier vier Koggen. Drei davon wurden beladen. Mehrere Schuten waren im Pendelverkehr zwischen den ankernden Schiffen und den hölzernen Stegen unterwegs, die von der Mole in das Hafenbecken führten. Der Hafen Stralsunds war für Koggen nicht tief genug. Die schweren Schiffe blieben deshalb im Strelasund liegen.

Auf dem vorderen Teil des Schiffes hatten der betrunkene Koch und einige andere inzwischen den Schiffsjungen an Händen und Füßen gepackt.

»Eins, zwei ...«, zählte der Smutje.

»Nein, bitte, ich kann nicht schwimmen«, jammerte der Rotschopf.

»... drei. Und ab zum ersten Landgang«, lachte einer der Seeleute. Der Junge flog im hohen Bogen über Bord und landete in dem noch empfindlich kalten Wasser des Hafenbeckens. Wasser spritzte, der Rotschopf versank und kam wieder hoch.

»Hilfe«, schrie er, was die Seeleute am Bug köstlich zu amüsieren schien. Der Rotschopf verschwand wieder unter Wasser. Bis zur Hafenmole waren es über hundert Meter. Das konnte der Junge unmöglich schaffen. Reinekin zog sein Wams aus und streifte die Schuhe ab. Inzwischen näherte sich eine Schute, die Tuchballen geladen hatte, die auf eine der Koggen gebracht werden sollten. Reinekin zögerte, denn die Schute nahm nun Kurs auf den Jungen und würde ihn gleich erreichen. Der Rotschopf kam wieder hoch und versank wild plantschend wieder unter Wasser. Die Männer auf der Schute legten sich in die Riemen und hielten auf den Jungen zu, aber es waren noch einige Meter, die sie voneinander trennten. Inzwischen hatte das Gejohle auf dem Vorschiff der »Stolz von Lübeck« aufgehört. Selbst die hartgesottenen Seeleute erkannten, dass es um Leben oder Tod ging. Die Schute war jetzt heran, und einer der Männer warf ein Ruder an die Stelle, an der der Junge abgetaucht war. Reinekin hielt den Atem an. Es dauerte unendlich erscheinende Sekunden, bis der Schiffsjunge noch einmal auftauchte und irgendwie das Ruder zu fassen bekam. Zwei Männer aus der Schute zerrten den Ertrinkenden an Bord und hielten mit dem reglosen Körper auf die Kogge zu. Er wurde an Bord gehievt. Er fiel auf die Planken des Vorschiffs und blieb reglos liegen. Ein älterer Seemann schlug ihm ins Gesicht.

»Komm, Junge, stell dich nicht so an. Der erste Landgang war für jeden von uns eine feuchte Angelegenheit.«

Der Körper des Jungen verkrampfte sich, Wasser schoss aus seinem Mund, dann ein Husten und noch mehr Wasser. Jonis trat dem Jungen kräftig in den Hintern, grinste zu Diederckes, der neben Reinekin und Pietro auf dem Achterkastell stand. Diederckes grinste zurück und winkte den Koch herbei. Jonis kam lachend über das Deck und erklomm die Leiter zum Achterkastell. Als seine Hände die Planken des Kastells erreicht hatten, trat Reinekin einen Schritt zur Seite und stellte seinen Fuß auf die rechte Hand des Kochs. Jonis schaute mit schmerzverzerrtem Gesicht nach oben und wollte seine Hand zurückziehen, doch Reinekin blieb stehen. Der Smutje wimmerte.

»Du hast vielleicht die Pest überlebt, aber du wirst die Rückfahrt nicht überleben, wenn du dem Jungen noch ein Haar krümmst. Hast du mich verstanden?«

Der Koch hatte Tränen in den Augen und jaulte auf. Reinekin verstärkte das Gewicht auf dessen Fingern.

»Wenn du das nicht verstehst, wirst du Lübeck nie wieder sehen.«

»Ja, Herr, ich habe verstanden«, wimmerte Jonis.

Reinekin hob seinen Fuß, und der Koch rutschte die Leiter hinunter.

»Diederckes, Ihr solltet Ordnung auf Eurem Schiff halten. Für einen Schiffer genügt es nicht, die Routen und Untiefen zu kennen, um seine Leute unversehrt in den heimatlichen Hafen zurückzubringen.«

Ohne eine Antwort abzuwarten, verließ Reinekin das Achterkastell. Der Koch hatte inzwischen einen Knüppel ergriffen und wollte Reinekin hinterhereilen. Etwas zischte an ihm vorbei. Wenige Zentimeter vor seinem Kopf blieb ein Messer mit dünner Klinge und zierlichem Griff im Holz des Mastes stecken. Jonis hielt augenblicklich inne. Dann ließ er den Knüppel fallen. Pietro war mit einem Sprung vom Achterkastell herunter, ging zum Mast und zog den Dolch aus dem Holz.

»Kluge Entscheidung«, sagte er zu dem Koch, aus dessen Gesicht jede Farbe gewichen war.

»Das wirst du noch bereuen«, zischte Jonis.

KAPITEL 12

Reinekin und Pietro setzten mit der ersten Schute über.

»Das war nicht klug. Wir haben hier genug Feinde. Es wird ohnehin schwer werden«, bemerkte Pietro.

Reinekin zuckte mit den Schultern.

»Außerdem hast du dem Falschen auf die Finger getreten.«

»Ich weiß. Diederckes ist verantwortlich. Es ist die letzte Fahrt, die er für uns gemacht hat.«

»Dein Schwiegervater hält große Stücke auf ihn. Und Diederckes ist ein Kriegsheld.«

»Mein Schwiegervater wird seine Meinung ändern, und Diederckes ist ein Schwein.«

Pietro fing an zu lachen.

»Was gibt es da zu lachen?«

»Es ist nur wegen unserer Spitznamen. ›Der Italiener‹, so wirst du in Lübeck genannt, und mich nennen sie in Venedig ›il tedesco‹, den Deutschen. Vielleicht steckt da mehr Wahrheit drin, als ich bisher gedacht habe.«

An der Kaimauer hatte sich inzwischen eine stattliche Versammlung eingefunden. Inmitten einer Gruppe von Stadtwachen entdeckte Reinekin eine gedrungene Gestalt im Ornat des Bürgermeisters, umgeben von Männern, die allesamt der Stadtführung anzugehören schienen.

»Wulflam«, sagte Pietro knapp. »Der Herr von Stralsund.«

»Was immer man von ihm sagt, wie auch immer er seine Stadt regiert: Er steht auf unserer Seite, solange es ihm Vorteile bringt.«

»So gefällst du mir wieder.«

Bertram Wulflam war seit sechs Jahren Bürgermeister von Stralsund und deren mit Abstand reichster Bürger. Er regierte die Stadt mit eisernem Griff und galt als rücksichtslos und selbstherrlich. Den Rat hatte er weitgehend entmachtet und die Zünfte gegeneinander ausgespielt. Sein ungeheurer Reichtum tat das Übrige, um seine Stellung als Alleinherrscher der wichtigsten Stadt zwischen Lübeck und Danzig abzusichern.

Die Schute erreichte die Kaimauer. Reinekin sprang auf das Pflaster des Hafens und ging auf Bertram Wulflam zu. Der Bürgermeister war untersetzt und kräftig. Sein Gesicht wurde dominiert von einem grauen Vollbart, einer breiten, flachen Nase und einem üppigen Doppelkinn. Der wulstige Mund hatte sich zu einem breiten Lächeln verzogen.

»Reinekin Kelmer, welche Freude, Euch in meiner Stadt begrüßen zu können.«

»Es ist mir eine Freude, in Eurer Stadt zu sein, verehrter Herr Bürgermeister.«

»Seid Ihr das erste Mal in Stralsund?«

»Ich muss zu meinem Bedauern gestehen, dass es mehr als acht Jahre her ist, seit ich zum letzten Mal die Gelegenheit hatte.«

»Dann werdet Ihr erstaunt sein, wie sich diese Stadt entwickelt hat. Vor allem in den letzten sechs Jahren. In vielen Dingen stehen wir Lübeck kaum mehr nach. Aber das werdet Ihr schon selbst sehen in den nächsten Tagen. Doch zunächst wollen wir Euch nach gefährlicher Reise standesgemäß begrüßen.« Der Bürgermeister schaute sich nach hinten um und klatschte dezent in die Hände. Die Reihe der Wachen trat auseinander, und Diener mit Weingläsern auf silbernen Tabletts traten hervor sowie ein Priester, der den Bürgermeister abwartend anschaute. Der Bürgermeister neigte leicht den Kopf, und der Priester rasselte ein lateinisches »Vaterunser« herunter. Danach fiel er auf die Knie.

»Herr, Gott, wir danken dir, dass du unsere Gäste nach beschwerlicher Fahrt sicher nach Stralsund geführt hast, dass du Sturm und Wellen geglättet hast …«

Reinekin hatte schon viele dieser Ankunftszeremonien erlebt, doch diese hatte etwas besonders Bizarres.

»Und so flehen wir dich an, auch in Stralsund für das Wohlergehen unserer Gäste und unseres geliebten Bürgermeisters zu sorgen und deinen Blick nicht von uns …«

»Schon gut, Vater Markus. Das reicht jetzt. Der Wein wird schal.«

»Sehr wohl, Herr Bürgermeister. Amen.«

»Amen«, murmelten die versammelten Ratsherren und Diener.

Wulflam ergriff eines der Weingläser, reichte es Reinekin, nahm sich selbst ein Glas, und ohne zu warten, bis auch die umstehenden Ratsherren ein Glas in Händen hielten, rief er »Willkommen in Stralsund.« Dann setzte er das Glas an die Lippen, und die rote Flüssigkeit verschwand im Bruchteil eines Augenblicks in seinem Rachen.

Wulflam machte weder Anstalten, seine Ratsherren vorzustellen, noch verschwendete er einen Gedanken daran, Pietro zu begrüßen. Stattdessen winkte er einen jungen Mann herbei, der trotz seines jugendlichen Alters ebenfalls bereits ein Doppelkinn hatte und an der Plattnase unschwer als Sohn des Bürgermeisters zu erkennen war.

»Darf ich Euch meinen Sohn Wulf vorstellen.«

Der junge Mann trat langsam und schüchtern hinter seinem Vater hervor.

»Wulf, jetzt mach schon.«

Der Sohn des Bürgermeisters streckte eine fleischige Hand aus und sagte: »Willkommen in Stralsund.«

»Ein guter Junge, aber es wird noch seine Zeit brauchen, bis er das alles übernehmen kann.« Wulflam deutete mit großer Geste auf die Stadt und ergriff ein zweites Weinglas, dessen Inhalt er ebenfalls in Sekundenschnelle zwischen seinen wulstigen Lippen verschwinden ließ.

»Ich hatte natürlich mit meinem alten Freund Balthasar gerechnet, Gott möge ihm baldige Genesung widerfahren lassen. Aber natürlich seid Ihr mir genauso willkommen. Ich habe ein kleines Begrüßungsmahl in meinem Hause vorbereiten lassen. Und auf dem Weg dorthin zeige ich Euch den nördlichen Teil meiner Stadt.«

»Sicher seid Ihr von Eurem Schwiegervater bestens instruiert. Es kommen schwere Tage auf uns zu. Die Holsteiner wollen Dänemark plündern, die Mecklenburger spielen ein perfides Spiel um die dänische Krone, und von unseren Freunden aus Bremen und Hamburg ist nichts Gutes zu erwarten. Waldemar spielt auf Zeit und versucht neue Allianzen zu schmieden, und es ist an uns, an Lübeck und an Stralsund, die Welt wieder in Ordnung zu bringen. Schaut, da draußen liegen drei meiner Koggen, die ich mit Leinen belade. Leinen aus Stralsunder Wolle, das ist ein Begriff rund um die Ostsee. Jetzt muss ich das Zeug nach Riga verschiffen, um überhaupt einen anständigen Preis zu erlangen, oder nach Bergen und London. Und wenn die Dänen nicht wieder auf die Beine kommen ...«

Das dritte Glas Rotwein verschwand zwischen Wulflams breiten Lippen.

»... dann werde ich nicht nur die Wolle nicht los, dann kriegen wir noch ein ganz anderes Problem ...«

Er zögerte einen Augenblick und schaute Reinekin in die Augen.

»... Seeräuber. Stimmt's, mein Junge?«

»Ja, Vater.«

»Nur König Waldemar kann das verhindern. Kommt, ich mache Euch mit der Stadt vertraut.«

Wulflam setzte sich in Bewegung. Der Tross der Ratsherren folgte ihm, ohne dass auch nur einer bisher zu Wort gekommen wäre.

»Ihr werdet sehen, dass Stralsund eine von Gott gebenedeite Stadt ist. Wir liegen geschützt im Strelasund. Rügen hält uns das Unwetter fern.«

Der Bürgermeister drehte sich nach seiner Entourage um, grinste und alle lachten auf dieses Zeichen hin. Sie schritten durch ein Stadttor und an beeindruckenden siebenstöckigen Lagerschuppen aus rotem Backstein vorbei.

»Da drüben seht Ihr den Fischmarkt.« Der Bürgermeister deutete nach links. »Und dahinter das Heilgeistkloster, unser Hospital.«

Sie überquerten die Straße am Fischmarkt.

»Alles neu gepflastert. Ihr könnt Euch nicht vorstellen, wie es hier noch vor sechs Jahren ausgesehen hat. Dabei hat diese Stadt alles, um die Perle der Ostsee zu werden. Wir liegen geschützt und haben ein Hinterland mit gutem Potenzial. Wir sind von Wasser umgeben: im Süden der Frankenteich, im Westen der Knieperteich und im Norden und Osten der Strelasund. Stralsund ist eine natürliche Festung, und wir haben schon wieder mehr Menschen in unseren Mauern als vor der großen Pest.«

Sie überquerten die nächste Straße.

»Und hier links geht's zu den Badesibern, wenn Ihr einmal baden wollt.« Sie gingen eine leichte Anhöhe hinauf. Ein unangenehmer Geruch drang in Reinekins Nase.

»Hier ist das Viertel der Knochenhauer, und da vorne seht Ihr schon den Alten Markt. Links St. Jakobi, wir haben gerade das Mittelschiff erhöht, die Seitenschiffe erweitert und den 68 Meter hohen Westturm errichtet. Auf diesen Turm sind wir besonders stolz, reich verziert, wie es kaum einen vergleichbaren gibt.«

Wulflam ging mit schnellen Schritten durch ein Handwerkerviertel. Die Lehrjungen, Gesellen und Meister hielten für einen Augenblick in ihrer Arbeit inne. Einige zogen den Hut, als der Bürgermeister mit seiner Begleitung nahte. Wulflam ging durch die Gassen, als seien sie menschenleer, und ignorierte die Ehrbezeugungen und Grüße.

Während am Hafen noch die Holzhäuser überwogen hatten, sah man nun zunehmend Häuser aus rotem Backstein, und vor ihnen stachen die mächtigen gotischen Doppeltürme einer Kirche in den blauen Himmel.

»St. Nikolai«, sagte Wulflam knapp. »Dem Schutzpatron der Seefahrer gewidmet. Das ist die älteste unserer drei Kirchen, und wie Ihr bemerken werdet, eines der imposantesten Bauwerke an der Ostsee. Ihr werdet staunen, wenn Ihr sie erst mal von innen seht. Wir haben keine Kosten gescheut, um diese Kirche zum Schmuckstück am Mare Balticum zu machen.«

Sie überquerten die Straße der Bechermacher und erreichten die Nordseite von St. Nikolai. Reinekin war beeindruckt. Stralsund griff nach Höherem, und das manifestierte sich in der Architektur der Stadt und im Anspruch ihres Bürgermeisters. Diese Kirche war eine Kathedrale.

»Und dahinter seht Ihr unser weltliches Schmuckstück, das Rathaus.« Für einige Sekunden schwieg Wulflam, ging weiter, bis er vor der Fassade des Rathauses stand. Dann breitete er die Arme aus. »Das ist der Stolz der Bürger von Stralsund.«

Das Rathaus war ein imposanter Bau, der Macht und Kunstfertigkeit gleichermaßen ausdrückte. Die Fassade war untergliedert in sechs gotische Bögen im Erdgeschoss, darüber sechs ebenso hohe dreigeteilte Fenster, darüber drei Stockwerke mit gotischer Fensterfront und darüber jeweils eine gläserne Rosette im Durchmesser eines ganzen Stockwerks. Den krönenden Abschluss bildeten sechs Spitzgiebel, unterteilt und begrenzt von schräg zulaufenden Säulen, die der ganzen Fassade ihre vertikale Struktur gaben.

»Im Keller haben wir die Halle der Tuchhändler, im Erdgeschoss den schönen Markt in einer Gewölbehalle aus zwei Schiffen. Darüber ist der Sitzungssaal des Rates, und ganz oben befinden sich das Gericht, die Achtmannskammer und die Wache. An der Fassade seht Ihr die Wappen von Lübeck, Hamburg, Greifswald und Rostock – unseren wichtigsten Handelspartnern.«

Wulflam sah zu Reinekin hoch.

»Beeindruckend«, sagte Reinekin, und dabei musste er sich keineswegs verstellen.

»Und jetzt, mein Lieber, zeige ich Euch mein Haus.« Wulflam drehte sich um und breitete die Arme aus. Doch Reinekins Blick fiel zunächst auf drei Galgen, die mitten auf dem Alten Markt aufgestellt waren und an denen drei Leichen baumelten. Auf den Galgen hatten sich Scharen von Raben niedergelassen, die sich mit lautem Gezänk an den Leichen gütlich taten. Auch in Lübeck wurden Halunken aufgeknüpft. Dafür gab es den Köpfelberg außerhalb der Stadtmauer. Niemand wäre auf die Idee gekommen, die Hinrichtungen auf dem Marktplatz vorzunehmen. Es sei denn, man wollte ein Exempel statuieren, wie vor acht Jahren, als Johan Wittenborg, der damalige Bürgermeister, nach verlorener Schlacht gegen die Dänen auf dem Rathausplatz geköpft worden war.

Während der Bürgermeister über den Alten Markt schritt, dabei unablässig auf Reinekin einredete und mit keinem Wort auf die makabre Szenerie einging, warf Reinekin einen verstohlenen Blick auf die Gehängten. Dem Zustand der Leichen nach zu urteilen, schienen sie schon ein paar Tage tot zu sein.

»Und nun, lieber Reinekin, darf ich Euch zu einem kleinen Begrüßungsmahl in meinem Haus einladen.« Wulflam deutete auf ein mächtiges Gebäude, auf der dem Rathaus gegenüberliegenden Seite des Alten Marktes. Das Haus – kaum weniger prächtig als das Rathaus – stellte architektonisch den Anspruch seines Eigentümers auf das Bürgermeisteramt dar. Bertram Wulflam war kein bescheidener Mann. Drei gotische Bögen im Erdgeschoss, der mittlere eine Tür, so groß und breit, dass fast eine Kogge hindurchgepasst hätte. Darüber drei riesige Rundbögen, gefolgt von weiteren vier Stockwerken, mit einer Prunkfassade, die in Form und Farbe derjenigen des Rathauses ähnelte. Wulflams Haus überragte die Nachbarhäuser um einige Meter. »Kommt herein«, Wulflam hielt seinem Gast die Tür auf.

Die Diele des Wulflam'schen Hauses war überraschend klein. Das Erdgeschoss bestand im vorderen Teil hauptsächlich aus dem Kontor, in dem der Kaufmann seine Geschäfte abschloss und seine Briefe schrieb. Den hinteren Teil nahm die Küche ein. Reinekin sah keine gestapelten Waren und keinen Flaschenzug, um Dinge in die oberen Stockwerke zu transportieren. Wulflam führte seinen Gast zur Treppe und bat ihn nach oben. Im ersten Stock des Hauses war ein großer Speiseraum eingerichtet, wie man ihn in einem Schloss erwartet hätte, aber nicht im Dielenhaus eines Kaufmanns in Stralsund. An der Wand hing ein Bild der Heiligen Familie, wobei Maria und Josef frappierende Ähnlichkeit mit Bertram Wulflam und seiner Frau aufwiesen. Das Christuskind war anscheinend ein frühes Portrait des kleinen Wulf. Die Stirnseite des Raumes zierte ein Kamin, in dem ein Feuer brannte, das für angenehme Wärme sorgte. In der Mitte des Raumes stand ein Tisch, der mit einem weit über die Ränder herabhängenden, kunstvoll bestickten Tuch bedeckt war und auf dem mehrere Wachskerzen brannten. Das Kaminfeuer und die Wachskerzen waren Symbole für Reichtum und Überfluss. Weder war es kalt noch dunkel, aber Wärme und Licht waren Luxusgüter, mit denen in den Häusern der Reichen gerne geprotzt wurde.

»Wo lagert Ihr Eure Waren?«, wollte Reinekin erstaunt wissen.

»Im Nachbarhaus. Das gehört mir ebenfalls. Hier in diesem Haus wohne ich und empfange die Gäste der Stadt. Selbst der Mecklenburger war schon hier und hat nicht schlecht gestaunt – damals vor zwei Jahren, als es gegen die Dänen ging und er kein Geld für den Krieg hatte.« Wulflam lachte.

»Ich hab ihm was geliehen, aber nur so viel wie unbedingt nötig, denn es war damals schon fragwürdig, ob man je wieder etwas davon zurückbekommen würde. Und so wie es heute aussieht, muss ich auf das Geld wohl verzichten, denn ohne den Erwerb dänischer Ländereien wird der Mecklenburger kaum zahlungsfähig werden. Aber lieber verzichte ich auf ein paar hundert Mark, als ständig mit einem angriffslustigen Bären in meiner Nachbarschaft zu leben.« Wulflam lachte erneut und dozierte dann über das Verhältnis der Landesherren von Holstein, Dänemark und Mecklenburg.

»Für die Städte ist es gut, wenn sich die Herren gegenseitig belauern und keiner zu mächtig wird.«

Wulflams Frau näherte sich ihrem Mann und flüsterte ihm ins Ohr.

»Ja, richtig, wir wollen mit dem Essen beginnen. Setzt Euch, Herr Kelmer.« Er wies auf den Platz an der Stirnseite des großen Tisches. Wulflam selbst nahm gegenüber Platz, sein Sohn an seiner rechten Seite und seine Frau zur Linken. Neben dieser saß ihre greise Mutter, neben der Greisin die bucklige Tochter des Bürgermeisters und neben Wulf Wulflam dessen schwangere Frau. Sobald der Bürgermeister Platz genommen hatte, wurden von den Mägden Krüge mit Handwasser und Handtücher gereicht. Nachdem die Hände gesäubert waren, wurden die Speisen aufgetragen. Im Mittelpunkt der Tafel wurde ein

Schwanenbraten platziert und darum herum Rinderbraten in verschiedenen Gefäßen drapiert. Es roch nach Zimt, Ingwer, Muskatnuss und Kardamom. Neben dem gebratenen Schwan standen zwei Salzfässer, um die mehrere Brote lagen. Der Reis in zwei großen Schüsseln war safrangelb. Vier Mägde waren damit beschäftigt, die Speisen aufzutragen. Eine weitere kümmerte sich um das Nachschenken des Weins.

Wulflam nuschelte ein kurzes Tischgebet, das aus den Worten »Herr, segne, was du uns bescheret hast. Amen. Wohl bekomm's« zu bestehen schien. Reinekin war sich dessen aber nicht sicher, denn Wulflam brauchte für das Gebet nur etwa eine Sekunde und betonte ausschließlich das »Wohl bekomm's«. Danach flüsterten alle Anwesenden ein leises Amen, und dabei stürzte Bertram Wulflam ein erstes Glas Wein in den Schlund, woraufhin eine Dienstmagd herbeieilte, um das Glas sofort wieder zu füllen.

Der Rinderbraten, von dem Reinekin ein Stück nahm, war mit grünem Pfeffer höllisch scharf gewürzt. Er griff zum Wein, der nach Gewürznelken schmeckte.

»Nehmt Rosinen, Herr Kelmer, das hilft gegen den Pfeffer.« Wulflam langte mit der Hand in eine Schale mit Rosinen und schob sie dann seinem Gast über den Tisch.

»Auf dem Speicher habe ich noch an die fünfzig Säcke grünen Pfeffer, der darauf wartet, endlich nach Kopenhagen verkauft zu werden. Die Nachfrage dort ist groß und der Preis sehr vorteilhaft.«

Reinekin bekämpfte das Brennen in seinem Mund mit Rosinen, Reis und Gewürzwein.

»Bevor die Dänen kommen, solltet Ihr die drei Galgen vor dem Rathaus abschlagen lassen«, bemerkte Reinekin, noch immer nach Luft ringend.

Wulflam lachte. »Da habt Ihr Recht. Es könnte ein falscher Eindruck entstehen. Wir wollen sie nicht erschrecken.« Wulflam lachte lauter.

»Außerdem sind zwei der Familien ohnehin bereit zu bezahlen. Die können ihre Söhne abschneiden. Nur Weversen will nicht zahlen für seinen Bastard. Ich werde es ihm stunden – vorübergehend. Diese Halunken haben einen Aufstand angezettelt, haben versucht, den Rat gegen mich aufzuwiegeln, aber das ist mir natürlich nicht entgangen. Mit solchen Leuten machen wir hier kurzen Prozess, und ich kann Euch nur raten, lieber Reinekin, ebenso zu verfahren, falls Ihr einmal Bürgermeister von Lübeck sein solltet. Aufruhr im Keim ersticken – das ist meine Devise. Natürlich braucht man dazu ein Netz von Zuträgern. Das muss man sich aufbauen, und das kostet natürlich ein paar Mark. Aber es lohnt sich, Herr Kelmer. Es lohnt sich. Was in Stralsund gesprochen und verabredet wird, sei es im Wirtshaus oder in der Kemenate – ich erfahre es sofort. Und glaubt mir: Nachdem diese Halunken eine Woche lang zum Vergnügen der Raben am Galgen gebaumelt haben, wird sich der Nächste sehr genau überlegen, ob er sich gegen Bertram Wulflam auflehnen will.« Der Bürgermeister hatte eines seiner Lieblingsthemen angeschnitten und redete munter drauflos.

»Eine Stadt von der Größe Stralsunds, mit über 10000 Bürgern in ihren Mauern, kann man nur mit harter Hand regieren. Stimmt's, mein Junge?«

»Ja, Vater«, sagte Wulf Wulflam und schob sich ein handtellergroßes Stück gebratenen Schwan in den Mund.

KAPITEL 13

Reinekin war froh, der Gesellschaft der Wulflams entflohen zu sein. Die beiden Claas warteten in der Diele des Wulflam'schen Hauses auf ihn und waren anscheinend ebenso gesättigt wie er. Reinekin fühlte sich voll wie ein Butterfass, als er auf den Alten Markt trat.

»Lasst uns ein paar Schritte gehen, bevor ich die Gastfreundschaft der Brüder des heiligen Franziskus erbitte«, sagte er.

Der kleine Claas kannte die Stadt seit seiner Lehre als Schmied, die er hier absolviert hatte. Er genoss es, Reinekin die Stadt zu zeigen. Sie gingen in südlicher Richtung die Mühlenstraße hinunter bis zu einer schlichten Stadtkirche, wie sie für die Bettelorden typisch war. Zwei Dominikanermönche mit schwarzen Kutten traten aus dem Tor. Hinter dem Kloster wurden die Häuser kleiner, bis schließlich nur noch windschiefe Bretterbuden die Straße säumten. Vor einigen Häusern saßen Korbflechter und gingen ihrem Handwerk nach. Reinekin stieg über Reisigbündel, wandte sich nach links und stand vor dem Portal von St. Marien am Neuen Markt. Er überlegte kurz, ob er die Kirche für ein kurzes Gebet aufsuchen sollte, wurde aber von dem bunten Treiben auf dem Neuen Markt abgelenkt. Hier war der eigentliche Marktplatz der Stadt. Der Alte Markt schien dagegen eher wie Wulflams Privatbesitz und diente diesem anscheinend als Köpfelberg. Reinekin ging, begleitet von den beiden Claas, die Frankenstraße hinauf und bog in das Viertel der Handwerker um die St.-Jakobi-Kirche ein. Hier in den engen Gassen wohnten die Böttcher, Seiler, Schmiede, Bader und Knochenhauer, die ihr Handwerk zumeist vor dem Haus versahen. Der kleine Claas wurde mehrmals freudig begrüßt, musste Hände schütteln und erklären, was es mit seinem Besuch auf sich hatte.

»Während Herr Kelmer mit den Dänen verhandelt, werde ich meinem Bruder zur Hand gehen«, erklärte der kleine Claas lachend.

Der älteste Sohn des einäugigen Claas war Schmiedemeister in Stralsund. In Lübeck war es in den letzten Jahren immer schwerer geworden, vom Gesellen zum Meister aufzusteigen, wenn der Vater nicht selbst Meister war. Die Söhne des einäugigen Claas hatten es daher vorgezogen, auf Wanderschaft zu gehen und in anderen Städten ihr Glück zu versuchen. Hannes, dem ältesten Sohn, war das in Stralsund geglückt. Nach Lehr- und Gesellenjahren hatte er sich hier bei der Schmiedezunft um eine Meisterstelle beworben, die Mutjahre bei einem Zunftmeister abgedient und ein Meisterstück gefertigt. Er hatte das Amtsgeld bezahlt, war Meister geworden und hatte dann geheiratet. Seine Schmiede befand sich in der Bechermachergasse. Als die beiden Claas ihre Köpfe in die Schmiede steckten, ließ Hannes vor Überraschung den Schmiedehammer fallen. Die Begrüßung war herzlich, und Hannes' ältester Sohn, der sechs Jahre alt war, wurde dreimal geschickt, die Bierkrüge füllen zu lassen. Die Sonne stand bereits tief, als Reinekin zum Aufbruch drängte.

Das Kloster St. Johannis der Franziskaner lag an der Stadtmauer im Norden der Stadt, nahe dem Hafen und inmitten des Armenviertels. Reinekin übergab das Schreiben Bruder Benedikts an den dortigen Prior und wurde gleich vorgelassen.

Bruder Georg war ein Greis mit weißen Haaren, dessen Rücken gebeugt war und der sich nur noch mühsam mit Hilfe eines Stockes aufrecht halten konnte. Seine Finger waren krumm und die Gelenke geschwollen.

»Gerne komme ich der Bitte von Bruder Benedikt nach. Es ist mir eine Ehre, Euch in diesen Mauern zu beherbergen. Ich werde Euch ein Zimmer in unserem Gästehaus geben. Es ist einfach, denn meine durchreisenden Brüder, die dort normalerweise nächtigen, legen keinen Wert auf Luxus. Da Ihr ein großer Förderer unserer Gemeinschaft seid, wie Bruder Benedikt schreibt, kennt Ihr auch unsere Prinzipien. Da brauche ich Euch nichts zu erklären.«

»Ich danke Euch und schätze mich glücklich, für ein paar Wochen mit den Brüdern des heiligen Franziskus unter einem Dach leben zu können.«

»Ihr habt eine kluge Entscheidung getroffen, indem Ihr nach St. Johannis gekommen seid, denn dies ist der einzige Platz in der Stadt, an dem die Wände keine Ohren haben.«

»Dieser Wulflam ist ein aufgeblasener Sack«, sagte Pietro und spießte den letzten Bissen eines Rinderbratens mit seinem Dolch auf.

»Du solltest seinen Hausstand sehen. Es geht zu wie bei Hofe«, ergänzte Reinekin.

Sie saßen im Schankraum des Artushofes – des besten Wirtshauses in Stralsund. Er lag an der Nordseite des Alten Markts zwischen dem Rathaus im Westen und dem Haus des Bürgermeisters auf der Ostseite des Platzes.

»Er führt sich auf wie ein Fürst. Der Rat und die Zünfte haben in dieser Stadt nicht viel zu melden. Die drei Kerle, die da draußen von den Krähen gefressen werden, sind die drei ältesten Söhne von Familien, die im Rat eine Neuwahl des Bürgermeisters betrieben haben. Wulflam hat sie zur Abschreckung aburteilen lassen und verlangt von den Familien Lösegeld, damit sie die Leichen ihrer Söhne zurückkaufen können«, erklärte Pietro.

»Hat es Euch geschmeckt?« Eine junge Frau war neben Pietro getreten und griff nach der leeren Schüssel.

»Aus den Händen einer so schönen Frau würde einem Venezianer wie mir sogar der Hering schmecken, mit dem ihr Nordländer seit Generationen versucht, die Christenheit zu vergiften.«

Die junge Frau – sie mochte Anfang zwanzig sein, hatte zwei blonde Zöpfe kunstvoll zu Schnecken gedreht und über ihren Ohren festgesteckt – entblößte ihre makellosen Zähne und lachte los. Sie war groß und schlank und trug ein helles Baumwollkleid mit Blumenstickereien und kurzen Ärmeln.

»Ich habe mir schon gedacht, dass Ihr es mit den Fastengeboten und wahrscheinlich auch mit einigen anderen Regeln nicht allzu genau nehmt«, sagte sie und schaute Reinekin fragend an. Reinekin bestellte Dünnbier.

»Die Frau des Wirts?«, fragte er.

»Wohl eher die Tochter, denn die Wirtsfrau ist eine Matrone mit der Figur eines Heringsfasses.«

»Ich sehe, du fühlst dich wohl hier.«

»Sie spricht sogar ein paar Worte Italienisch. Vielleicht sollte ich ihr Unterricht erteilen.« Pietro schaute Reinekin mit Unschuldsmiene an. »Natürlich hätte ich dich auch gerne in das Kloster begleitet, aber es ist besser, wenn ich mich ein bisschen umhöre, und da ist ein Wirtshaus allemal besser als eine Klosterzelle.«

Die Wirtstochter brachte das Dünnbier und stellte es vor Reinekin ab. Er starrte auf ihre Hände und Arme, die davon zeugten, dass diese Frau Arbeit gewohnt war.

»Lust auf ein Spielchen?« Pietro legte ein Schachspiel auf den Tisch und riss Reinekin aus seinen Gedanken. Eigentlich wollte er sich so bald als möglich mit der Stadt vertraut machen, aber dazu war später noch Zeit. Die Dänen waren noch nicht eingetroffen, und auch die Sendboten der Hanse hatten sich noch nicht eingefunden.

»Warum nicht?«, antwortete er.

Pietro öffnete zwei Schubladen unter dem Schachbrett, das mit Intarsien aus Elfenbein reich verziert war. Dann stellte er die Bernsteinfiguren auf das Brett. Sie losten die Farben aus. Reinekin eröffnete mit dem weißen Königsbauern, und Pietro wählte eine Variation, mit der er in den letzten Wochen schon einige Male gewonnen hatte. Reinekin verlor frühzeitig einen Bauern und musste im Mittelspiel einen Läufer gegen einen Springer tauschen. Pietro entwickelte seine Figuren zu einer deutlichen Überlegenheit und bestellte in Erwartung des bevorstehenden Sieges einen Krug Rotwein. Reinekin versuchte, sich aus der schwarzen Umklammerung zu befreien, und zog seine Dame vor. Die Wirtstochter brachte den Rotwein und schaute auf das Schachbrett. Reinekin sah sie irritiert an. Pietro nahm den verbliebenen Springer zwischen Daumen und Zeigefinger und wollte seinen Angriff fortsetzen.

»Nein«, sagte die Wirtstochter. »Dann seid Ihr in drei Zügen matt.«

Pietro schaute sie ungläubig an und stellte den Springer zurück.

»Matt in drei Zügen?«, fragte er.

»Wenn Ihr erlaubt«, wandte sich die junge Frau an Reinekin.

»Nur zu«, antwortete er.

Die Frau deutete auf die weiße Dame, zog eine Diagonale übers Brett, zeigte dann auf den weißen Läufer und den weißen Springer. »Springer schlägt C6 und bietet Schach. Bauer B7 schlägt Springer. Dame C5, Schach und im nächsten Zug C7 matt.«

Reinekin grinste, und Pietro räumte verärgert die Figuren ab.

»Frauke«, rief der griesgrämige Wirt hinter dem Tresen, »stör die Gäste nicht beim Spiel.«

»Sie stört nicht, sondern hat meinem Freund hier nur eine kleine Lektion erteilt«, antwortete Reinekin, und dann bestellte er einen Becher Wein. »Mir ist, als könnte ich einen vertragen.«

»Hast du das Matt gesehen?«, fragte Pietro ungläubig.

»Sicher. Du hättest es auch sehen müssen, aber du hast in letzter Zeit zu oft gewonnen und bist unvorsichtig geworden.«

»Reinekin, das war dein bestes Spiel seit Monaten. Ich bin überrascht.«

»Ich auch, und zwar darüber, dass dieses Mädchen ein paar Sekunden auf das Brett schaut und dann ein Matt in drei Zügen erkennt.«

»Für eine Wirtstochter ist das wahrlich außergewöhnlich«, stimmte Pietro zu.

»Sie ist nicht die Tochter des Wirts.«

Reinekin suchte in den nächsten Tagen immer wieder den Weg in den Artushof, meist zu den Nachmittagsstunden, wenn die Gaststube nahezu leer war, und immer in der Hoffnung, ein paar Worte mit Frauke wechseln zu können. Er spielte Schach mit Pietro und wartete darauf, dass sie an den Tisch kam, kurz auf das Brett sah und dann ihre Kommentare abgab. An einem Nachmittag trat sie kurz an den Tisch, und Pietro entschuldigte sich mit einem dringenden Bedürfnis. »Bitte spiel für mich weiter«, sagte er und verschwand. Frauke übernahm Pietros schwarze Figuren, erwehrte sich eines weißen Angriffs, setzte sich, nachdem sie lange gestanden hatte, auf Pietros Stuhl, befreite sich aus der weißen Umklammerung und kam zu einem Remis. Später erinnerte sich Reinekin, dass es während dieses Spiels passiert sein musste. In diesen Minuten, in denen ihm Frauke gegenübersaß, sich auf das Spiel konzentrierte und ihn auffordernd und lächelnd ansah, wenn sie gezogen hatte, in diesen Minuten hatte sich Reinekin Kelmer verliebt.

KAPITEL 14

Frauke Tyrbach wurde vor 22 Jahren im Haus eines Kaufmanns in Visby geboren. Sie und ihre beiden älteren Schwestern besuchten die Klosterschule und lernten von ihrem belesenen und weit gereisten Vater vieles, was nicht auf dem Unterrichtsplan der Schule stand – so auch das Schachspiel, bei dem Frauke schon mit zehn Jahren ihrem Vater überlegen war. Sie verbesserte ihr Spiel gegen Freunde und Geschäftspartner ihres Vaters weiter und schlug schließlich sogar den bekanntesten Spieler Visbys, einen Mathematiker und Astronomen. Damals war sie zwölf Jahre alt, und der Mann hatte ihrem Vater empfohlen, diesem überaus talentierten Kind private Studien der Mathematik angedeihen zu lassen. Aber Carl Tyrbach brauchte keinen Mathematiker, sondern einen Kaufmann, der die Geschäfte des Hauses nach seinem Tode weiterführen konnte. Da ihm ein Sohn versagt geblieben war, unterwies er seine jüngste Tochter in Buchführung und Handel. Frauke war auch auf diesem Gebiet sehr begabt, und nebenbei begann sie, sich die Sprachen der Geschäftspartner anzueignen. Bald sprach sie fließend Deutsch, Englisch, Flämisch und sogar ein paar Sätze Italienisch. Als sie gerade sechzehn Jahre alt war, änderte sich ihr behütetes Leben als Tochter eines wohlhabenden, wenn auch nicht reichen Kaufmanns mit einem Schlag. Ihr Vater wurde mit einigen anderen einer Verschwörung gegen den Rat angeklagt. Durch einen Schreiber in der Ratskanzlei, der der Familie verbunden war, erfuhr Carl Tyrbach von der bevorstehenden Verhaftung. Es blieben nur Stunden, um das Notwendigste zusammenzupacken und an Bord einer auslaufenden Kogge die Stadt zu verlassen.

Ziel der Kogge war Kopenhagen, wo ihr Vater mit Unterstützung eines Verwandten einen Neubeginn wagen wollte. Auf halbem Weg drehte der Wind auf nordwestliche Richtung und frischte auf bis zum Sturm. Der Kapitän entschied sich, mit dem Sturm in südöstlicher Richtung abzulaufen. Nach drei Tagen und Nächten schwersten Wetters strandete die Kogge in der Dunkelheit an einer unbekannten Sandbank. Durch das Abwerfen von Waren versuchte man, das Schiff frei zu bekommen, doch die Kogge schlug leck, und das eindringende Wasser machte alle Bemühungen zunichte. Ein berstender Mast begrub ihre Mutter und ihre Schwester unter sich, und Carl Tyrbach band Frauke in seiner Verzweiflung an einer Planke fest. »Du wirst leben«, rief er ihr zu, bevor das Schiff auseinander brach. Es war das Letzte, was sie von ihm hörte.

Am nächsten Morgen kam sie an einer unbekannten Küste zu sich. Es war ein sonniger Tag im Mai des Jahres 1364. Die See hatte sich beruhigt, und die Sonne schien von einem nahezu wolkenlosen Himmel. Nichts ließ mehr das Unglück der letzten Nacht erahnen. Außer Frauke hatte sich nur noch ein Seemann retten können, ein grobschlächtiger, bärtiger Mann. Kaum dass sie wieder auf den Beinen war, fiel er über die junge Frau her und vergewaltigte sie. Frauke hatte sich vergeblich gewehrt und es dann geschehen lassen, bis ihre Hand den Dolch am Gürtel des Mannes ertastete. Sie stieß ihm die Klinge bis zum Schaft in den Rücken, und der Mann starb röchelnd über ihr. »Du wirst leben«, hatte ihr Vater gerufen. Aber was würde das für ein Leben werden?

Frauke Tyrbach befreite sich von dem toten Seemann und floh in Panik. Am Mittag erreichte sie eine Straße und wurde am Abend von einem Fuhrmann aufgelesen, der Lübecker Bier nach Stralsund transportierte. Der unbekannte Streifen Küste, an dem sie gestrandet war, war der Bock – zwei Stunden nördlich von Stralsund. Der Fuhrmann brachte seine Ware zum Artushof, und Frauke Tyrbach landete in den Armen der Wirtin, einer liebenswürdigen Frau, die selbst keine Kinder hatte und sich um Frauke fortan kümmerte, als sei es ihre eigene Tochter. Der Wirt, Bartholomäus Steen, der von allen Barthel gerufen wurde, war früher eine gutmütige Frohnatur gewesen, der gerne ein Gläschen mit seinen Gästen trank. Barthels stets hochroter Kopf zeugte davon, dass sich hierzu ausreichend Gelegenheit geboten hatte. Inzwischen war der Mann zu einem griesgrämigen Säufer geworden, der immer weniger in der Lage war, das angesehene Wirtshaus zu führen. Nach nächtlichen Gelagen kam er morgens nicht aus dem Bett, von den Brauern und Knochenhauern wurde er ein ums andere Mal übers Ohr gehauen, und hätte nicht seine Frau einen Teil seiner früheren Aufgaben übernommen, so hätte der Rat für den Artushof sicher schon einen anderen Pächter gefunden. Schon einmal war ihm angedroht worden, die Pacht nicht zu verlängern. Hinzu kam, dass Barthel an einem Hüftleiden laborierte und ihm das Gehen schwer fiel. Er war deshalb nur zu froh über das neue Familienmitglied, das die Bedienung der Gäste übernahm und noch dazu durch ihre bloße Anwesenheit zu einer erheblichen Umsatzsteigerung beitrug. Die schöne Tochter des Artuswirts wurde schnell zu einer Attraktion. Frauke Tyrbach übernahm nach und nach auch die Buchführung des Gasthofes, den Einkauf und die Verhandlungen mit Brauern, Bäckern und Knochenhauern.

Immer versuchte sie, Aufschluss über den Verbleib ihrer Familie zu bekommen. Anfangs fragte sie jeden Reisenden nach den

Tyrbachs, in der Hoffnung, dass diese sich doch hatten retten können und nun irgendwo lebten, vielleicht im Glauben, ihre Tochter Frauke sei ertrunken. Mit der Zeit erkundigte sie sich immer seltener, weil jedes Kopfschütteln, das sie als Antwort erhielt, die Wunde des Verlustes erneut aufriss. Auch mit ihrer ältesten Schwester Sylke, die in Visby verheiratet war, versuchte sie in Kontakt zu treten und fand dabei heraus, dass Sylke im Jahre 1365 im Kindbett gestorben war. Seit sie diese Nachricht erhalten hatte, akzeptierte sie es, dass sie nunmehr die Tochter der Wirtsleute Bartholomäus und Anna Steen des Artushofes zu Stralsund war. Sah man einmal von der zunehmenden Trunksucht ihres Stiefvaters ab, so hatte es das Leben trotz allem gut mit ihr gemeint. Sie arbeitete viel, aber die Arbeit machte ihr Spaß. Sie genoss die Scherze mit den Gästen, bisweilen auch die kleinen Anzüglichkeiten und Blicke. Sie hatte selbst eine flinke Zunge und konnte manche scherzhafte Bemerkung in gleicher Münze heimzahlen.

Sie liebte es, an stillen Tagen über den Büchern zu sitzen und nachzurechnen, dass sich ihre harten Verhandlungen mit den Zulieferern allmählich auszahlten und der Gasthof und die Herberge ordentlichen Gewinn abwarfen. Und nebenbei hatten sich auch noch für andere Dinge Gelegenheiten ergeben. Da war Jakob, der Sohn eines Kürschnermeisters, mit dem sie sich eine Zeit lang heimlich in der Scheune traf, aber sie war vor dem Gedanken zurückgeschreckt, die Frau eines Kürschners zu werden. Welche Freiheiten genoss sie im Vergleich dazu im Artushof. In einen jungen Kaufmannsgesellen aus Wismar war sie verliebt, doch der hatte ihr zu verstehen gegeben, dass für den Sohn eines Ratsherrn eine Wirtstochter keine standesgemäße Verbindung sei.

Sie hatte es nicht eilig zu heiraten, und deshalb beobachtete sie mit einer gewissen Sorge, dass Barthel dieses Thema in letzter Zeit des Öfteren aufbrachte – noch dazu im Zusammenhang mit dem Namen eines seiner Saufkumpane, des Brauers Christian Pleskow, dem vor ein paar Monaten die Frau gestorben war. Pleskow hatte vier Töchter, die älteste mochte so alt wie Frauke sein. Doch das war es nicht, was sie störte. Vielmehr war es die Tatsache, dass Christian Pleskow ein Trinker war, wie ihr Stiefvater. Schon einige Male hatte sie den Verlauf dieser Abende beobachtet. Pleskow kam bei Sonnenuntergang schon nicht mehr nüchtern in den Artushof und setzte sich zu Barthel und zwei, drei anderen Zechern. Sie würfelten und tranken weiter, auch wenn Frauke die Schenke längst geschlossen hatte und die anderen Gäste gegangen waren. Einmal hatten sie ihn morgens im Schankraum gefunden, in einer Lache aus Erbrochenem und Urin liegend. Sie hatte einen Knecht gerufen und Pleskow mit einem Karren nach Hause bringen lassen und ihn so zum Gespött der halben Stadt gemacht. Sie mochte es nicht, wenn die Männer mit zunehmender Trunkenheit immer lüsterner wurden, aber sie hasste es, wenn Pleskow – noch dazu angestachelt durch ihren Stiefvater – seinen fleischigen Arm um ihre Hüfte legte und versuchte, sie auf seinen Schoß zu ziehen. Einmal hatte er versucht, sie zu küssen, aber sie hatte seinen stinkenden Atem nicht ertragen. Sie war von dem schweißnassen Gesicht angeekelt, und seine Berührungen weckten in ihr nur den Wunsch, möglichst schnell zu fliehen.

Frauke wusste, dass Liebesheiraten selten waren und meist nur in romantischen Liedern vorkamen. Brautpaare wurden von den Familien zusammengebracht. Hochzeiten waren Zweckbündnisse, und in einigen seltenen Fällen kam Liebe dazu. Aber zwischen einem Zweckbündnis und der Heirat mit einem Ekelpaket wie Christian Pleskow bestand ein himmelweiter Unterschied. Der Gedanke an Pleskow kam ihr besonders abstoßend vor, seit dieser Lübecker Ratsherr in ihr Leben getreten war, Reinekin Kelmer. Er war dreizehn Jahre älter als sie, aber was machte das schon. Er war groß und schlank, und sie mochte die Art, wie seine blonden Haare ihm in die Stirn fielen, manchmal bis über die Augen. Sie mochte sein verlegenes Lächeln, seine Bescheidenheit, die unauffällige Art, mit der er sich kleidete, und sie mochte seine intelligenten Augen.

Und intelligent musste er sein, denn er spielte besser Schach als der Mathematiker aus Visby. Frauke Tyrbach wusste einiges über ihn, denn der lustige Venezianer hatte ihr vom Tod seiner Frau erzählt, von seinen Kindern, seinen außergewöhnlichen Geschäften und dass er nun nach Ablauf des Trauerjahres auf der Suche nach einer Frau sei. Frauke Tyrbach bemerkte, dass Reinekin immer dann in den Artushof kam, wenn die Wahrscheinlichkeit am größten war, dass sie möglichst viel Zeit an seinem Tisch verbringen konnte. Schon zweimal hatte Pietro für die Gelegenheit gesorgt, dass sie sich zu Reinekin setzen konnte, wenn auch nur zum Schachspiel. Sie trug täglich frische Kleider, kämmte ihr Haar und flocht es zu kunstvollen Zöpfen, und sie lächelte ihn an, wann immer sich die Gelegenheit bot. Das alles konnte ihm nicht entgangen sein. Doch anders als die meisten Männer war er zu schüchtern – auch das wusste sie von Pietro –, um den ersten Schritt zu tun. Es würde ihr nichts anderes übrig bleiben, als selbst den Anfang zu machen.

Am Abend des 5. Mai bot sich die Gelegenheit, auf die Frauke gewartet hatte. Die letzten Gäste des Artushofes waren aufgebrochen, und die Gaststube war geschlossen. Reinekin kam die Stiege des Hinterhauses herunter, in dem sich Pietros Zimmer befand.

»Gott zum Gruß, Reinekin Kelmer. Seid Ihr auf dem Heimweg?«

»Ja, es ist spät geworden. Beim Spiel vergisst man die Zeit.«

Jetzt hatte er den unteren Absatz der Treppe erreicht und stand vor ihr. Sie waren allein im Hof der Gaststätte. Der Weg bis zur Scheune war nur kurz. Niemand würde etwas merken. Sie stand vor ihm und lächelte verlegen. Alles, was sie sich vorgenommen hatte zu sagen, kam ihr nicht über die Lippen.

»Dann, äh, entschuldigt. Ich versperre Euch den Weg. Gute Nacht.«

»Gute Nacht«, sagte Reinekin verlegen und wandte sich zum Hoftor. Als er schon fast beim Tor war, lief sie ihm nach.

»Reinekin, wollt Ihr …«, sie senkte den Blick. »Wollt Ihr am Sonntag mit mir zur Messe gehen?«

»Das wäre mir eine große Freude«, antwortete er.

Sie schauten sich an.

»Jetzt stehe ich Euch schon wieder im Weg.« Sie schob den Riegel zurück und öffnete das Tor.

»Du stehst mir nicht im Weg«, erwiderte er und berührte ihre Hand.

Sie stellte sich auf die Zehenspitzen und küsste ihn. Es war ein schneller, flüchtiger Kuss auf die Lippen, zu schnell, um erwidert zu werden, und doch ein unmissverständliches Zeichen ihrer Zuneigung. Dann drängte sie ihn aus der Tür und schob den Riegel vor. »Du wirst leben«, sagte sie leise.

KAPITEL 15

Im Löwenschen Saal des Rathauses fand am Nachmittag des 6. Mai ein Treffen der Sendboten der Hanse und niederländischer Städte, die sich der Koalition gegen Dänemark angeschlossen hatten, statt. Bertram Wulflam hatte dazu eingeladen. Insgesamt 24 Sendboten aus Köln, Hamburg, Bremen, Dortmund, Lübeck, Lüneburg, Wismar, Riga, Danzig und den Niederlanden waren bisher in Stralsund eingetroffen. Unter ihnen befanden sich auch Rudolf Sudermann aus Bremen, Thymme Ghulsowe aus Wismar und Sievert Classoen aus Danzig, die die drei ermordeten Ratsherren ersetzten. Ghulsowe war von allen Anwesenden die auffallendste Erscheinung. Auf einem dürren langen Hals saß ein Kopf, der ständig in einer schüttelnden Bewegung war. Das lange Pferdegesicht hätte Ghulsowe wahrscheinlich auf jedem Marktplatz zwischen Reval und Brügge zum Gespött der Kinder gemacht. Eine lange Nase mit großen Nasenlöchern, aus denen büschelweise Haare wuchsen, weit abstehende Ohren und ein breiter Mund verliehen dem

Mann etwas Groteskes. Hinzu kam noch das Fehlen der oberen Schneidezähne, die er durch einen Fausthieb Pietros vor nunmehr fast zehn Jahren eingebüßt hatte. Rudolf Sudermann war das genaue Gegenteil von Ghulsowe – ein unauffälliger Mann mittlerer Größe mit grauen Schläfen, den man noch nie hatte lachen sehen. Es ging sogar das Gerücht, im Rat von Bremen habe man eine Mark lübisch ausgesetzt für denjenigen, der Sudermann zum Lächeln oder gar zum Lachen bringe. Sievert Classoen war der Jüngste des Trios. Sein Mondgesicht wurde von einem Grinsen beherrscht, das er anscheinend nicht abstellen konnte. Es war sein normaler Gesichtsausdruck. Insgesamt sah Classoen ziemlich debil aus, was wiederum nicht zu seiner äußerst noblen Kleidung passte. Classoens Jacke bestand fast gänzlich aus Hermelin, und sein Gürtel hatte goldene Schnallen. Seine Schnabelschuhe waren aus feinstem Leder und mit Perlen besetzt. Sievert Classoen schwitzte und reichte Reinekin eine weiche, warme und feuchte Hand. Neben Classoen stand Gerkin Wollepont, der noch nicht lange im Rat der Stadt Hamburg saß. Er hatte lange Zeit in Brügge gelebt und handelte mit flämischen Produkten. Nach allem, was Reinekin in Erfahrung gebracht hatte, gehörte Wollepont zum Gefolge von Sudermann.

Als Letzter fand sich Hermen Burskup ein.

»Sieh an, Herr Burskup. Ich habe Euer Schiff gar nicht einlaufen sehen«, sagte Bertram Wulflam, worauf die meisten Ratsherren lachten. Es war bekannt, dass Burskup die See fürchtete, Schiffe hasste und noch nie eines betreten hatte. Burskup rang sich ein Grinsen ab.

Wulflam begrüßte die Sendboten der Städte. »Morgen werden die Dänen eintreffen, wie ich heute von einem Schiff hörte, das aus Kopenhagen kommt. Ich gehe davon aus, dass wir am Sonntag zu einem Festmahl zusammenkommen, die Verhandlungen beginnen und in der kommenden Woche zu einem raschen Abschluss gelangen, der dann durch einen Vertrag festgehalten werden soll.«

»Auf welcher Grundlage wollen wir verhandeln? Da gibt es, glaube ich, sehr große Unterschiede«, warf Rudolf Sudermann ein.

»Wir verhandeln auf der Grundlage, die wir beim letzten Treffen in Lübeck festgelegt haben«, sagte Wulflam.

»Wir haben gar nichts festgelegt in Lübeck«, zischte Ghulsowe.

»Diejenigen, die die Hauptlast des Krieges getragen haben«, mischte sich Reinekin ein, »haben konkrete Friedensvorschläge unterbreitet. Grundlage ist die vom Lübecker Bürgermeister im Januar vorgegebene Verhandlungslinie, wonach wir mit den Dänen einen gerechten und dauerhaften Frieden wollen, der es uns ermöglicht, unsere Geschäfte wieder zur Zufriedenheit aller aufzunehmen. Darüber hinaus werden wir Garantien für die Sunddurchfahrt verlangen, aber keine Aufteilung Dänemarks zu Gunsten Holsteins oder Mecklenburgs fordern oder dulden. Der Frieden muss von König Waldemar mit dem großen Reichssiegel anerkannt werden, damit er auch nach seinem Ableben weiterhin Fortbestand besitzt und seine Erben bindet.«

»Damit können wir uns nicht zufrieden geben«, sagte Gerkin Wollepont. »Die Mehrheit der hier Anwesenden will …«

»Die Mehrheit nutzt Euch hier nichts«, unterbrach ihn Reinekin, »weil die Mehrheit derer, die sich mit eher bescheidenen Mitteln an dem Krieg beteiligt haben, nicht darüber entscheiden kann, ob diejenigen, die die Hauptlast tragen, weiterkämpfen, plündern und rauben oder ob jetzt endlich Frieden einkehrt.«

»Auch wir wollen den Frieden«, warf Ghulsowe ein. »Warum sollen die Dänen nicht bezahlen, damit sie ihn bekommen?«

»Ich werde mit dem Reichsdrosten Henning von Putbus so schnell wie möglich nach dessen Ankunft Kontakt aufnehmen und Euch informieren, wie weit die Dänen gehen können und wo ihre roten Linien sind. Vielleicht können wir dann wenigstens Einvernehmen über die Details erzielen.« Reinekin stand auf. Es machte keinen Sinn, Leute wie Sudermann in die Verhandlungen hineinzuziehen. Der Bremer vertrat offensichtlich andere Interessen. Jetzt kam es darauf an, möglichst schnell mit den Dänen ein Ergebnis zu erzielen, das die Gegner im eigenen Lager vor vollendete Tatsachen stellen würde.

KAPITEL 16

Albert Puster wartete schon seit drei Tagen in der Schenke hinter dem Fährtor auf Lüders, den Mann, der ihm seine Aufträge übermittelte, ohne der eigentliche Auftraggeber zu sein. Lüders kam nach Einbruch der Dunkelheit, betrat die Schenke am Fährtor und schaute sich nervös um. Als er Albert Puster erblickte, nickte er ihm unauffällig zu, holte sich ein Starkbier und setzte sich wie zufällig an den Tisch des kleinen Mannes. Die Begegnung dauerte nicht viel länger als eine Minute. Lüders hatte es eilig. Ein Lederbeutel mit Silbermünzen wechselte den Besitzer. Lüders trank sein Bier aus und ging. Albert Puster lächelte. Die Geschäfte liefen dieser Tage ausgezeichnet.

KAPITEL 17

Am Vormittag des 7. Mai wurden die beiden Koggen der Dänen im nördlichen Strelasund gesichtet. Die Kunde verbreitete sich wie ein Lauffeuer durch die Stadt. Einige der Sendboten der Hanse hatten sich vor dem Rathaus eingefunden. Bertram Wulflam war zu ihnen getreten und wandte sich an Reinekin.

»In einer guten Stunde werden die Dänen anlegen. Ich werde sie am Hafen standesgemäß begrüßen. Das ist meine Pflicht als Bürgermeister dieser Stadt. Wie wollt Ihr es halten, als derjenige, der die Verhandlungen führt?«

»Wir dürfen ihnen auf keinen Fall entgegengehen.« Hermen Burskup sah sich anscheinend schon in der Rolle des künftigen

Bürgermeisters von Lübeck. »Sie müssen vielmehr zu uns kommen. Und selbst dann sollten wir sie ein paar Stunden warten lassen, bevor wir sie empfangen.«

»Sie sollen ruhig ein paar Tage schmoren. Frühestens Mitte nächster Woche sollten wir sie empfangen«, ergänzte Ghulsowe.

»So sei es denn. Die Hanse wird die dänische Delegation erst nächste Woche empfangen und nicht am Hafen begrüßen. Ihr als Bürgermeister habt natürlich andere Pflichten.« Reinekin drehte sich um, ging in Richtung des Artushofes davon und ließ einen verdutzten Hermen Burskup zurück. Mit allem hätte er gerechnet, nur nicht damit, dass Reinekin seinen Vorschlag akzeptieren würde. Burskup war sich nicht sicher, ob er soeben einen Sieg errungen hatte.

»Was soll der Unsinn?«, fragte Pietro. »Jeden Tag, den du verstreichen lässt, werden Sudermann und Ghulsowe zu neuen Intrigen nutzen. Du solltest so schnell wie möglich mit den Dänen Gespräche beginnen.«

»Das habe ich auch vor.«

Reinekin hatte das Franziskanerkloster erst nach Einbruch der Dunkelheit verlassen und zusammen mit Pietro »Die Sonne«, eine Herberge in der Heilgeiststraße, in der die dänische Delegation untergebracht war, auf der rückwärtigen Seite betreten. Über die Stiege des Hinterhauses kamen sie in den verwinkelten Gasthof. Pietro ging mit einer Kerze in der Hand voraus, und Reinekin folgte in sicherem Abstand. An einer Tür im zweiten Stock des Haupthauses gab er ein Klopfzeichen. Die Tür wurde augenblicklich geöffnet. Ein dänischer Offizier musterte Pietro und Reinekin und bat sie zu warten. Er klopfte an eine Verbindungstür in das benachbarte Zimmer, öffnete, salutierte und gab Reinekin und Pietro das Zeichen einzutreten. Der Raum war spärlich erleuchtet, und im Schein der Öllampe erschien Henning von Putbus noch geheimnisvoller als der Ruf, der ihm vorauseilte. Ein deutscher Edelmann, der größte Grundbesitzer auf Rügen, hatte es zum Reichsdrosten in Dänemark gebracht. Henning von Putbus lenkte die Geschicke des dänischen Reiches, wann immer König Waldemar auf Reisen war, und das war er häufig. Waldemar war kein Kriegerkönig, keiner, der seinen Soldaten voranritt. Waldemar war ein geschickter Ränkeschmied und Diplomat, und für die Verwaltung seines Reiches hatte er Henning von Putbus eingesetzt, dem er uneingeschränkt vertraute.

»Reinekin Kelmer, seid mir herzlich willkommen. Ich freue mich, Euch kennen zu lernen, nachdem ich viele außergewöhnliche Dinge über Euch gehört habe.« Henning von Putbus war groß und hager, hatte graues Haar und war schon weit über fünfzig Jahre alt, wirkte aber jünger. Sein Rücken war gerade und seine Bewegungen geschmeidig. Ein grauer Kinnbart zierte sein Gesicht, das von einer Hakennase dominiert wurde. Das graue Haar trug er kurz geschoren. In seinem schwarzen Wams und den ebenfalls schwarzen Strümpfen machte Henning von Putbus einen geradezu asketischen Eindruck.

»Die Freude ist ganz meinerseits.« Auch Reinekin beherrschte die Formeln diplomatischer Etikette.

»Wie geht es Eurem Schwiegervater?«

»Er erholt sich langsam.«

»Bitte richtet ihm alsbald meine besten Genesungswünsche aus.«

»Das wird ihn erfreuen.«

»Eine merkwürdige Geschichte, nicht wahr?«

»Was meint Ihr?«

»Euer Schwiegervater, Molteke, Karbow, Wackerowe – vier Anschläge in nur wenigen Wochen. Das sieht wie eine Verschwörung gegen den Frieden aus. Was sagt Ihr zu dieser Serie?«

»Ich sehe, Ihr seid gut informiert. Hinsichtlich der Anschläge vermeide ich Spekulationen und halte mich an die Fakten.«

»Sicher seid Ihr dabei, die Fakten aufzudecken?«

»Sicher«, antwortete Reinekin kurz.

»Man kann nie genug über seine Gegner wissen«, sagte Henning von Putbus lächelnd. »Wir werden bestimmt noch Zeit und Gelegenheit haben, darüber ausführlich zu reden. Doch sagt mir zunächst, wie Ihr Euch das weitere Vorgehen vorstellt.«

»Bevor wir nächste Woche unsere offiziellen Verhandlungen aufnehmen, wäre es – glaube ich – hilfreich, wenn wir einige klärende Vorgespräche im kleineren Kreis führen könnten. Das ist sicherlich auch in Eurem Interesse.«

»Ganz wie Ihr wünscht. Was schlagt Ihr vor?«

»Ich würde sagen, Ihr stattet morgen früh den Brüdern des heiligen Franziskus einen Besuch ab. Ich werde in St. Johannis auf Euch warten. Dort sind wir gänzlich ungestört.«

Reinekin verabschiedete sich und wandte sich zum Gehen.

»Herr Kelmer, ich habe gehört, dass Ihr ein hervorragender Schachspieler seid. Nun, auch mir sagt man nach, dass ich etwas von dem Spiel verstehe. Vielleicht bietet sich die Gelegenheit zu einer Partie?«

»Es wäre mir ein Vergnügen.«

Reinekin und Pietro verließen den Gasthof ungesehen und gingen über den Alten Markt in Richtung Artushof. Pietro öffnete in der Mönchstraße ein kleines Tor, das in den Garten zwischen Artushof und Pferdestall führte. Er bat Reinekin, einen Augenblick zu warten, und verschwand mit der Lampe. Reinekin stand im Dunkeln und wollte protestieren, aber da war Pietro schon weg.

Zwei Minuten später näherte sich die Lampe zwischen Stall und Scheune.

»Warum lässt du mich hier in der Finsternis stehen?«, zischte Reinekin.

»Meinetwegen.« Frauke hob die Lampe hoch, und er konnte ihr Gesicht erkennen.

KAPITEL 18

Der weiße König wäre in vier Zügen matt. Schwarz musste mit einem Bauern den weißen Läufer blockieren, die weiße Dame mit dem Turm zurückdrängen und dann den tödlichen Angriff auf die weiße Rochadenstellung vortragen. Es war eine faszinierende Stellung. Statt den tödlichen Angriff einzuleiten, zog Reinekin den schwarzen Springer auf H5. Weiß würde sich jetzt befreien können und selbst zum Angriff übergehen.

»Euch geht der Ruf voraus, ein hervorragender Schachspieler zu sein, Herr Kelmer.« Henning von Putbus schaute auf das Spielfeld und griff langsam nach seinem König. Er hob die dunkle Holzfigur an und wog sie in seiner rechten Hand.

»Der dänische König ist in einer schlechten Lage. Ich denke, der Sieg gehört Euch.«

Reinekin schaute in das graue Gesicht des Dänen und bekam zum ersten Mal ein Gefühl dafür, mit wem er es zu tun hatte.

»Lasst uns ein Stück gehen«, schlug er vor.

Die beiden Männer standen auf und verließen das Gästehaus von St. Johannis. Im Rosengarten zwischen Stadtmauer und Kirche schien eine wärmende Frühlingssonne, und ein milder Wind strich vom Strelasund herüber in die Stadt. Reinekin und der dänische Reichsdroste lehnten sich an die Klostermauer und schauten hinab auf das geschäftige Treiben im Hafen von Stralsund. Vor dem Hafen lagen acht Koggen, darunter die »Stolz von Lübeck«, deren Salzladung mit kleinen Schuten gelöscht wurde.

»Ihr müsst entschuldigen. Ich hatte das Gefühl, dass ich aus gebotenem Respekt gegenüber Eurer Stellung Euch den Vortritt beim Siegen lassen sollte«, begann Reinekin.

»Ach, Herr Kelmer, Ihr wolltet mich gewinnen lassen, damit ich Euch für einen Tölpel halte, obwohl Ihr ein gewiefter Kopf seid. Im rechten Moment hättet Ihr mich dann matt gesetzt – nicht am Schachbrett, sondern am Verhandlungstisch.«

Reinekin musste sich ein Grinsen verkneifen.

»Nichts lag mir ferner.«

»Lassen wir das. Eigentlich könnte die Sache doch ganz einfach sein. Lübeck will freien Handel auf der Ostsee und braucht den Frieden, und ich weiß, dass Euer Schwiegervater jedes Jahr an die zehn Koggen alleine nach Kopenhagen geschickt hat mit Salz, Bier, Tuch, Eisenwaren und vielem mehr. Und zurückgebracht hat er Hering, Holz, Erz und Getreide. Und wie er haben viele Lübische und auch viele aus Wismar, Stralsund und bis hinauf nach Reval ihr Geld verdient und sind dabei reich geworden. Auch ich habe davon profitiert und alle meine dänischen Freunde. Das Sinnvollste wäre es, diesen Zustand so bald wie möglich wieder herzustellen.«

»Im Grunde habt Ihr Recht. Eure Interessen und die Lübecks sind sich ähnlicher als die Lübecks und – sagen wir – Bremens. Aber wir brauchen auch Bremen, Hamburg und die Westfalen für einen Frieden. Wir müssen also einen Frieden finden, der mehr beinhaltet als die dänischen und die lübischen Interessen.«

»Und was könnte das Eurer Meinung nach sein?«

Reinekin setzte sich auf die Gartenmauer und betrachtete ein Maiglöckchen mit großer Aufmerksamkeit. Nach einigem Zögern sagte er:

»Ein Frieden, der Dänemark nicht über Gebühr belastet und doch so formuliert ist, dass auf unserer Seite diejenigen, die noch unentschieden sind, guten Gewissens ja zu dem Friedensvertrag sagen können.«

»Macht einen Vorschlag.«

»Es ist nicht nur an mir, Vorschläge zu machen. Auch Ihr müsst beraten, wie eine Lösung aussehen kann.«

»Ich bin sicher, Ihr habt Euch darüber schon Gedanken gemacht«, hakte der Däne nach.

»Und das Gleiche denke ich von Euch. Ihr habt mit Waldemar besprochen, wie eine Lösung aussehen könnte.« Reinekin lächelte. »Und jetzt sitzen wir an diesem friedlichen Ort und belauern uns gegenseitig wie Feinde.«

Reinekin überlegte, ob er Henning von Putbus Hinweise geben sollte, hielt dies aber zum jetzigen Zeitpunkt für unklug. Er wollte zunächst abwarten, was die Dänen anzubieten hatten. Während er noch zögerte, hörte er jemanden nach Henning von Putbus rufen. Einer der Knappen rannte in Begleitung eines Franziskaners auf sie zu.

»Herr Reichsrat, verzeiht mir, soeben wurde der Hamburger Kaufmann Wollepont gefunden. Jemand hat ihm den Schädel eingeschlagen.«

Henning von Putbus stand auf und trat verärgert in den Sand.

»Wer war das?«

»Keiner hat es gesehen. Er lag tot in der Scheune von seinem Gasthof.«

»Verdammt«, entfuhr es dem dänischen Reichsrat.

»Kommt«, sagte er, ohne sich umzudrehen, und eilte aus dem Garten.

Reinekin folgte dem Rüganer. Wolleponts Tod ergab keinen Sinn. Jedenfalls nicht im Zusammenhang mit den Morden an Wackerowe, Molteke und Karbow sowie dem Anschlag auf Balthasar Grevenrode.

»Das verstehe ich nicht. Wollepont war nicht gerade ein Befürworter eines schnellen Friedens«, sagte Reinekin zu Henning von Putbus, der mit ausgreifenden Schritten die Külpstraße hinaufeilte.

»Es ist auf jeden Fall der denkbar schlechteste Auftakt für unsere Verhandlungen. Natürlich wird man versuchen, uns Dänen den Mord in die Schuhe zu schieben.«

Gerkin Wollepont lag mit eingeschlagenem Schädel direkt hinter dem Eingangstor zur Scheune des Artushofes. Hier wurde Heu und Stroh für den Mietstall gelagert, der dem Gasthaus angegliedert war. Der Pferdeknecht hatte den Hamburger Ratsherrn gefunden. Ein Medikus war dabei, die Leiche zu untersuchen. Um den Leichnam herum standen Sudermann, Ghulsowe, Classoen, Burskup und Wulflam, die beiden Lüneburger und ein Rigaer Ratsherr sowie einige Männer der Stadtwache. Das Erscheinen des dänischen Reichsrates führte zu einigen erstaunten Blicken.

»Es muss gerade erst passiert sein«, sagte der Medikus. »Der Leichnam ist noch warm, das Blut noch nicht geronnen. Der Mann hat vor einer guten Stunde noch gelebt.«

»Was hatte er hier in der Scheune zu suchen?«, fragte Wulflam in die Runde.

»Offenbar wurde er hierher gelockt und dann hinterrücks und feige erschlagen«, mutmaßte Rudolf Sudermann.

»Wer tut so etwas Böses?«, fragte Classoen mit einem Lächeln im Gesicht.

»Wer wohl, du Schwachkopf?«, antwortete Ghulsowe. »Herr Bürgermeister, Ihr solltet überprüfen lassen, wo sich die Mitglieder der dänischen Delegation in der letzten Stunde aufgehalten haben. Es sollte mit dem Teufel zugehen, wenn uns das nicht weiterführt.«

KAPITEL 19

Reinekin saß in der Bibliothek von St. Johannis und las in den Schriften des Pythagoras, als Pietro auf ihn zutrat und einen schweren Lederbeutel auf das Lesepult legte.

»Was ist das?«

»Ein Sümmchen, das selbst ein reicher Kaufmann wie Gerkin Wollepont nicht im Handumdrehen verdient.«

Reinekin sah ihn ungeduldig an.

»Tausend lübische Mark«, sagte Pietro knapp.

»Wo hast du die her?«

»Während du mit deinen Freunden den toten Wollepont bestaunt hast, habe ich mich in seinem Zimmer umgesehen und diesen Beutel in einem Versteck unter dem Kamin gefunden, gerade noch rechtzeitig.«

»Was meinst du damit?«

»Kaum hatte ich das Zimmer verlassen, schlich der Hauptmann der Stadtwache hinein und stellte alles auf den Kopf, und ich könnte wetten, dass er genau diesen Beutel gesucht hat.« Pietro grinste. »Nachdem er aufgegeben hatte, erschien einer der dänischen Kleriker und unterzog das Zimmer einer gründlichen Visitation, und ich könnte wetten, dass er ebenfalls diesen Beutel gesucht hat.«

»Jetzt müsste man nur noch wissen, warum der Hamburger Ratsherr Gerkin Wollepont mit einem derartigen Vermögen herumreist, was er damit vor hatte und wer davon wusste.«

»Er muss nicht unbedingt mit diesem Vermögen hier angereist sein. Vielleicht hat er es auch hier erst erworben.«

KAPITEL 20

Am 10. Mai, einem Sonntagmorgen, wartete Frauke Tyrbach voller Nervosität auf Reinekin Kelmer. Er hatte ihr angeboten, sie auf dem Weg in die Kirche abzuholen. Vom Artushof zur Nikolaikirche waren es nur gut hundert Meter über den Alten Markt. Sie hätte den Weg mit geschlossenen Augen gefunden, aber das war egal. Das Symbol des gemeinsamen Kirchgangs zählte tausendmal mehr als Küsse im Mondschein. Sie stand schon um acht Uhr bereit, obwohl sie wusste, dass es noch viel zu früh war. Er würde sicher erst kommen, wenn die Glocken anfingen zu läuten, und das taten sie etwa zwanzig Minuten vor Beginn des Gottesdienstes, der gegen neun Uhr begann.

»Warum bist du so aufgeregt?«, hatte ihre Stiefmutter gefragt.

»Ich bin nicht aufgeregt. Bin ich aufgeregt?«

»Du rennst ständig zum Fenster und zum Tor. Worauf wartest du?«

»Reinekin Kelmer, der Lübecker Ratsherr – du kennst ihn doch – er will mich zur Kirche abholen.«

Anna Steen lächelte ihre Stieftochter mitleidig an. »Frauke, du bist eine kleine Träumerin.«

»Du wirst sehen«, entgegnete sie ihrer Stiefmutter.

Die Glocken von St. Nikolai begannen zu läuten und riefen die Gläubigen zur Sonntagsmesse. Jetzt musste Reinekin jeden Moment auftauchen. Sicher würde er über die Külpstraße kommen oder vielleicht doch über die Knieperstraße? Inzwischen war auch Bartholomäus Steen in seiner Sonntagskluft aufgetaucht. Er roch nach Bier und Branntwein.

»Es ziemt sich nicht, mit einem Fremden in die Kirche zu gehen«, sagte er und nahm einen tiefen Zug aus dem Weinkrug. Für Frauke war Reinekin kein Fremder mehr. Sie hatte mit ihm geredet, Schach gespielt und ihn geküsst. So kurz er auch in Stralsund war, sie hatte das Gefühl, als würde sie ihn seit langem kennen.

»Wir müssen los«, drängte Barthel die beiden Frauen.

»Geh schon vor, wir kommen in ein paar Minuten nach«, sagte seine Frau. Der Wirt nahm noch einen tiefen Zug aus dem Weinkrug und verschwand.

»Danke«, sagte Frauke und fiel ihrer Stiefmutter um den Hals, doch das Warten nutzte nichts. Gegenüber, vor dem Wulflam'schen Haus, versammelte sich die Familie des Bürgermeisters, der als Letzter die Kirche betreten würde. Danach fing der Gottesdienst an.

»Gehen wir«, sagte Anna Steen und legte tröstend den Arm um Fraukes Schulter.

Frauke Tyrbach hatte Lust zu weinen, doch gleichzeitig fühlte sie Wut aufkommen. Wie hatte er sie so belügen können! Sie war enttäuscht, weil sie gedacht hatte, dass er anders wäre. Anders zum Beispiel als der Wismarer Kaufmannsgeselle, der ihr offen gesagt hatte, dass eine Wirtstochter nicht zu dem Sohn eines Ratsherrn passe. Nun, sie hatte sich anscheinend getäuscht. Gemeinsam mit Anna Steen ging sie zur Kirche. Dem Gottesdienst folgte sie nur äußerlich. Ihre Gedanken kreisten um die Frage, warum er sie versetzt hatte, warum er ihr dies hatte antun können.

Nach der Kirche stand Barthel mit Christian Pleskow und einem unbekannten Mann auf dem Alten Markt zusammen. Sie besprachen sich lange. Frauke beobachtete sie vom Artushof aus. Sie ahnte, dass es bei dem Gespräch der drei Männer um sie ging, und sie befürchtete Schlimmes.

KAPITEL 21

Henning von Putbus war schon früh in das Franziskanerkloster gekommen.

»Ich muss dringend mit Euch sprechen.«

»Kommt in die Bibliothek, da sind wir ungestört«, antwortete Reinekin.

»Nun, ich habe nachgedacht über den Tod von Gerkin Wollepont und bin zu dem Ergebnis gekommen, dass es besser ist, Euch darüber zu informieren, dass es ein Gespräch zwischen Gerkin Wollepont und dem Erzbischof von Lund gegeben hat.«

»Dabei haben tausend Mark den Besitzer gewechselt«, fügte Reinekin hinzu.

Henning von Putbus schaute ihn überrascht an.

»Das mag so gewesen sein«, sagte er. »Jedenfalls war klar, dass Wollepont kein Hindernis für einen Frieden mehr sein würde.«

»Wahrlich, Herr von Putbus, ich hatte Euch unterschätzt. Ihr habt Euch den Hamburger gekauft.«

»Ein teurer Friede kommt günstiger als ein billiger Krieg. Was erwartet Ihr?«

»Und jetzt stellt Ihr Euch die Frage, wer von Eurem Handel

gewusst hat und so viel dagegen einzuwenden hatte, dass er dem armen Wollepont deswegen den Schädel eingeschlagen hat.«

»Inzwischen kann ich es mir denken. Diese Stadt wimmelt von Spionen. Unsere ganze Delegation wird ständig bespitzelt. Wahrscheinlich war der Erzbischof von Lund nicht vorsichtig genug und hat sich bei seinem Treffen mit Wollepont beobachten lassen. Das wurde Wulflam zugetragen, und der hat Wollepont entweder ermorden lassen oder es Sudermann gesagt, der den Mord veranlasst oder selbst begangen hat.«

Reinekin schaute den Reichsrat skeptisch an, ohne etwas zu sagen.

»Sudermann ist Gläubiger der Holsten. Er hat ihnen viel Geld geliehen.«

»Wusstet Ihr das?«

Reinekin hatte von Sudermanns Geschäften vor zwei Tagen erfahren. Die Nachforschungen in Bremen hatten zu Tage gebracht, dass Sudermann den Holsten 50 000 Mark gegeben hatte. Für Reinekin war aber auch klar, dass Sudermann eine solche Summe nicht allein aufgebracht haben konnte.

»Nein«, sagte Reinekin und schaute Henning von Putbus skeptisch an.

»Das weiß ich aus absolut zuverlässiger Quelle. Und was Euren Freund Wulflam betrifft, so solltet Ihr vorsichtig sein.«

»Warum sollte Wulflam mit dem Bremer gemeinsame Sache machen?«

»Er will auf jeden Fall zu den Gewinnern gehören, und da nicht klar ist, wie das Spiel ausgeht, hält er es mit beiden Seiten. Dem Mecklenburger hat er Geld geliehen.«

»Das hat er offen zugegeben. Angeblich nur ein paar hundert Mark.«

»Vielleicht hat man ihm eine besonders großzügige Rückzahlung in Aussicht gestellt, für den Fall, dass er sich neutral verhält. Setzt sich die Position Lübecks durch, wird Wulflam zu den Ersten gehören, die ihre Pfeffersäcke in Dänemark verkaufen. Setzt sich die Position der Landesherren durch, die hier von

Sudermann so offen vertreten wird, dann will Wulflam nicht zu den Verlierern gehören und zumindest für seine Neutralität entlohnt werden.«

»Ihr scheint die Sendboten der Hanse gut zu kennen.« Reinekin schmunzelte.

Henning von Putbus blieb abrupt stehen und wandte sich in flüsterndem Ton an Reinekin.

»Natürlich, Herr Kelmer. Ihr wisst doch, worum es hier geht. Und tut bloß nicht so, als sei Wollepont nur mein Problem. Ich an Eurer Stelle würde meine Leibwache verdoppeln.«

Reinekin begleitete den dänischen Reichsrat bis zum Tor des Klosters, dankte ihm für seine Offenheit und verabschiedete ihn.

Dann wandte er sich an die beiden Claas. »Wann läutet es hier zur Kirche?«

»Es hat schon vor einer halben Stunde geläutet. Die Kirche hat längst begonnen.«

KAPITEL 22

Albert Puster war zum ersten Mal in Stralsund. Das machte die Sache nicht gerade leichter, zumal die Stadt kleiner war als Lübeck und die Wachen zudem nach einem zierlichen Mann mit Narbengesicht Ausschau hielten. Das wusste er von Lüders. Da er in Stralsund niemanden kannte, entschied er sich für eine Unterkunft, die eine gewisse Anonymität garantierte. Einer der Badstübner am Frankenteich betätigte sich nebenbei auch als Frauenwirt. Über der Badestube hatte Albert Puster ein Zimmer bezogen – »mit Inventar«, wie der Badstübner es bezeichnet hatte. Das Inventar war eine nicht mehr ganz junge, dralle Rothaarige, die in der Badestube half und ihre Dienste den Gästen des Badstübners anbot. Lisbeth, so hieß die Hure, hatte zunächst gezögert, den Fremden aufzunehmen, aber die großzügige Bezahlung hatte sie überzeugt. Und nach einem Bad, so redete sie sich ein, sah der Mann vielleicht gar nicht mehr so abstoßend aus. Albert Puster hatte ausgiebig gebadet, doch Lisbeth musste bedauernd feststellen, dass Narben sich nicht mit Wasser und Seife entfernen ließen. Immerhin stank der Fremde mit der Figur eines zwölfjährigen Kindes nicht mehr, als er sich zwischen ihre Schenkel legte.

Albert Puster hatte die ersten Tage in Stralsund genossen. In Lisbeths Armen fühlte er sich wohl, und sie gab ihm mehr, als er je bekommen hatte. Sie weckte ihn, wenn ihn seine Albträume plagten, und drückte ihn an ihren großen Busen, wenn er nachts vor Angst zitterte. Albert Puster fühlte – wenn er in das Bett der Rothaarigen stieg – seit unendlich langen Zeiten zum ersten Mal wieder Geborgenheit.

Nachdem er von Lüders einen neuen Auftrag mit einer hohen Anzahlung bekommen hatte, war er in eine seiner zahlreichen Verkleidungen geschlüpft und hatte sein nächstes Opfer ausgekundschaftet. Albert Puster wusste, dass es sich um einen Lübecker Kaufmann namens Kelmer handelte, der bei den Franziskanern wohnte. Er fragte nie, warum ein Auftrag vergeben wurde, und es interessierte ihn auch nicht, Details über das Opfer zu erfahren. Ein Lübecker Kaufmann namens Kelmer, der bei den Franziskanern wohnte – das genügte. Er wickelte sich eine hölzerne Schüssel über die linke Schulter und schlüpfte in die dreckigen Lumpen eines Bettlers. Ein buckliger Bettler würde keinerlei Aufsehen erregen. Gegenüber von St. Johannis setzte er sich an den Rand der Gosse. Es war kein guter Platz. Nicht nur dass hier in einem Arme-Leute-Viertel die Einnahmen spärlich waren, auch Kelmer ließ sich höchst selten sehen. Nur einmal gegen Nachmittag verließ er das Kloster und ging in Begleitung von zwei Leibwächtern für zwei Stunden in den Artushof. Danach brachten ihn die beiden Hünen wieder zurück. Am nächsten Tag wiederholte sich das Ganze. Diesmal nahm Kelmer aber einen anderen Weg. Im Laufe der Zeit fand Albert Puster heraus, dass Kelmer offenbar die Gefahr, in der er schwebte, ahnte und deshalb nur ganz selten ohne Schutz war und zudem immer andere Wege ging, soweit er sich überhaupt bewegte. Das war selten genug der Fall, wenn man einmal von dem Weg in den nur gut zweihundert Meter entfernten Artushof absah. Einzige Ausnahmen von dieser Routine waren gelegentliche Abstecher zum Hafen, wo das Salz des Lübeckers entladen wurde.

An diesem Donnerstag ging Kelmer erst spät los. Die beiden Hünen kamen schon mit ihm aus dem Kloster, blieben dicht bei ihm und schirmten ihn ab. Mit eiligen Schritten ging er hinauf zum Alten Markt, wobei er heute nicht die Knieperstraße, sondern die Mönchstraße wählte. Albert Puster gesellte sich zu den Bettlern vor St. Nikolai. Von hier konnte er den ganzen Alten Markt überblicken und würde auch Kelmer aus dem Artushof kommen sehen. Albert Puster zog eine Schweinsblase aus seinem Umhang und trank einen Schluck Branntwein. Es war reiner Zufall, dass er den Mann sah, der aus dem gegenüberliegenden Kaufmannshaus kam und in Richtung Hafen ging. Albert Puster begann zu zittern. Er musste sich getäuscht haben. Es konnte einfach nicht sein, dass der Alte hier in Stralsund war. Das letzte Mal, dass er von seinem Vater gehört hatte, war länger als fünf Jahre her. Damals, so hatte ihm ein Landsknecht erzählt, der zuvor bei der Bremer Wache gedient hatte, sei der Alte krank gewesen und habe seinen Dienst nicht mehr versehen können. Andererseits konnten ihn seine Sinne nicht derart täuschen. Er hatte ihn auf eine Entfernung von wenigen Metern gesehen. Es gab keinen Zweifel: Der Bremer Burgmann war soeben an ihm vorübergegangen. Albert Puster fühlte sein Herz rasen. Sein Magen verkrampfte sich. Er griff nach dem Dolch unter seinem Umhang und nahm die Verfolgung auf. Der Mann, der keine zwanzig Schritte vor ihm ging, trug ein rotes Wams und braune Strumpfhosen. Er hatte den gleichen Stiernacken, die breiten Schultern und den kräftigen, muskulösen Körperbau, den gleichen Gang, die ergrauten Haare. Was seine Zweifel vollends beseitigte, war das Muttermal auf der Halbglatze. Der Burgmann betrat eine Schenke am Hafen. Albert Puster zögerte. Dann zog er sich die Kapuze tiefer ins Gesicht und betrat den niedrigen, dunklen Schankraum. Der Mann hatte sich gesetzt und bestellte Bier und Fleischsuppe. Als Albert Puster die Stimme hörte, war er sich endgültig sicher. Es musste der Alte sein.

»Hör zu, Mann, entweder du bestellst, oder du verschwindest.« Der Wirt hatte ihn nach seiner Bestellung gefragt, ohne dass er es wahrgenommen hatte.

»Starkbier«, sagte er knapp.

»Kannst du überhaupt bezahlen?«

Albert Puster griff in seinen Umhang und holte ein paar Pfennige hervor. Der Wirt wurde freundlicher. »Willst du auch essen?«

Albert Puster schüttelte den Kopf.

Der Wirt brachte Bier für den Burgmann und dann für Albert. Als er den Krug an den Mund führte, merkte er, dass seine Hände zitterten. Jetzt und hier hatte er die Chance, von der er träumte, seit er Bremen hatte verlassen müssen. Es war alles so einfach. Der Alte saß keine zwei Meter von ihm entfernt und drehte ihm den Rücken zu. Es wäre eine Kleinigkeit, ihm den Dolch zwischen die Schultern zu rammen. Und doch zögerte er. Der Alte musste mit dem Teufel im Bunde stehen. Wie hatte er sich sonst von schwerer Krankheit so gut erholt? Der Mann strotzte geradezu vor Kraft, genauso wie immer. Der Wirt stellte eine Schüssel mit Fleischsuppe vor den Burgmann. Die Art und Weise, wie der Alte das Brot in die Suppe tunkte und aß, hatte er Tausende Male miterlebt.

»Schau dir die kleine Missgeburt an. Das Kind kann unmöglich von mir sein. Hast du es mit dem Teufel getrieben, oder wie konntest du so eine Kreatur in die Welt setzen? Am besten, du nimmst ihn mit und verschwindest«, hatte der Alte geschrien, aber so weit war es dann nicht mehr gekommen. Albert Puster war vier Jahre alt, als seine Mutter starb. Sie sei die Burgtreppe hinuntergefallen, als sie ihrem Mann das Essen habe bringen wollen, hieß es. Albert Puster ahnte später, dass es anders gewesen sein musste. Seit dem Tod seiner Mutter war er der Willkür des Alten schutzlos ausgesetzt. Während sein älterer Bruder Vicko zu seines Vaters Liebling und Ebenbild heranwuchs und in die Bremer Stadtwache eintrat und der Zweitälteste, Dierk, die Klosterschule besuchte, blieb für ihn, »die kleine Missgeburt«, nur die Drecksarbeit. Er war acht Jahre alt, als er im Keller die alte Armbrust entdeckte. Er hatte bei seinem Vater gesehen, wie die Waffe funktionierte, doch er schaffte es anfangs nicht einmal, den Bogen zu spannen. Und dennoch spürte er, dass diese Waffe ihm Macht verleihen konnte. Jeden Tag ging er in den Keller und versuchte, die Sehne zu dehnen. Es war ein erhebendes Gefühl, als er es zum ersten Mal schaffte. Von da an übte er schießen, wann immer sich die Gelegenheit bot. Er liebte die Armbrust, und sie liebte ihn. Sie lobte ihn für seine Fortschritte und seine Ausdauer. Sie gab ihm Bestätigung, indem sie die Bolzen immer genauer und sicherer dahin katapultierte, wo er sie hinhaben wollte. Im Halbdunkel des Kellers erschoss er eine Ratte, hinter dem Stall eine Katze im Sprung und nächtens einen streunenden Hund auf eine Entfernung von über fünfzig Metern. Sein eigentliches Ziel, wann immer er über den hölzernen Lauf peilte, blieb der Alte. Irgendwann war der Hass auf seinen Vater so groß geworden, dass er sich entschloss, die Waffe gegen ihn zu richten. Aber dazu war es nicht mehr gekommen. Dierk hatte den Weinkrug zerbrochen, doch er stritt es ab und schob die Schuld auf den kleinen Albert. Wieder setzte es Prügel und dann Dunkelheit und Kälte im Turm an der Stadtmauer. Wie lange, dass konnte Albert nicht genau sagen, aber als er schließlich wieder ans Licht kam, wusste er, dass er die Entscheidung nicht mehr weiter aufschieben konnte. Eigentlich hätte der Alte dran glauben sollen. Aber auch Vicko, der seinem Vater an Grausamkeit nicht nachstand und ihm so ähnlich war, hätte er auf der Stelle getötet. Pech nur, dass Dierk ihn auslachte und einen Idioten schalt und damit drohte, ihn erneut bei dem Alten anzuschwärzen. Albert Puster jagte ihm den Bolzen durch den Hals und genoss erstmals das Gefühl der Überlegenheit. Der Alte hatte daraufhin versucht, ihn umzubringen, und war mit dem Messer auf ihn losgegangen. Die Narben in seinem Gesicht erinnerten ihn für den Rest seines Lebens an diesen Tag. Er war damals aus Bremen geflohen und hatte den Alten nie mehr gesehen. Das war inzwischen fast dreißig Jahre her. Und jetzt saß dieser Dämon nur zwei Meter von ihm entfernt. Albert Puster fasste den Griff des Dolchs, doch er brachte den Mut nicht auf. Er legte eine Münze auf den Tisch und verschwand in die Dunkelheit. Draußen schnallte er die Holzschüssel, die ihm als Buckel gedient hatte, von seiner Schulter und wartete. Eine Viertelstunde später kam der Alte aus der Schenke und lief direkt auf Albert Puster zu, der im Dunkel eines Hauseingangs stand. Als er kurz vor ihm war, sprang Albert Puster mit dem Dolch in der Hand heraus und stieß zu. Der Alte reagierte schnell. Ein Faustschlag traf Albert Puster ins Gesicht und schleuderte ihn zurück. Als er wieder auf die Beine kam, hielt der Alte ebenfalls einen Dolch in der Hand. Sie belauerten sich in der Dunkelheit der Straße.

»Feiger Dieb, ich werde dich lehren«, sagte der Burgmann. Albert Puster war sich sicher, dass er mit dem Teufel im Bunde stand, denn der Messerstich schien ihm nichts auszumachen. Stattdessen ging er zum Angriff über und drängte Albert Puster zurück aus dem Schatten der Häuser in das Mondlicht. Plötzlich hielt er inne und brach seine Attacke ab.

»Du?«

»Hast du mich erkannt?«, zischte Albert Puster.

»Wer könnte so eine Fresse jemals vergessen. Nur hatte ich bislang angenommen, dass du irgendwo in der Gosse verreckt wärest.«

»Stattdessen lebe ich und bin reich. Reicher als du es als Burgmann je sein wirst.«

»Was redest du für einen Unsinn. Ich bin seit zwanzig Jahren nicht mehr bei der Burgwache. Ich bin ein angesehener Schiffer in Lübeck.«

»Du lügst. Ich habe dich selbst nach all den Jahren noch erkannt, auch wenn du mit dem Teufel im Bunde bist.«

»Schwachkopf! Unser Vater ist seit fünf Jahren tot, und du bist noch wahnsinniger geworden, als du es früher schon warst.«

Albert Puster sprang den Alten an. Der wich geschickt aus, stach nun seinerseits zu. Albert Puster war flink genug, um dem Dolch auszuweichen, doch die Faust traf ihn mit Wucht. Er fiel auf die Straße und kam nur mit Mühe wieder auf die Beine. Der Alte lachte. »Du hast lange keine Prügel mehr bekommen. Ich glaube, es wird mal wieder Zeit.«

Albert Puster drehte sich um und rannte. Hinter ihm erschallte das laute Lachen des Burgmanns. Für Albert Puster gab es nun keinen Zweifel mehr, dass dieser mit den Mächten der Finsternis paktierte.

KAPITEL 23

Bartholomäus Steen stand in der Küche bei den beiden Frauen und schnitt Speck von einer Schwarte, salzte die abgeschnittenen Stücke, legte sie auf ein Brot und biss hinein. Schmatzend verkündete er, was er soeben mit Christian Pleskow und dessen Vetter Hermen Burskup, einem reichen und angesehenen Ratsherrn aus Lübeck, besprochen hatte. Frauke säuberte einen Kohlkopf und starrte mit leerem Blick auf das Gemüse.

»Christian Pleskow hat um deine Hand angehalten. Wir haben die Hochzeit für den 29. Mai in St. Nikolai festgelegt, und am 23. Mai werden wir Verlobung feiern.«

Frauke begann zu weinen, und Anna Steen legte ihr eine Hand auf die Schulter.

»Ich werde diesen alten Suffkopp nicht heiraten.«

»Du träumst von dem Lübecker Ratsherrn, aber der wird einen Teufel tun, sich mit dir abzugeben. Hast du nicht gesehen, wie er dich versetzt hat? Du wirst Christian Pleskow heiraten. In deinem Alter ist es Zeit, dass du unter die Haube kommst, und eine bessere Partie kannst du nicht machen. Christian Pleskow ist ein angesehener Bürger und befreundet mit dem Bürgermeister. Wenn er mein Schwiegersohn ist, wird niemand mehr auf die Idee kommen, uns den Artushof wegzunehmen. Außerdem hat mir Christian bei der Lieferung von Bier beste Konditionen versprochen.«

»Sein Gebräu schmeckt scheußlich. Wann immer wir es im Ausschank haben, gibt es Ärger mit den Gästen. Auch die anderen Gasthöfe kaufen nicht mehr bei ihm.«

»Unsinn, was verstehen Weiber schon von Geschäften oder gar von Bier?« Barthel nahm einen kräftigen Schluck aus dem Krug. »Und noch etwas: Von jetzt an wirst du dich nicht mehr in der Schenke sehen lassen. Das übernimmt Anna. Du wirst in der Küche arbeiten.«

KAPITEL 24

»Gibt es etwas Neues bezüglich der Ermordung von Wollepont?«, wollte Henning von Putbus als Erstes wissen, als er Reinekin begrüßt hatte. Sie gingen durch den Kreuzgang von St. Johannis.

»Nicht direkt. Aber es scheint allgemein angenommen zu werden, dass er von einem Dänen ermordet wurde. Wollepont galt als Kritiker eines schnellen Friedens.«

»Ja, das ist richtig. Gestern Abend konnte ich nur mit Mühe eine Auseinandersetzung in unserem Gasthof verhindern. Ihr solltet mäßigend auf Eure Leute einwirken.«

»Das will ich gerne tun, aber ich bezweifle, dass ich damit Erfolg haben werde. Wir sollten schnell zu einem Ergebnis kommen, denn ich fürchte, dass die Schwierigkeiten weiter zunehmen. Habt Ihr über ein Angebot nachgedacht?«

Henning von Putbus zögerte.

»Nun, die Städte erhalten alle ihre Privilegien zurück, die sie vor dem Kriege hatten, und wir können eine Garantie auf die freie Durchfahrt durch den Sund in die Nordsee abgeben.«

»Das ist nicht genug. Wir wissen doch beide, dass Waldemars Garantien nicht von langem Bestand sind. Wenn es dem dänischen Reich nutzt, findet sich ein Vorwand, um Garantieversprechen aufzukündigen.«

»Ich muss das zurückweisen.«

»Sicher müsst Ihr das, aber es entspricht der Wahrheit, so wie sie in den Städten der Hanse gesehen wird.«

»Also, was fordert Ihr?«

»Im Prinzip das, was Ihr angeboten habt, aber mit Sicherheiten. Die Wiedereinsetzung der Städte in die alten Privilegien soll für die ganze Hanse gelten, nicht nur für einzelne Städte.«

»Das wäre ein völlig neuer Schritt.«

»De facto bedeutet es keine Änderung zu Eurem Vorschlag. Kaufleute der Hanse dürfen auf den Marktplätzen Dänemarks kaufen und verkaufen, ohne durch Steuern oder andere Abgaben benachteiligt zu werden. Anstatt dieses Privileg nun einer Vielzahl von Städten zuzugestehen, nennen wir im Vertrag die Hanse als privilegiertes Subjekt.«

»Das schließt auch Städte ein, die vor dem Krieg nicht über diese Privilegien verfügt haben. Damit macht sich Lübeck doch selbst Konkurrenz.«

»Aber die Attraktivität unseres Städtebundes steigt dadurch. Wer die Vorteile einer Zugehörigkeit zur Hanse deutlich sieht, wird auch bereit sein, etwas dafür zu tun, zum Beispiel wenn es wieder einmal zum Krieg kommen sollte. Euch kostet das im Übrigen gar nichts.«

»Na schön, gehen wir mal davon aus, dass Waldemar dieser Sache zustimmen würde. Was wollt Ihr noch?«

»Die freie Fahrt in die Nordsee wird für uns immer wichtiger. Die Schiffe werden besser. Das Kap hat viel von seinem Schrecken verloren. Die Warenmengen nehmen zu, der Handel mit den Flamen gewinnt an Bedeutung. Die Sundschlösser Helsingborg, Falsterbo, Skanör und Malmö sind von strategischer Bedeutung für die Durchfahrt. Wir wollen, dass Ihr uns diese Schlösser übergebt.«

»Unmöglich. Daran ist überhaupt nicht zu denken.«

»Ich bin sicher, dass der dänische Reichsrat daran schon gedacht hat. Es wäre doch sehr naiv, hierher zu kommen und davon auszugehen, dass man sich mit den Städten auf den Status quo ante einigen und wieder abziehen kann.«

»Wir können Garantien geben.«

»Angesichts der Erfahrungen mit Waldemars Versprechungen bin ich mit Euren so genannten ›Garantien‹ nicht zufrieden.«

»Welchen Vorteil habt Ihr davon? Lübeck verdient am Handel auf dem Landweg nach Hamburg so gut wie bei der Fahrt durch den Sund.«

»Es gibt genügend Kaufleute, für die die freie Durchfahrt in die Nordsee von großer Bedeutung ist. Vor allem die Balten wollen ihre Produkte bis nach London und Flandern bringen. Und die Niederländer wollen ins Mare Balticum. Wenn wir denen nicht entgegenkommen können, fragen sie sich, wofür sie eigentlich gekämpft haben und welche Vorteile die Hanse ihnen bringt. Bitte bedenkt auch, dass Ihr die Stellung derjenigen im Lager der Städte stärkt, die für eine Fortsetzung des Krieges sind, wenn Ihr nicht zu Zugeständnissen bereit seid.«

»Ich muss das mit dem Reichsrat besprechen. Gebt mir bis morgen Zeit.«

Am folgenden Tag, dem 11. Mai, begannen die offiziellen Verhandlungen zwischen dänischem Reichsrat und der Hanse. Die Sendboten der Hanse hatten sich im Löwenschen Saal eingefunden. Die Dänen warteten einen Stock tiefer darauf, in den Löwenschen Saal vorgelassen zu werden. Auf den Rat von Hermen Burskup hatte man sich entschlossen, die Dänen noch eine Stunde hinzuhalten. Classoen, ein Kölner, und zwei Lüneburger Sendboten hatten Spielkarten ausgepackt und vertrieben sich die Zeit. Wulflam war in seine Amtsstube hinübergegangen, und

Reinekin hatte sich in ein mathematisches Werk mit verschiedenen Beweisführungen für den Satz des Pythagoras vertieft.

»Los, fangen wir endlich an«, sagte Rudolf Sudermann nach Ablauf einer Stunde.

»Es ist besser, wir lassen sie noch warten«, wandte Hermen Burskup ein.

»Genau, dann können wir noch 'ne Runde spielen«, ergänzte Sievert Classoen.

»Halt's Maul, Schwachkopf. Wir sind nicht zum Spielen hergekommen«, fuhr ihn Thymme Ghulsowe an.

»Wenn die Dänen warten, dann warten wir schließlich auch. So ein Schwachsinn. Lasst uns endlich anfangen.« Sudermann war sichtlich ungehalten. Mit ihm sprach sich eine Mehrheit für den sofortigen Beginn der Verhandlungen aus. Burskup schwieg beleidigt. Wulflam wurde geholt und dann nach den Dänen geschickt. Unter der Führung von Henning von Putbus betrat der dänische Reichsrat wenig später den Löwenschen Saal. Die Dänen trugen prächtige Gewänder, und ein jeder von ihnen war mit Orden und Ehrenzeichen üppig behängt. Auch die Sendboten der Hanse hatten ihre Festtagsgewänder angelegt.

Henning von Putbus begrüßte jeden mit Handschlag.

»Der dänische Reichsrat entbietet den ehrwürdigen Vertretern der Städte von der deutschen Hanse seinen Gruß. Wir sind gekommen, um nach Zeiten der Auseinandersetzungen alle Streitigkeiten beizulegen, die zwischen Dänemark und den Städten bestehen.«

Reinekin hieß den dänischen Reichsrat willkommen und bekräftigte, dass auch die Vertreter der Hanse zu einem Frieden mit Dänemark kommen wollten. Er ließ dabei den dänischen Überfall auf die Hansestadt Visby nicht unerwähnt. Nach den offiziellen Stellungnahmen zum Verhandlungsauftakt – Bertram Wulflam ließ es sich nicht nehmen, auf die Rolle Stralsunds bei den Friedensbemühungen hinzuweisen – folgte die Vorstellung der Verhandlungsteilnehmer.

»Erzbischof Nikolaus von Lund«, sagte Henning von Putbus, und ein Däne in rotem Bischofsornat trat vor, nickte den Vertretern der Hanse zu und trat an seinen Platz zurück.

»Henning Meynerstorp, Ritter und Hovetmann von Taneker in Langeland. Peter Valke, Knappe und Ratgeber unseres gnädigen Herrn, des hochgeborenen König Waldemar.«

Die dänische Delegation bestand aus 27, die der Hanse aus 24 Personen.

Nach dem Ende der Zeremonie im Rathaus gingen beide Abordnungen zur Nikolaikirche hinüber, wo anlässlich der Verhandlungen eine Messe abgehalten wurde. Danach lud Wulflam zu einem Festbankett in sein Haus. Am frühen Abend wurden die Gespräche vertagt und Treffen der beiden Verhandlungsführer für den kommenden Tag angesetzt.

Am nächsten Morgen empfing Reinekin den dänischen Verhandlungsführer im Kloster der Franziskanerbrüder. Die Sonne schien in den Innenhof des Kreuzgangs von St. Johannis. Die Mönche waren in den Straßen von Stralsund unterwegs oder versahen ihre Aufgaben im Kloster. Nur selten huschte eine braune Kutte durch den Gang.

»Lieber Reinekin, wie schön, Euch zu sehen an einem so herrlichen Morgen.«

Reinekin erwiderte die Höflichkeiten des Rüganers. Sie schlenderten durch den Kreuzgang, und Henning von Putbus kam auf die Sundschlösser zurück.

»Wenn ich Euch richtig verstanden habe, dann geht es der Hanse nicht um das Eigentum an den Festungen, sondern um deren Verwaltung?«

Reinekin nickte.

»Dann bestünde vielleicht ein möglicher Kompromiss in dieser Frage darin, dass König Waldemar der Hanse die Verwaltung der Schlösser für eine bestimmte Zeit überträgt.«

»Im Prinzip habt Ihr Recht. Es kommt dann aber auf den Zeitrahmen an.«

»Diese Festungen sind übrigens sehr teuer in der Unterhaltung und bringen wenig ein. Da werdet Ihr Euch noch wundern. Ich biete Euch fünf Jahre. Mehr ist nicht drin.«

»25 Jahre. Darunter kann ich nichts akzeptieren, sonst wird es keinen Frieden geben.«

»Sagen wir zehn. Das ist mein letztes Angebot.«

»Zwanzig«, sagte Reinekin

»Fünfzehn.«

»Na schön, fünfzehn.«

»Schlagt ein.«

Reinekin ergriff die ausgestreckte Rechte des Rüganers.

»Dann sind wir uns so weit einig. Jetzt könnte unser Syndikus damit beginnen, einen Vertragstext aufzusetzen«, schlug Henning von Putbus vor.

»Da ist noch eine Kleinigkeit, die sich aus der Tatsache ergibt, dass der dänische König nicht direkt an den Verhandlungen teilnimmt. Wir bestehen darauf, dass der Vertrag mit dem großen Siegel versehen wird.«

»Über das große Siegel verfügt selbstverständlich nur Waldemar persönlich.«

»Deshalb müssen wir gewisse Vorkehrungen treffen. Waldemar ist betagt und kränklich und ohne direkten Erben. Seine Tochter Margarete ist mit dem Schwedenkönig verheiratet. Seine zweite Tochter Ingeborg mit dem Mecklenburgischen Heinrich. Beide haben einen Sohn. Margaretes Sohn Olaf oder Ingeborgs Sohn Albrecht – einer von beiden wird das Erbe Waldemars antreten. Für den Fall, dass bis dahin der Vertrag noch nicht mit dem großen Siegel versehen wäre, hätte er keinerlei Bindungswirkung für den Erben. Wir wollen daher eine Verpflichtung in den Vertrag aufnehmen, dass die Hanse konsultiert wird, bevor die Nachfolgefrage entschieden wird. Das gibt uns die Möglichkeit, den Erben auf den Vertrag von Stralsund festzulegen.«

»Herr Kelmer, jetzt wollt Ihr mich schachmatt setzen. So etwas kann der Reichsrat nie und nimmer zugestehen.«

»Ich biete Euch ein Remis in allen Ehren und will verhindern, dass Waldemar eine militärische Niederlage im Nachhinein in einen Sieg umbiegt, indem er die Hanse an der Nase herumführt und den Vertrag bis zu seinem Tode nicht mit dem großen Reichssiegel versieht.«

»Waldemar ist ein Ehrenmann.«

»Waldemar ist ein moderner Führer, ein Taktierer und gewiefter Diplomat. Während wir hier verhandeln, reist er durch Europa und versucht, eine neue Koalition gegen die Städte zu schmieden. Wir brauchen Sicherheiten.«

»Ich werde das dem Reichsrat vortragen. Möglicherweise muss sich auch Waldemar selbst mit dieser Frage befassen. Ich werde Euch Bescheid geben.«

Sie gingen gemeinsam zur Klosterpforte.

»Herr Kelmer, Ihr habt diesen Platz mit Bedacht ausgewählt. Er strahlt eine wunderbare Ruhe aus und scheint eine gewisse Privatheit zu garantieren.«

»Soweit das in dieser Stadt möglich ist«, ergänzte Reinekin und lächelte.

»Der ehrenwerte Bürgermeister ist sehr neugierig – nach allen Seiten.«

»An der Art und Weise, wie er die Stadt regiert, gefällt mir einiges nicht, aber es geht mich nichts an. Der Bürgermeister von Stralsund ist eine wichtige Figur auf dem Schachbrett.«

»Das ist wohl wahr. Ich frage mich nur, ob er zu den weißen oder zu den schwarzen Figuren gehört. Er hat dem Mecklenburger Geld geliehen, und vielleicht war das eine größere Summe, als er Euch gegenüber zugegeben hat.«

Reinekin nickte.

»Über die Höhe des Betrages gibt es unterschiedliche Mutmaßungen«, fuhr Henning von Putbus fort. »Wir haben durchaus Anlass zur Sorge, dass Wulflam nicht unbedingt an einem schnellen Frieden interessiert ist. Verlasst Euch nicht zu sehr auf ihn. Für den Fall, dass diejenigen, die eine Fortsetzung des Krieges oder gar eine Zerschlagung Dänemarks wünschen, ihn für seine Ausfälle im Handel mit Dänemark kompensieren, könnte er schnell die Seiten wechseln.«

»Habt Ihr Anzeichen dafür?«

»Ja.«

KAPITEL 25

Pietro beobachtete die Veränderungen, die mit Reinekin vorgingen, mit Erleichterung. Zu lange hatte er sich mit Selbstvorwürfen wegen des Todes seiner Frau Johanna zerfleischt. Außer den Kindern, dem neuen Schiff, das er mit Swartekop baute, und den Rechenspielen mit dem Prior der Franziskaner schien ihn nichts mehr zu interessieren. Das war anders geworden, seit er sich entschlossen hatte, die Verhandlungen in Stralsund zu führen. Seitdem hatte er auch wieder Augen für das, was um ihn herum vorging. Pietro bemerkte diese Veränderung zuerst an Reinekins Schachspiel. Es war mittlerweile wieder fast unmöglich, gegen ihn zu gewinnen. Außerdem kümmerte sich Reinekin wieder um seine Geschäfte. Er verkaufte die Salzladung der »Stolz von Lübeck« vorteilhaft und machte gute Geschäfte mit Stralsunder Wolle, die er nach Lübeck mitnehmen wollte. Und vor allem hatte er Augen für Frauke. Schon bei der ersten Begegnung hatte er sie angeschaut, als sei sie aus einer fremden Welt, und in den Tagen danach hatte er ein deutliches Interesse an ihr gezeigt. Pietro unterstützte diese Liebelei dezent. Er hatte es arrangiert, dass die beiden für ein paar Minuten ungestört sein konnten, wenn auch nur zum Schachspiel. Er hatte Frauke erzählt, wer Reinekin Kelmer war und ihr Interesse befördert. Alles war gut bis zu diesem vermaledeiten Sonntagmorgen. Reinekin hatte es verpatzt. Und irgendwie hatte Burskup auch noch seine Hände im Spiel. Jedenfalls war es Burskups Vetter, der Frauke Tyrbach in wenigen Tagen heiraten sollte. Der Wirt des Artushofes hatte sie derart abgeschirmt, dass es weder für

Reinekin noch für Pietro möglich war, mit ihr auch nur ein Wort zu wechseln. Argwöhnisch achtete der Wirt darauf, dass ihr niemand zu nahe kam. Seitdem beobachtete Pietro an Reinekin wieder Anzeichen, die er auch im letzten Jahr so häufig bemerkt hatte. Reinekin flüchtete in die Bibliothek der Franziskaner und steckte seine Nase stundenlang in dicke Bücher. Dabei handelte es sich nicht einmal um religiöse Schriften, sondern um mathematische Traktate, die beim besten Willen kaum geeignet waren, das Seelenheil zu befördern oder die Welt voranzubringen. Irgendwie wollte er Frauke und Reinekin helfen, und dazu musste er erst einmal an Frauke herankommen. Seit Tagen erzählte er deshalb von einer italienischen Spezialität, die in Stralsund noch völlig unbekannt sei. Es handele sich um »Pasta«. Im Süden Deutschlands habe sich für diese Spezialität das Wort »Nudeln« eingebürgert, was aber nur eine sehr unzureichende Übersetzung sei. Jedenfalls habe er ein paar Säcke Pasta dabei und sei bereit, für die Gäste des Hauses einen italienischen Abend zu arrangieren. Das Angebot stieß auf große Zustimmung.

»Wann kochst du für uns, Pietro?«

»Signori, bitte macht das mit dem Wirt aus. Ich überlasse das ganz Euch.«

Noch am gleichen Tag kam der Wirt auf ihn zu. »Ich höre, Ihr wollt einen italienischen Abend veranstalten und die Gäste mit Spezialitäten aus Eurer Heimat bekochen?«

»Ich bin darum gebeten worden, guter Mann, aber wenn es Euch zu viele Umstände bereitet, kann ich das auch in der ›Sonne‹ machen.«

Barthel Steen gefiel die Sache nicht. Der Italiener reiste im Gefolge Kelmers. Andererseits hasste er niemanden so sehr wie den Wirt der »Sonne«, der schon mehrfach versucht hatte, ihn aus dem Artushof zu drängen.

»Na schön, was braucht Ihr dazu?«

»Ich bringe alle Zutaten mit. Nur eine Küchenhilfe müsst Ihr mir stellen.«

Am späten Nachmittag begleitete Barthel Pietro in die Küche. Seine Frau hatte währenddessen den Ausschank übernommen.

»Ciao, Signorina, wie geht es Euch?« Pietro stellte den Sack mit den Nudeln und Zutaten ab und reichte Frauke die Hand.

Frauke schaute ihn traurig an, konnte sich dann aber ein Lächeln nicht verkneifen.

Barthel machte keine Anstalten, die Küche zu verlassen, und so begann Pietro mit seinen Vorbereitungen.

»Signorina, wir werden den Gästen heute vier verschiedene Pastagerichte aus meiner Heimat servieren. Voglio parlarti. Hai capito?«

Sie hatte verstanden, dass er mit ihr reden wollte, und nickte ihm zu. Pietro hieß sie Zwiebeln schälen, Knoblauch zerkleinern, Walnüsse hacken, und zwischendurch ließ er in italienischer Sprache seine Nachricht für sie einfließen. »Er will dich sehen, er liebt dich, es war ein Versehen, dass er dich nicht zur Kirche abgeholt hat, es tut ihm schrecklich Leid. Kannst du um Mitternacht in den Garten kommen und die Pforte öffnen?« Sie nickte. Barthel schaute misstrauisch.

»Und hier habe ich noch eine Spezialität aus meiner Heimat.« Er holte eine Korbflasche aus dem Sack. »Grappa.«

Als Barthel die Flasche sah, hellte sich seine Miene wieder auf. Pietro stellte zwei Becher auf den Tisch und schenkte ein. »Salute«, sagte er und der Wirt trank, worauf sich seine Stimmung sofort verbesserte. Pietro schenkte nach.

Die Gaststube hatte sich gefüllt. Pietro begrüßte die Gäste. Neben den Sendboten hatten sich auch eine Reihe von Stralsunder Ratsherren und Kaufleuten eingefunden.

»Signori, in meiner Heimat gibt es eine Vielzahl von Teigwaren, die getrocknet und haltbar gemacht werden.« Pietro reichte ein paar trockene Bandnudeln, Farfalle, Lumachelle und Spaghetti herum. »Wenn man diese Pasta in heißes Wasser legt, wird sie in nur wenigen Minuten zu einer Köstlichkeit, die man inzwischen bis nach China zu schätzen weiß. Auch Euch soll diese Köstlichkeit nicht länger vorenthalten bleiben. Ich habe für Euch vier Gerichte vorbereitet, die Euch einen Eindruck von den Möglichkeiten der Pasta bieten sollen. Dazu trinken wir Wein aus meiner Heimat.« Pietro hob das Glas und prostete den Gästen zu. »Wir beginnen mit Agliata – Bandnudeln mit Walnüssen und Knoblauch.«

Zwischen den Mahlzeiten erzählte Pietro Geschichten aus dem »Decamerone«, und er achtete darauf, dass Barthel immer ein Glas Grappa auf dem Tresen stehen hatte.

Reinekin schlüpfte kurz vor Mitternacht unbemerkt in den Garten des Artushofes. Es dauerte nicht lange, bis Frauke erschien. Sie hatte die Öllampe weit heruntergedreht, so dass nur ihr Gesicht zu erkennen war. Reinekin zischte leise, damit sie ihn in der Dunkelheit finden konnte. Sie kam auf ihn zu, und er umarmte sie.

»Ich habe dich vermisst«, sagte er.

»Wo warst du?«

»Ich wurde aufgehalten. Danach habe ich dich gesucht, aber du warst nicht mehr in der Gaststube. Und ich dachte, du wolltest mich nicht mehr sehen ...«

»Unsinn. Ich war enttäuscht und beleidigt, aber das ist vorbei. Barthel hat mir verboten, mit dir zu reden. Er will, dass ich diesen Pleskow heirate, mit dem er ständig säuft. Er lässt mich noch nicht mal mehr in den Schankraum – aus Angst, dass ich dir dort begegne. Er hat seine Frau an den Tresen beordert und mich in die Küche gesteckt. Mit Pleskow hat er sogar einen Hochzeitstermin festgelegt.«

»Wann?«

»Am 29. Mai. Und am übernächsten Sonntag soll ich mit Pleskow in die Kirche gehen, so wie es Brautpaare am Sonntag vor der Trauung machen.«

»Wenn du dich weigerst?«

»Er wird mich tyrannisieren und auch seine Frau, weil sie auf meiner Seite steht. Wenn er gesoffen hat, neigt er ohnehin dazu, sie zu schlagen. Ich könnte fortgehen, aber ich habe keine Lust, als Dirne bei einem Frauenwirt zu landen.«

»Komm mit mir. Komm mit nach Lübeck.«

»Wie stellst du dir das vor?«

»Ganz einfach. Pack deine Sachen und komm mit mir aufs Schiff.«

Sie zögerte.

»Der Vertrag wird am Tag nach Christi Himmelfahrt unterzeichnet. Noch am nächsten Tag können wir reisen. Und was den übernächsten Sonntag betrifft, würde ich mich freuen, wenn du mit mir in die Kirche gehst. Ich hole dich früh morgens ab.«

»Das wird einen Skandal geben.«

»Das ist die Sache von Barthel und diesem Pleskow und soll uns nicht stören, wenn wir erst auf dem Schiff sind.«

»Willst du mich wirklich mit nach Lübeck nehmen? Hast du das alles richtig durchdacht?«

»Durchdacht wie eine Schachpartie.«

Eine Tür des Gasthofes knarrte.

»Ich sollte gehen, bevor mich noch jemand sieht und es dem Wirt zuträgt.«

»An Himmelfahrt zur Kirche«, rief Reinekin ihr nach.

KAPITEL 26

Am 16. Mai, dem Sonntag Kantate, wurde eine weitere Leiche gefunden. Diesmal handelte es sich um ein Mitglied der dänischen Delegation. Admiral Johann Nicleson lag tot in einem Lagerhaus am Hafen. Reinekin Kelmer erhielt die Nachricht nach dem Gottesdienst in der St.-Nikolai-Kirche. Die Dänen, die ihren eigenen Gottesdienst in St. Jakobi gefeiert hatten, waren kurz zuvor von dem grausigen Fund informiert worden, so dass Henning von Putbus und Reinekin Kelmer etwa zur gleichen Zeit im Lagerschuppen eintrafen. Die Leiche des Admirals hing mit zusammengeschnürten Händen am Haken eines Flaschenzuges. Der nackte Körper war auf das Grausamste entstellt. Das Gesicht war zu einem blutigen Klumpen zerschlagen, der kaum noch als menschliches Antlitz zu erkennen war. Den Admiral hatte man nur an seinem rechten Bein identifiziert, das unterhalb des Knies als Folge eines Schwerthiebs während eines Gefechts mit Seeräubern hatte amputiert werden müssen. Reinekin fühlte Übelkeit aufsteigen. Zum Anblick der verstümmelten Leiche kam der Geruch des Todes.

»Mein Gott, wer tut so etwas?«, fragte Henning von Putbus fassungslos und bekreuzigte sich.

Reinekin Kelmer kämpfte gegen den Würgereiz an und ging um die baumelnde Leiche herum, darauf achtend, nicht in die riesige Blutlache zu treten, die sich unter dem Admiral gebildet hatte. Der leblose Körper wies zahlreiche Verletzungen auf, die den Schluss nahe legten, dass der Admiral zu Tode gefoltert worden war. Die auffälligste Schändung bestand offensichtlich darin, dass man ihm das Geschlechtsteil abgeschnitten hatte.

»Zweifellos ein Werk des Teufels«, sagte Henning Burskup, der ebenfalls in den Speicher getreten war und sich mehrfach bekreuzigte.

»Mit Verlaub, Herr Burskup, mir sieht das eher nach dem Treiben eines Menschen aus«, sagte Reinekin.

»... der im Pakt mit dem Teufel steht«, ergänzte Burskup mit erhobenem Zeigefinger.

»Mit wem der Mörder im Pakt steht, werden wir hoffentlich bald herausfinden«, sagte Reinekin und wandte sich an Bertram Wulflam. »Wir sollten den Leichnam herunterholen und näher betrachten. Außerdem möchte ich Euch bitten, den Speicher zu schließen und eine Wache davor zu postieren, sonst steht hier bald die halbe Stadt.«

Der Stralsunder Bürgermeister schien froh, überhaupt etwas tun zu können, löste den Blick von dem toten Admiral und gab ein paar barsche Anweisungen.

»Gestattet, dass unser Medikus sich die Leiche anschaut«, bat Henning von Putbus.

Wulflam setzte auch diese Bitte sofort in einen Befehl an die Wachleute um. Keine zehn Minuten später betrat ein überaus hagerer junger Däne den Speicher. Der Mann war modisch gekleidet mit Schnabelschuhen, zweifarbigen Hosenbeinen in Grün und Rot und ebenfalls zweifarbigem Wams in Blau und Gelb. Der flache Hut war mit einer bunten Feder verziert. Beim Anblick der Leiche verlor der ohnehin blasse Däne auch noch den letzten Rest Farbe aus dem Gesicht. Er stellte eine lederne Tasche auf den Boden des Speichers, auf deren Seiten mit Goldfäden ein Äskulapstab eingenäht war. Der Medikus beriet sich kurz mit Henning von Putbus. Dann gab er ein Zeichen, und eine der Wachen fierte die Leine des Flaschenzugs, und zwei weitere Wachen griffen die Leiche, um zu verhindern, dass sie in der Blutlache zu liegen kam.

Mit einer gewissen Theatralik ging der Medikus um die Leiche herum, berührte Hals, Brust und einige der zahlreichen Schnittwunden.

»Euer Medikus versteht sein Geschäft«, sagte Reinekin zu Henning von Putbus.

»Sein Vater ist der Leibarzt von König Waldemar. Er selbst hat seinem Vater schon als Kind assistiert und war dann zum Studium in Granada. Kommt, wir überlassen ihm diese widerwärtige Arbeit. Wir werden die Erkenntnisse des Medikus teilen, denn wir sind ja wohl beide an der Aufklärung dieses abscheulichen Verbrechens interessiert.«

Henning von Putbus und Reinekin verließen den Ort des Verbrechens und gingen hinüber zur »Sonne«.

Henning von Putbus bewohnte das vornehmste Zimmer des Gasthofes, im ersten Stock mit Blick auf die Heilgeiststraße.

»Nehmt Platz, Herr Kelmer. Ich brauche einen Branntwein. Nehmt Ihr auch einen?«

»Einen großen«, sagte Reinekin.

»Jetzt steht es pari: einer von Euch und einer von uns.«

»Ich bin mir nicht sicher, ob wir unsere Toten auf diese Weise aufrechnen können. Die Art und Weise, wie Euer Admiral ermordet wurde, scheint wenig mit den bisherigen Morden gemein zu haben. Die anderen wurden schnell und präzise getötet. Dieser wurde zu Tode gequält. Bei den anderen ging es darum, sie aus dem Weg zu räumen. Bei Eurem Admiral ging es um den Prozess des Tötens. Erzählt mir von dem Mann. Vielleicht findet sich ein Grund für seine grausame Ermordung.«

Henning von Putbus goss zwei Kristallgläser voll und reichte eines Reinekin. Die beiden Männer nickten sich zu und stürzten den Branntwein hinab. Dann setzte sich Henning von Putbus ebenfalls.

»Johann Nicleson war ein loyaler Diener seiner Majestät.«

»Daran habe ich keinen Zweifel. Ein Spion würde sicherlich nicht auf solche Weise ermordet. Es sieht eher so aus, als habe man ihn zum Reden bringen wollen.«

»Johann Nicleson war ein ehrenwerter Mann, ein guter Admiral, aber sicher niemand, der im Zentrum der Verhandlungen stand. Ihr wisst wie ich, dass es bei unseren Verhandlungen wie beim Schach schwere und leichte Figuren gibt. Nicleson war keine Schwerfigur. Als Befehlshaber der Flotte gehörte er dem dänischen Reichsrat an und ist mit nach Stralsund gereist. Aber er gehörte nicht zum engeren Kreis derjenigen, mit denen König Waldemar die Zukunft des dänischen Reiches bespricht. Es gab nichts, was man hätte aus ihm herauspressen können.«

»Vielleicht wusste das der Mörder nicht.«

»Es zeugt nicht von Intelligenz, ein zweitrangiges Mitglied unserer Delegation auf der Suche nach unseren Verhandlungspositionen so zuzurichten. Deshalb, verehrter Kelmer, bin ich auch überzeugt, dass Ihr mit der Sache nichts zu tun habt. Aber in Eurer Delegation gibt es auch einfachere Naturen.«

»Das habt Ihr schön umschrieben. Ein Mord aus Rache am Tod von Wollepont?«

»Wäre das nicht denkbar?«

Es klopfte an der Tür, und der Medikus trat ein. Als er Reinekin sah, zögerte er, doch Henning von Putbus winkte ihn heran. »Nehmt Platz, Doktor, und berichtet. Wir haben keine Geheimnisse vor Herrn Kelmer.«

Der Medikus berichtete in holprigem Deutsch, das mit einer Vielzahl lateinischer Wörter durchsetzt war, dass sich das abgeschnittene Geschlechtsteil des Admirals in dessen Rachen befunden habe – mit einem ledernen Knebel hineingezwängt. Der Tod sei denn auch durch Ersticken eingetreten und der Leichnam erst danach durch die Schnittverletzungen an den Genitalien ausgeblutet. Nach dem Zustand der Leiche, der Temperatur und der Erstarrung sei der Tod in den frühen Morgenstunden eingetreten. Jedenfalls nicht vor Mitternacht. Die zahlreichen Brand- und Schnittverletzungen und die Wunden im Gesicht seien zwar überaus peinsam für den Admiral gewesen, aber nicht ursächlich für den Tod.

»Insgesamt kann man folgern«, erklärte der junge Mann, »dass der Admiral einem sehr schmerzhaften Verfahren unterzogen worden ist, das in der Amputation seines Geschlechtsorgans und dessen Einführung in den Rachen …«

»Feddersen, hört auf. Ich habe die Sauerei gesehen. Durch Eure gestelzten Wort wird sie nicht angenehmer.«

Der Medikus stand auf, verneigte sich und verließ sichtbar pikiert den Raum.

»Ekelhaft«, sagte Henning von Putbus.

»Meint Ihr immer noch, dass Rache ein Motiv für einen derart bestialischen Mord sein könnte?«

»Wahrscheinlich nicht.«

»Erzählt mir von dem Admiral.«

»Johann Nicleson stammte aus Kopenhagen. Der Vater war ein angesehener Kapitän, der auch Handel trieb. Der Sohn fuhr früh zur See, trat in die Dienste seiner Majestät und machte schnell Karriere – befördert durch die überaus günstige Heirat mit der Tochter eines Generals. Nicleson war sehr erfolgreich bei der Bekämpfung der Seeräuber, und am Sieg gegen die Flotte der Hanse vor acht Jahren, der den Lübecker Bürgermeister Wittenborg den Kopf gekostet hat, hatte er entscheidenden Anteil. Die Niederlage im letzten Jahr ging dagegen nicht auf sein Konto. Er hatte sogar frühzeitig vor einem Angriff der Hanse gewarnt, im Reichsrat aber wenig Rückhalt gefunden. Die Großen des Reiches – und da muss ich mich leider mit einbeziehen – haben ihn nie als einen der ihren akzeptiert.«

»Was wisst Ihr von seinem Privatleben?«

»Er war nur kurz verheiratet. Seine Frau ist früh gestorben. Aus der Ehe ging eine Tochter hervor, die bei der Plünderung Kopenhagens durch Eure Flotte im letzten Jahr ermordet wurde.«

»Das tut mir Leid.«

»Im Krieg wird der Mensch zum Tier, insbesondere wenn es an Führung fehlt, und das muss man Eurer zusammengekauften Söldnerflotte leider vorwerfen. Sie haben gewütet, ohne dass ein Mensch mit Verstand Einhalt geboten hätte.«

»Ich bedaure das alles zutiefst. Nur dürfen wir nicht vergessen, von wem der Krieg ausgegangen ist. Waldemar hat Visby überfallen.«

»Visby ist eine dänische Stadt. Nach der Eroberung hat Waldemar die Privilegien der Stadt bestätigt. Ihre Mitgliedschaft in der Hanse wurde nie in Frage gestellt. Die Eroberung Gotlands und Visbys war nie gegen die Hanse gerichtet, sondern gegen Magnus von Schweden.«

»Waldemar strebt die Vorherrschaft unter den nordischen Reichen an. Welche Folgen das hat, haben wir gesehen, als er Schonen erobert hatte. Die Abgaben und Zölle für die Hansekaufleute wurden rücksichtslos erhöht. Wir können nicht tatenlos zusehen, wenn eine Großmacht in unserer direkten Nachbarschaft darangeht, unsere Lebensadern zu zerschneiden. Ihr werdet verstehen, dass wir Kaufleute hierzu andere Ansichten haben als der dänische Reichsrat. Es bringt uns aber jetzt nicht weiter, diese Probleme zu diskutieren.«

Reinekin war aufgestanden und wandte sich zur Tür.

»Da fällt mir noch ein, dass Niclesons Tochter kurze Zeit mit einem Lübecker verheiratet war.«

KAPITEL 27

Alfred Zuckermann war der dritte Goldschmied, bei dem Pietro mit seinem Musterkoffer vorstellig wurde. Der erste hatte ihn der Scharlatanerie bezichtigt, der zweite hatte zwar das Prinzip verstanden, aber bezweifelt, dass es außerhalb von Klostermauern Interesse an derlei Instrumenten geben würde. Albert Zuckermann war anders. Das hatte Pietro auf den ersten Blick erkannt. Der Mann war überaus freundlich, unterbrach seine Arbeit am Schmelzofen und hatte Pietros Einführung über die nachlassende Sehkraft im Alter mit – wenn auch wahrscheinlich gespieltem – Interesse über sich ergehen lassen.

»Was ich Euch zeigen will, Meister, ist ein Verfahren, das in Venedig, meiner geliebten Heimat, schon vor über hundert Jahren erfolgreich eingeführt wurde, um dem Leiden der abnehmenden Sehkraft im Alter entgegenzuwirken.«

Pietro öffnete den Koffer, der mit rotem Samt ausgeschlagen war. In der obersten Schublade lagen mehrere gläserne Halbkugeln.

»Sicher kennt Ihr, verehrter Meister, die Lesesteine, die in den Klöstern verbreitet sind und auch von dem einen oder anderen Kaufmann verwendet werden.«

Der Goldschmied nickte freundlich.

»Der Lesestein ist aus Quarz oder Bergkristall gefertigt, bisweilen aber auch aus Halbedelsteinen, die Berylle genannt werden. Daraus habt Ihr Deutschen das Wort ›Brille‹ geschaffen. Entsprechend der Form des Schliffes vergrößern die Lesesteine oder Brillen den Gegenstand, auf den man sie legt.«

Pietro nahm eine der Halbkugeln und legte sie auf die erste Seite der Miniaturausgabe des Alten Testaments, das er zu Anschauungszwecken mit sich führte. Die winzigen Buchstaben vergrößerten sich und wurden lesbar.

»Am Anfang schuf Gott Himmel und Erde«, las Pietro in lateinischer Sprache.

Er schob Alfred Zuckermann die handtellergroße Ausgabe des Alten Testaments und den Lesestein zu. Der Goldschmied nickte höflich. »Am Anfang schuf Gott Himmel und Erde. Und die Erde war wüst und leer«, rezitierte der Goldschmied, »und es war finster auf der Tiefe; und der Geist Gottes schwebte auf dem Wasser. Und Gott sprach: Es werde Licht! Und es ward Licht. Und Gott sah, dass das Licht gut war. Da schied Gott das Licht von der Finsternis und nannte das Licht Tag und die Finsternis Nacht. Da ward aus Abend und Morgen der erste Tag. – Für diesen Text, Herr Bottone, benötige ich weder ein Buch noch einen Lesestein.« Alfred Zuckermann lächelte ihn an und warf einen kurzen Blick auf die Miniaturbibel.

»Nun gut«, sagte Pietro. »Der Schliff des Lesesteins verändert die Brechung des Lichts. Nehmt diesen hier, und die Buchstaben werden noch größer. Der Lesestein ist – und da werdet Ihr mir sicher zustimmen – eine geniale Erfindung, aber er vergrößert nur die wenigen Buchstaben, auf die Ihr ihn legt. Was ich Euch jetzt zeige, ist eine Technik, die meine Vorfahren vor über hundert Jahren aus dem Morgenland mitgebracht haben und die ich die Ehre habe, nun auch in dieser Stadt bekannt zu machen.«

Pietro öffnete die zweite Schublade seines Koffers, in der zwanzig runde Glasscheiben lagen.

»Diese Gläser brechen das Licht ähnlich dem Lesestein, doch sie werden nicht auf den zu vergrößernden Gegenstand gelegt, sondern vor das Auge gehalten.«

Der Goldschmied schaute noch immer freundlich, wenn auch inzwischen mit einer gewissen Skepsis.

»Dadurch wird die im Alter nachlassende Kraft des Augapfels korrigiert, und selbst ein Greis kann wieder sehen wie ein Jüngling.«

Pietro hielt sich eine flache, leicht konvexe Glasscheibe vors Auge und reichte sie dann dem Goldschmied, der sie aufmerksam prüfte, vor sein Auge hielt und Pietro wortlos zurückgab.

»Nun werdet Ihr sicher einwenden, dass es äußerst lästig ist, sich ständig ein oder gar zwei solcher Gläser vors Auge zu halten, womit Ihr zweifellos Recht habt. Mein Urgroßvater hat deshalb ein Verfahren entwickelt, diese Gläser dauerhaft auf der Nase zu befestigen.«

Alfred Zuckermann erschrak.

Nun war es an der Zeit, die dritte Schublade zu öffnen. Darin befanden sich zehn Brillen, deren Gläser mit einem Gold- oder Silberdraht oder mit einem Stück Horn eingefasst und verbunden waren. Pietros Lieblingsmodell war zudem reich verziert und konnte mit Hilfe eines biegsamen Drahtes auf der Nase festgeklemmt werden. Er nahm die Brille mit einer langsamen graziösen Bewegung aus der Schublade und platzierte sie auf seinem Nasenrücken. Jetzt legte er eine theatralische Pause ein und schaute dem Goldschmied mit erhobener Nase in dessen durch die Brillengläser verzerrtes, erstauntes Gesicht. Dann reichte er das filigrane Instrument an den Goldschmied, der es vorsichtig ausprobierte und nach einiger Zeit des Umherschauens enttäuscht zurückgab.

»Die Erfindung Eures Urgroßvaters in Ehren, doch ich sehe ohne die Brille deutlich besser.«

Pietro lachte. »Weil Ihr zu den Glücklichen gehört, die bislang von der Alterssichtigkeit verschont geblieben sind.«

Der Goldschmied schien unschlüssig. Pietro rechnete bereits damit, höflich abgewiesen zu werden. Stattdessen drehte sich Alfred Zuckermann um und rief etwas in einer fremden Sprache in das Zimmer hinter der Werkstatt. Es dauerte eine Weile, bis ein gebückter Greis erschien. Der Goldschmied redete auf ihn ein, ohne dass Pietro verstand, worum es ging. Der Greis trat an den Verkaufstisch, stellte seinen Stock ab und steckte die Brille, die der Goldschmied ihm in die Hände legte, auf seine

Nase und erschrak. Dann, nach Sekunden des Staunens, legte sich ein breites, zahnloses Grinsen auf sein Gesicht.

»Er soll auch die anderen probieren«, schlug Pietro dem Goldschmied vor. Zuckermann und der Greis testeten alle zehn und diskutierten über jede einzelne Brille ausführlich. Es war eine Brille mit einfacher Silberfassung, die dem Alten einen wahren Redeschwall entlockte. Er deutete auf Gegenstände in der Werkstatt und benannte sie mit fremden Namen. Er schaute sich um wie jemand, der nach langer Zeit an einen vormals bekannten Ort zurückkehrt und prüft, was sich verändert hat. Dann redete er in ernstem Ton und mit erhobenem Zeigefinger auf Alfred Zuckermann ein und verschwand schließlich mit der Brille auf der Nase in dem Zimmer hinter der Werkstatt.

»Also, Herr Bottone, was wollt Ihr für das Instrument haben?«

»Ich verkaufe diese Gläser nicht, aber ich kann Euch in die Kunst der Herstellung einweihen.«

Vier Stunden später war der Vertrag unterschrieben, und eine Schublade mit den wertvollen, geschliffenen Gläsern aus Murano hatte den Besitzer gewechselt. Am nächsten Tag suchte Alfred Zuckermann einen ihm bekannten Braumeister auf, von dessen zunehmender Alterssichtigkeit er wusste. Der Brauer war begeistert und orderte eine teure, verzierte Goldfassung für zwei sehr schwere Gläser. Zwei Tage später lieferte Alfred Zuckermann seine erste selbst gefertigte Brille an einen überaus glücklichen Kunden. Noch am gleichen Abend saß ein Knecht des Brauers in einer Schenke am Hafen und erzählte von dem wundersamen Instrument, mit dem sein Meister seine Sehkraft zurückerlangt hatte.

KAPITEL 28

Albert Puster hatte zwei Tage gebraucht, um sich von dem Schock zu erholen, den die Begegnung mit dem Alten hinterlassen hatte. Wäre nicht seine gebrochene und geschwollene Nase der schmerzhafte Beweis gewesen, so hätte er sich einreden können, er habe die ganze Geschichte nur geträumt. Doch dem war nicht so. Der Alte war vor fünf Jahren verstorben und in Vicko zurückgekehrt. Oder hatte sich Vicko in den Alten verwandelt? Das Ganze war jedenfalls nur durch Magie erklärbar. Albert Puster musste vorsichtig sein. Er überlegte, ob er die Stadt verlassen sollte. Andererseits bot sich hier aber die einmalige Chance, den Alten zu erledigen und damit ein für alle Mal die nächtlichen Albträume loszuwerden. Gegen einen Bolzen aus seiner Armbrust würde auch die Magie nicht wirken. Außerdem stand von Lüders noch eine saftige Rate aus, wenn er den Lübecker erledigen würde. Und dann war da noch Lisbeth, die ihn liebevoll gepflegt hatte, ihn beruhigte und umsorgte. Ein paar Tage noch musste er durchhalten.

Albert Puster schlüpfte in seine Bettlerlumpen und durchstreifte die Stadt auf der Spur des Lübeckers. Auch an diesem Tag hielt der sich wieder am Hafen auf. Das Salz war entladen und verkauft, und nun führte er anscheinend Gespräche über den Ankauf von Wolle. Albert Puster beobachtete ihn, wie er zusammen mit einem anderen Kaufmann die Qualität der Ware prüfte, die in einem Speicher am Hafen gelagert wurde. Immer wieder, wenn auch in unregelmäßigen Abständen, war der Lübecker am Hafen aufgetaucht. Hier schien die beste Möglichkeit, zum Schuss zu kommen.

Am Abend, als das geschäftige Treiben des Hafens zur Ruhe gekommen war, kehrte Albert zurück und fand schnell, wonach er gesucht hatte: einen Speicherboden in Schussentfernung zum Hafenkai, der ausreichend Deckung und die Möglichkeit zur schnellen Flucht bot. Hier würde er lauern. Das würde zweifellos eine Geduldsprobe werden, aber irgendwann musste der

Lübecker auftauchen. Zuversichtlich machte Albert Puster sich auf den Weg zur Schenke hinter dem Fährtor.

Er setzte sich an einen Tisch in der hinteren Ecke der mit Talgkerzen spärlich erleuchteten Stube, wie immer bedacht, von möglichst wenigen gesehen oder gar erkannt zu werden. Am Nebentisch saß eine Runde schon reichlich betrunkener Handwerker.

»Ein Instrument, mit dem Blinde wieder sehen können? Ich glaube, du willst uns einen Bären aufbinden«, sagte einer der Zecher.

»Nein, ich schwöre es bei Gott und der Jungfrau Maria. Mein Meister kann seit heute wieder sehen. Sein Augenlicht hatte in den letzten Jahren so abgenommen, dass er sich nur noch in Begleitung eines Knechtes auf die Straße wagte. Er sah nur noch, was er direkt vor seine Augen hielt. Heute Morgen kommt er in die Braustube und hat ein goldverziertes Instrument mit zwei dicken Gläsern auf der Nase und ruft mir zu: ›Henner, die Zeiten, in denen du ungesehen Malz verschütten kannst, sind endgültig vorbei.‹ Dann hat er mir und den anderen Gesellen fünf Pfennige gegeben, damit wir feiern gehen. Und dem Malzer hat er erzählt, dass er das Instrument von dem Goldschmied Zuckermann vom Neuen Markt hat, der diese Instrumente zu fertigen versteht.«

Albert Puster hatte genug gehört. Er würde diesen Zuckermann bei nächster Gelegenheit aufsuchen. Er trank sein Bier aus und machte sich auf den Weg nach Hause. Zum ersten Mal, seit er denken konnte, kam er sich nicht mehr wie ein streunender Hund vor, sondern hatte das Gefühl, dass er irgendwohin gehörte, und dieses Gefühl verdankte er der roten Lisbeth. Im engen Eingang der Schenke stieß er mit einem Mann zusammen, einem Riesen, denn Albert Pusters Kinn reichte gerade bis zur Gürtelschnalle von dessen Wams. Er schaute an dem Trottel hoch und erschrak. Es handelte sich um den jüngeren der beiden Leibwächter des Lübeckers. Der Mann schaute ihn an. Wortlos wandte sich Albert Puster an dem Riesen vorbei, trat auf die Straße und ging davon. Nach einigen Schritten drehte er sich um. Der Riese stand noch immer in der Tür und schaute ihm nach. Albert Puster ging weiter und beschleunigte seinen Schritt. Dann hörte er die Schritte des Mannes hinter sich. Er drehte sich erneut um. Der Riese war nicht in die Schenke gegangen, sondern folgte ihm mit eiligem Schritt. Kein Zweifel: Er war erkannt worden. Albert Puster schleuderte die hölzernen Trippen weg, die er zum Schutz seiner Lederschuhe übergestreift hatte, und fing an zu laufen. Ohne sich umzudrehen, wusste er, dass auch der Riese sich seiner Trippen entledigt und die Verfolgung aufgenommen hatte. Albert Puster rannte durch verwinkelte Straßen und Gassen, bog wahllos rechts und links ab, aber der Riese blieb ihm dicht auf den Fersen. Wenn es zum Kampf kommen würde, hatte er gegen den Mann keine Chance. Ihm blieb nur, den anderen zu überraschen. Er bog in eine Gasse ein, blieb direkt hinter der Hausecke stehen und lauschte auf die sich schnell nähernden Schritte seines Verfolgers. Er zwang sich zur Ruhe. Würde er zu früh angreifen, wäre sein Leben verwirkt. Er zögerte noch eine Sekunde, dann sprang er auf die Straße und stieß den Dolch mit beiden Händen in die Brust des heraneilenden Mannes. Sein Verfolger stolperte, fiel, stand wieder auf, drehte sich um und starrte ihn, die Hände um den Dolch verkrampft, der bis zum Heft in der linken Brust steckte, ungläubig an. Dann ging er in die Knie und fiel nach vorne – mit dem Gesicht in den Dreck der Gosse.

KAPITEL 29

»Der kleine Claas ist tot.«

»Was sagst du da?« Reinekin schaute Pietro ungläubig an.

»Man hat ihn in der Jacobiturmstraße gefunden, mit einem Dolch in der Brust. Sie haben seine Leiche auf die Wache gebracht. Der einäugige Claas ist auch da.«

Reinekin schob die Schale mit dem Haferbrei zur Seite und verließ hinter Pietro das Refektorium von St. Johannis.

»Wie ist das geschehen?«

»Ich weiß nicht mehr, als ich dir gesagt habe. Einer von den Wachen hat mich aus dem Bett geworfen und mir gesagt, ich solle dir Bescheid sagen.«

Sie eilten über den Alten Markt, der so früh morgens noch wie ausgestorben war, und betraten die Wache auf der Rückseite des Rathauses.

Der einäugige Claas kauerte auf der Erde und hielt die Leiche seines Sohnes umschlungen. Er weinte und flüsterte den Namen seines Sohnes, so als schliefe der nur und solle nun behutsam geweckt werden. Reinekin kniete sich neben den Knecht und legte ihm die Hand um die Schulter.

»Herr, wer tut so etwas? Mein Claas hat nie etwas Unrechtes getan.«

»Ich weiß es nicht, aber wir werden es bald herausfinden.«

Claas schluchzte und drückte sein Gesicht an die Brust des Toten. Ein Wachmann kam herein.

»Die haben wir hinter dem Fährtor gefunden«, sagte er und stellte zwei Paar Trippen auf den Tisch der Wache.

»Sind das die Trippen deines Sohnes?«, fragte ein Wachmann. Claas schaute auf und nickte mit dem Kopf.

»Ja«, flüsterte er.

»Und diese hier lagen nur ein paar Meter weiter entfernt«, sagte der Wachmann.

»Die Trippen eines Kindes«, stellte ein anderer fest.

»Oder eines sehr kleinen Mannes«, fügte Reinekin hinzu.

KAPITEL 30

Der Leichnam des toten Claas wurde nach St. Jakobi gebracht und dort aufgebahrt. Die Beerdigung setzte man für den nächsten Tag an. Reinekin hatte alles Notwendige in die Wege geleitet und kümmerte sich um den einäugigen Claas. Pietro schlug unterdessen den Weg zum Neuen Markt ein, wo sich der Laden von Alfred Zuckermann befand. Zuckermann saß in seiner Werkstatt und arbeitete an einer Silberfassung für eine Brille.

»Das ist bereits die fünfte Brille in einer Woche«, sagte er begeistert, als er Pietro erblickte.

»Es werden noch mehr werden, wenn sich erst einmal herumgesprochen hat, welche Instrumente Ihr hier schmiedet.«

»Und es sind keineswegs nur die reichen Kaufleute, die Brillen bestellen. Gerade eben war hier ein Mann, der sicherlich kein Kaufmann war und eine Brille geordert hat. Normalerweise hätte ich das für einen Scherz gehalten, denn so wie der Mann aussah, schien er nicht das Geld zu haben, und dann hat er bezahlt – alles und im Voraus. Und eilig hatte er es auch. Vielleicht gehört er zu Euren Leuten und reist mit dem Ende der Verhandlungen ab.«

»Wie heißt er denn?«

»Das hat er nicht gesagt, aber er war schon sehr auffällig: klein, Narben im Gesicht und auf den Handrücken und die Nase geschwollen. Da wird er jedenfalls so schnell keine Brille befestigen können.« Zuckermann lachte.

»Hat er gesagt, wo er wohnt?«

»Nein, er will übermorgen vorbeikommen und die Brille abholen. Übermorgen früh.«

Pietro fand Reinekin neben dem einäugigen Claas in St. Jakobi. Er nahm ihn beiseite und erzählte ihm flüsternd, was er von dem Goldschmied erfahren hatte.

»Das ist mit ziemlicher Sicherheit unser Mann. Und wir kriegen ihn«, resümierte er.

»Wir sollten ihn lebend in die Hände bekommen, damit er uns erzählen kann, wer sein Auftraggeber ist«, sagte Reinekin

»Wenn du ihn lebend haben willst, solltest du den einäugigen Claas besser nicht in die Geschichte einweihen.«

KAPITEL 31

Am nächsten Tag, dem 18. Mai 1370, erschien ein gut gelaunter Henning von Putbus im St.-Johannis-Kloster.

»König Waldemar hat zugestimmt. Was sagt Ihr dazu, lieber Reinekin? Ich war selber überrascht. Jetzt sieht es so aus, als könnten wir unseren Vertrag unterschreiben.«

»Wenn Waldemar so einfach einverstanden ist, dann nur, weil er annimmt, dass er die Hanse in ein paar Jahren so auseinander dividiert hat, dass es auf unsere Position hinsichtlich der Nachfolgeregelung ohnehin nicht mehr ankommt.«

»Herr Kelmer, Ihr seid fürchterlich misstrauisch.«

»Ich bin Realist. Das ist alles.« Reinekin lächelte den Rüganer an. »Und ich bin Schachspieler, wie Ihr wisst, und da plant man immer ein paar Züge im Voraus.«

»Die Unterzeichnung könnte am Tag nach Himmelfahrt stattfinden. Das ist der 24. Mai. Bis dahin dürften die Syndiki und Schreiber den Vertragstext fertig haben.«

Reinekin musste die Delegation der Hanse von dem gefundenen Kompromiss mit den Dänen unterrichten. Er wusste, dass die Sudermann-Fraktion mit der Lösung nicht einverstanden sein würde. Andererseits konnte er auf die wendischen und preußischen Städte zählen, auf die Balten, Lüneburg und wahrscheinlich auf Wulflam. Er war fest entschlossen, die Übereinkunft durchzusetzen. Noch sechs Tage, dachte er. Noch sechs Tage, und alles ist vorüber.

Henning von Putbus verabschiedete sich. »Ach, da fällt mir noch ein, dass die Tochter des ermordeten Nicleson kurzzeitig mit einem gewissen Diederckes verheiratet war. Ist der Mann Euch bekannt?«

»Vicko Diederckes?«

»Möglich. Da müsste ich den Erzbischof von Lund fragen. Er war mit Nicleson gut bekannt und hat damals auch die Ehe annulliert.«

Der Erzbischof von Lund saß im Artushof beim Würfelspiel mit drei anderen Dänen. Der Bischof hatte schon ein stattliches Sümmchen gewonnen und unterbrach nur ungern das Spiel, um alte Geschichten zu erzählen, die völlig ohne Belang waren. Er steckte die Münzen ein und setzte sich zu Reinekin und Henning von Putbus an den Tisch.

»Vicko Diederckes, ja, so hieß der Mann«, sagte der Erzbischof und schaute neidvoll zu dem Tisch mit den Spielern hinüber. »Er war ein Schiffer und Kapitän mit gutem Ruf. Das hat Johann Nicleson gefallen. Der Mann war zudem wohlhabend genug, um von Nicleson akzeptiert zu werden. Die Hochzeit war 1361, und die Ehe wurde nach nur zwei Jahren annulliert. Es hatte sich nämlich herausgestellt, dass dieser Diederckes ein ziemlicher Schinder war und die Ehe nie vollzogen hatte. Er hat seine Frau derart gezüchtigt, dass diese zu ihrem Vater geflüchtet ist. Der hat Diederckes festsetzen und der Sodomie anklagen lassen, woraufhin dieser auch verurteilt wurde. Was aus ihm geworden ist, kann ich Euch nicht sagen.«

»Diese Anklage der Sodomie, war sie konstruiert, oder beruhte sie auf Tatsachen?«

»Es gab mehrere Zeugen, die aussagten, Diederckes habe halbwüchsige Jungen sodomisiert. Auch ein Betroffener sagte damals aus, obwohl er für diese Sünde ebenfalls bestraft wurde. Mir schien die Anklage absolut glaubhaft. Diederckes wurde zu drei Jahren Haft verurteilt, wenn ich mich richtig erinnere.«

Vicko Diederckes hatte also nicht für den Deutschen Orden gearbeitet, sondern in einem Kopenhagener Kerker geschmort. Derzeit wohnte er im »Goldenen Krug« zwischen Fährtor und Stadtwaage, und dort wusste man, dass der Kapitän – wie meistens am Nachmittag – auf die im Strelasund ankernde »Stolz von Lübeck« übergesetzt war, um nach dem Rechten zu sehen. Reinekin lief zurück zum Artushof und hinterließ eine Nachricht für Pietro. Dann eilte er zum Hafen.

Mit einer Lastschute setzte er zur »Stolz von Lübeck« über. Der Fährmann hatte auch Diederckes hinübergebracht und wusste zu berichten, dass dieser in Begleitung des Schiffsjungen und eines weiteren Seemanns gewesen sei. Reinekin trieb den Fährmann zur Eile an. Die Schute erreichte das Schiff, und Reinekin kletterte an Bord. Aus der Achterkammer war das Gewimmer eines Kindes zu hören. Reinekin stieß die Tür auf. Der Schiffsjunge lag bäuchlings und nackt auf dem Tisch, und Jonis, der Koch, stand mit geöffneten Hosen hinter ihm. Diederckes hatte eine Gerte in der Hand, und der Rücken des Jungen war von Striemen übersäht.

Reinekin stürmte auf den Koch zu und schlug ihm die Faust in die Leber. Diederckes hatte inzwischen die Gerte fallen lassen und ging mit den Fäusten auf Reinekin los. Ein Schlag traf ihn in den Magen und der nächste am Kinn. Dann wurde es dunkel um Reinekin.

Als er wieder aufwachte, war Diederckes gerade dabei, ihm die Hände auf dem Rücken zu fesseln.

»Glaub nicht, dass du damit davonkommst. Du hast keine Chance mehr«, stöhnte Reinekin.

»Momentan sieht es aus, als seien meine Chancen immer noch besser als deine, denn in fünf Minuten wirst du auf dem Boden der Ostsee liegen. Jonis, hol das Lotblei.«

»Du hast Nicleson umgebracht, und dafür wirst du hängen.«

»Nicleson hat bekommen, was er mir angedroht hat. An seinem eigenen Schwanz ist er erstickt.« Diederckes lachte. »Der große Admiral.«

»Wie hast du ihn in den Lagerschuppen gelockt?«

»Ich habe ihn fragen lassen, ob er wissen will, wie seine Tochter gestorben ist. Daran war er anscheinend überaus interessiert, denn das Täubchen war sein ein und alles. Mit dem Schwert stürmte er blind vor Wut in die Falle. Und dann hat er gebüßt für das, was er mir angetan hat. Drei Jahre Kerkerhaft, Folter, öffentliche Auspeitschung, und dann hat er mich aus Kopenhagen verjagt. ›Wenn du mir noch einmal unter die Augen kommst‹, hat er damals zu mir gesagt, ›dann ...‹ Nun, jetzt ist ihm passiert, was er mir angedroht hat. Der gute Nicleson ist langsam gestorben, aber was sind drei Stunden gegen die drei Jahre, die er mir geraubt hat.«

Jonis kam mit dem großen Lotblei in die Kajüte. Diederckes nahm die Lotschnur und wickelte sie um Reinekins Knöchel.

»Vicko, der Dänenbrecher. Das war also der Grund für deine angeblichen Heldentaten im Krieg gegen die Dänen.«

Diederckes lachte. »Der Krieg war das Beste, was mir passieren konnte, um an den verdammten Dänen Rache zu nehmen. Ich habe mehr Dänen getötet als jeder andere in diesem Krieg. Nur Nicleson ist mir leider nicht über den Weg gelaufen. Seine Tochter habe ich erwischt, und sie hat es bereut. Aber er selbst war damals nicht zu kriegen. Du kannst dir vorstellen, wie ich mich gefreut habe, als es hieß, dass Nicleson hier nach Stralsund kommt.« Diederckes knotete das Blei fest.

»Los, Jonis, pack mit an.«

Der Koch packe Reinekin an den Füßen, und Diederckes griff ihm unter die Arme. Jonis ging rückwärts voran auf das Deck der Kogge.

»Oh, Jonis, das ist nicht gut.« Pietro lehnte am Mast der Kogge und hielt den Dolch wurfbereit in der Hand. »Ich hatte dich doch gewarnt.«

Der Koch ließ Reinekins Beine fallen, drehte sich um und

zog dabei ein Messer aus seinem Gürtel. Genau in diesem Moment warf Pietro seinen Dolch. Diederckes ließ Reinekin los und verschwand in der Kajüte. Pietro zerrte den Lübecker eilig an den Füßen aus der Kajüte an Deck und durchschnitt die Fußfessel mit seinem Schwert. Weiter kam er nicht, denn Diederckes stürmte ebenfalls mit dem Schwert bewaffnet an Deck und schlug auf Pietro ein, der die Hiebe nur mit Mühe parierte. Diederckes drängte Pietro über das Deck der Kogge bis zum Bugkastell. Der Italiener tauchte unter einem wuchtigen Hieb hindurch, und Diederckes drängte ihn in die andere Richtung zurück zum Heck. Der Schiffsjunge schaute verängstigt aus der Kajüte.

»Los, hilf mir.« Reinekin streckte dem Jungen seine gefesselten Hände entgegen. »Nimm das Messer dort.« Er deutete auf Pietros Dolch, der bis zum Griff im Hals des Schiffskochs steckte. Ohne zu zögern, zog der Junge den Dolch aus Jonis' Hals, wischte das Blut an dessen Jacke ab und durchschnitt Reinekins Fesseln.

Diederckes hatte Pietro am Bugkastell in eine Ecke gedrängt und schlug mit wuchtigen Hieben seines Schwertes auf ihn ein. Reinekin nahm das Lotblei, eilte über das Schiff und schleuderte Diederckes das schwere Blei in den Rücken. Der Schiffer verlor die Balance, fiel nach vorne und krachte dann auf die Planken des Schiffes. Pietro stand nun über dem Kapitän und hielt das Schwert in beiden Händen zum Stoß bereit.

»Warte«, keuchte Reinekin. »Verschon ihn. Wir übergeben ihn der Stadtwache. Ich bin sicher, die höhere Gerichtsbarkeit weiß, was sie mit mehrfachen Mördern und Kinderschändern zu tun hat.« Reinekin trat zu Vicko Diederckes und band ihm die Hände auf den Rücken.

»Wenn du mich verschonst, kann ich dir etwas über den Armbrustschützen sagen, der deinen Schwiegervater angeschossen hat und der sich derzeit in Stralsund herumtreibt«, keuchte der Schiffer.

Albert Puster war zuversichtlich. Seine Nase schmerzte zwar, aber die Brille, die er bei Alfred Zuckermann bestellt hatte, war ein wahres Wunder. Wenn man sie vor die Augen hielt, gewannen selbst weit entfernte Dinge ihre alte Schärfe zurück. Aus verschwommenen Konturen wurden klare, gerade Linien. Er hatte die verlangten drei lübischen Mark sofort bezahlt, weil er keinen Zweifel aufkommen lassen wollte, dass es ihm mit der Bestellung ernst war. Ein weiterer Grund für seine gute Laune war die Tatsache, dass der Lübecker vor zehn Minuten – kurz nachdem Albert Puster seine Stellung bezogen hatte – auf das Schiff gegangen war und aller Wahrscheinlichkeit nach bald wieder zurückkommen und ihm vor die Armbrust laufen würde. Wäre er zehn Minuten früher auf dem Speicher gewesen, dann wäre der Mann jetzt schon tot. Vereinfacht wurde die Sache dadurch, dass der Lübecker ohne seine private Leibgarde unterwegs war. Albert Puster musste grinsen. Das Zusammentreffen mit dem Riesen hatte also doch etwas Gutes mit sich gebracht. Während er über sein unverhofftes Glück nachdachte, stieg der Südländer mit den schwarzen Locken und dem Schwert in eine Schute und fuhr ebenfalls zu der Kogge hinaus. Kaum hatte der Mann das Schiff erreicht, gab es eine handfeste Auseinandersetzung. Soweit er von seinem Versteck aus erkennen konnte, trug der Südländer mit einem anderen einen Schwertkampf aus. Wenige Minuten später winkte der Südländer einem der Fährmänner zu. Eine Schute machte sich auf den Weg zur Kogge. Drei Männer und ein Kind stiegen an Bord des Lastkahns, darunter der Südländer und der Lübecker. Den dritten Mann konnte er nicht erkennen. Jetzt würde es ernst werden. Die Schute hielt langsam auf den Hafenkai zu. Alfred Puster überprüfte seine Waffe, die korrekte Arretierung der Sehne, die Lage des Bolzens. Dann peilte er über den Lauf. Der Hafenkai war keine hundert Meter entfernt. Die Schute legte an. Der Fährmann warf ein Tau an den Kai, und ein Helfer machte das Boot fest. Der Südländer sprang an Land. Ihm folgte das Kind, der Unbekannte und schließlich der Lübecker. Der Unbekannte drehte sich, und Albert Puster erschrak. Was hatte der Alte hier zu suchen? Die Gruppe setzte sich in Bewegung. Sie kamen auf ihn zu. Albert Puster hatte den Lübecker, für dessen Tod er bezahlt wurde, klar im Visier. Dann schwenkte er die Waffe, zielte auf den Dämon, der ihn seit seiner Kindheit verfolgte. Früher war dieser Dämon als sein Vater aufgetreten, und vor einigen Tagen hatte er behauptet, sein Bruder zu sein, doch das machte keinen Unterschied. Seit über dreißig Jahren hatte Albert auf diese Gelegenheit gewartet, hatte sich gleichzeitig vor ihr gefürchtet, weil er wusste, welche Macht der Alte besaß. Mehrfach hatte er sich vorgenommen, einfach nach Bremen zu reisen und den Alten zu erschießen. Einmal war er bis an die Stadtmauern gekommen, dann aber wieder umgekehrt. Wenn er es jetzt nicht tat, würde er es nie mehr schaffen, ihn zu töten, denn eine solche Chance gab es nur einmal. Er dachte an seine weinende Mutter. »Diesen Bastard hast du mit dem Teufel gemacht«, hatte der Alte geschrien und ihr die Faust ins Gesicht geschlagen. »Der Herr ist mein Hirte«, hörte er seinen Bruder Vicko rezitieren. »Schau dir die kleine Missgeburt an. Das Kind kann unmöglich von mir sein. Hast du es mit dem Teufel getrieben, oder wie konntest du so eine Kreatur in die Welt setzen? Am besten, du nimmst ihn mit und verschwindest«, vernahm er die Stimme des Alten, und wieder prasselten Schläge nieder. Das geschwollene und blutige Gesicht seiner Mutter schmerzte mehr als die Wunden auf dem eigenen Körper. »Die Hure ist die Burgtreppe hinuntergestürzt und hat sich den Hals gebrochen.« Er war erst vier Jahre alt, als sie starb, aber er konnte sich an Wärme und Geborgenheit erinnern, die er in seltenen Momenten erlebt hatte, solange sie bei ihm war. Nach ihrem Tod hatte er diese Nähe nie wieder gefunden, bis er der roten Lisbeth begegnet war. Er sah den Alten wieder vor sich stehen und hörte ihn rezitieren: »Kundtun will ich den Ratschluss des Herrn. Er hat zu mir gesagt: Du bist mein Sohn, heute habe ich dich gezeugt. Bitte mich, so will ich dir Völker zum Erbe geben und der Welt Enden zum Eigentum. Du sollst sie mit einem eisernen Zepter zerschlagen, wie Töpfe sollst du sie zerschmeißen.« Albert Puster drückte langsam den Abzug gegen den Schaft.

KAPITEL 33

Pietro und Reinekin waren sich einig, dass es nicht genügte, den Armbrustschützen aus dem Verkehr zu ziehen. »Wir lassen ihn seine Brille abholen und folgen ihm dann«, schlug Reinekin vor.

»Wir dürfen ihn nur nicht verlieren«, sagte Pietro. »Wenn Vicko Diederckes vor seinem Tod die Wahrheit gesagt hat, dann ist der Kerl zwar wahnsinnig, aber äußerst geschickt.«

Alfred Zuckermann öffnete seinen Laden um acht Uhr morgens. Zu dieser Zeit hatten Pietro und Reinekin bereits ihre Beobachtungspositionen bezogen. Pietro saß in einem Gasthof gegenüber von St. Marien und Reinekin im Glockenturm der Kirche, doch es tat sich während des ganzen Vormittags nichts. Gegen Mittag verließ Reinekin seinen Posten und ging zur St.-Jakobi-Kirche, wo die Beerdigungsfeier für den kleinen Claas stattfinden sollte. An die hundert Menschen waren zusammengekommen, um von dem Ermordeten Abschied zu nehmen. Die meisten gehörten zur Stralsunder Schmiedezunft. Hier hatte der kleine Claas einen Teil seiner Lehrzeit verbracht, und hier hatte sich sein Bruder Hannes mit einer Schmiedewerkstatt niedergelassen. Der einäugige Claas ließ die Zeremonie reglos über sich ergehen. Nur am Grab brach er noch einmal in Tränen aus und sank auf die Knie. Als der Totengräber begann, das Grab zuzuschaufeln, zog Hannes seinen Vater mit sanfter Gewalt fort.

Reinekin fühlte sich schlecht. Er war mit schuld am Tod des

kleinen Claas. Eine Schuld, die für immer auf ihm lasten und an die er täglich erinnert werden würde.

Gegen vier Uhr war Reinekin zurück auf dem Neuen Markt.

»Noch nichts«, sagte Pietro. »Zuckermann hatte über Mittag seinen Laden geschlossen und gegen zwei Uhr wieder geöffnet. Eine Hand voll Kunden, aber der Zwerg war nicht dabei.«

»Vielleicht kommt er gar nicht mehr.«

»Ich fühle, dass er kommen wird. Ein Schütze mit einem Augenproblem braucht die Brille wahrscheinlich dringender als jeder andere«, gab Pietro zu bedenken.

»Er könnte nach dem Mord an Diederckes die Stadt verlassen haben.«

»Unwahrscheinlich. Er hat einen Auftrag, und der ist noch nicht erledigt. Also ist er noch hier.«

Reinekin schwieg. Er wusste, von welchem Auftrag Pietro sprach. Der Mörder hatte nicht auf Diederckes gelauert, sondern auf ihn. Und er, Reinekin, hatte überlebt, weil der Hass des Mörders gegen seinen Bruder größer gewesen war als der Wille, seinen Auftrag zu erfüllen.

»Mein Bruder ist verrückt. Vor ihm müsst Ihr Euch in Acht nehmen. Ich könnte Euch helfen, ihn zu fangen«, hatte Vicko Diederckes gesagt und versucht, seinen Kopf zu retten.

»Na schön. Ich gehe zurück in den Glockenturm.«

»Nein, warte. Das könnte unser Mann sein.«

Aus der Frankenstraße kam ein kleiner Mann in guter Kleidung und mit einem Federhut, der tief ins Gesicht gezogen war. Der Mann ging auf das Geschäft des Goldschmieds zu, schaute sich kurz um und betrat dann den Laden.

Pietro und Reinekin verließen den Gasthof. Pietro postierte sich an der Ecke zur Mönchstraße und Reinekin an der Ecke zur Frankenstraße. Nach einer Viertelstunde kam der Schütze aus dem Geschäft des Goldschmieds, schaute sich wiederum nach allen Seiten um und ging in Richtung Frankenstraße. Reinekin entwischte in eine Seitengasse, ließ den Schützen passieren und folgte ihm in gebührendem Abstand. Er ging weiter die Frankenstraße hinunter bis zur Ecke der Badstübnerstraße. Hier verschwand der Mann in einer der Badestuben. Reinekin und Pietro suchten in einer gegenüberliegenden Badestube Deckung.

»Es tut mir Leid, aber ich habe momentan kein heißes Bad, aber wenn Ihr wollt, könnt Ihr gerne in das Bad der Herrschaften dort drüben mit hineinsteigen«, sagte der Bader.

Reinekin bedankte sich und erklärte, dass man von hier einen guten Blick auf das Nachbarhaus habe. Er gab dem Mann eine Münze, die diesen augenblicklich zum Verstummen brachte.

Kurz nach Einbruch der Dunkelheit erschien der Schütze, ging hinunter zum Fährtor und kehrte in eine Schenke ein.

»Was jetzt?«, fragte Reinekin.

»Warte ein paar Minuten. Wenn er wieder herauskommt, verfolge ich ihn, und du fragst in der Schenke, wen er getroffen hat.« Sie verharrten im Dunkel des Fährtores. Nach wenigen Minuten erschien die Gestalt eines Mannes mit schwerfälligem Gang. Er kam die Fährstraße herunter und schaute sich um, bevor er die Schenke betrat.

»Das ist unser Mann. Ich könnte wetten.«

»Und der da?«

Eine weitere Figur war aus dem Dunkel aufgetaucht und folgte dem Dicken in das Gasthaus.

KAPITEL 34

Albert Puster war bester Laune. Er hatte den Alten erschossen. Selbst der Pakt mit dem Teufel hatte ihm nicht geholfen. Der Bolzen war ihm geradewegs ins Herz gedrungen, und Albert hatte sich, bevor er geflohen war, sogar noch die Zeit genommen hinzuschauen, wie der Sterbende zu Boden fiel, und es schien ihm, als hätte der Alte zum Schluss sogar noch gelächelt.

Wie auch immer, jedenfalls war er tot, während er, Albert Puster, lebte. Vielleicht würden jetzt auch die Albträume aufhören und die Geister verschwinden, die ihn plagten, seit er denken konnte. Er hatte die halbe Nacht hindurch gefeiert und war schließlich erschöpft auf der rothaarigen Hure eingeschlafen. Heute hatte er die Brille in Empfang genommen. Er trug sie in einem flachen hölzernen Kasten in der Tasche seines Wamses. Sie war sein wertvollster Besitz – von der Armbrust einmal abgesehen. Morgen bei Tageslicht wollte er sie ausprobieren, und vielleicht würde er ja morgen auch den Lübecker vors Visier bekommen.

An Albert Pusters guter Laune konnte auch der griesgrämige Gesichtsausdruck von Lüders nichts ändern.

»Was soll der Unsinn?«, fragte Lüders aufgebracht, aber mit gedämpfter Stimme.

»Welcher Unsinn?«

»Warum hast du den Schiffer erschossen statt den Lübecker, für dessen Tod du bezahlt wirst?«

»Der Schiffer, wie Ihr ihn nennt, war ein Dämon.«

»Du bist ja verrückt.«

»Hütet Eure Zunge. Was wisst Ihr schon? Gegen diesen Dämon kämpfe ich schon seit Kindesbeinen. Er hat meine Mutter getötet. Er wollte mich vernichten. Seht Ihr diese Narben in meinem Gesicht? Das sind die Zeugen meines Kampfes mit diesem Teufel. Jede Nacht hat er die Geister geschickt, um mir den Schlaf zu rauben, mit Erinnerungen an Schmerzen und Demütigungen. Das ist jetzt vorbei. Der Tod dieses Dämons ist von unvorstellbarem Wert. Und da kommt Ihr mir mit einem Lübecker Kaufmann.« Albert Puster war lauter geworden.

Lüders schaute sich ängstlich um. Er hatte Angst, die Aufmerksamkeit der anderen Zecher zu erregen, und bedeutete Albert Puster, die Stimme zu dämpfen. »Ich wollte mich nur versichern, dass du weiterhin an deinem Auftrag arbeitest.«

»Da könnt Ihr ganz beruhigt sein. An den Mann ist nur nicht einfach heranzukommen. Er sitzt den ganzen Tag im Kloster, geht mittags in den Artushof und allenfalls noch an den Hafen. Aber Ihr könnt versichert sein, dass ich Ihn erwischen werde. Irgendwann wird er sich zeigen.«

»Irgendwann«, wiederholte Lüders aufgebracht. »Irgendwann kann zu spät sein. Mach es schnell und vergib nicht noch einmal eine Chance.« Lüders stand auf. »Wir treffen uns hier übermorgen wieder.«

Albert Puster trank das Starkbier aus und zahlte. Es zog ihn zurück in das Zimmer über der Badestube. Die Rothaarige musste inzwischen ihre Arbeit beendet haben, und falls doch noch ein Freier bei ihr lag, würde er mit dem Frauenwirt noch einen Krug leeren. Er ging am Semlower Tor vorbei in Richtung der Frankenstraße. Als er die Stadtwaage erreichte, war er sicher, dass ihm jemand folgte.

KAPITEL 35

Reinekin betrat den Schankraum des Artushofes.

»Euer Freund ist nicht da, und wir schließen«, rief der Wirt und kam ärgerlich hinter der Theke hervorgehumpelt. Frauke war dabei, einen letzten Tisch abzuwischen, und ignorierte ihn.

»Gebt mir einen Krug Wein, und ich warte im Hof auf ihn.«

»Meinetwegen, aber weckt mir die hohen Gäste nicht auf.« Barthel schickte Frauke auf ihre Stube und schenkte Reinekin einen Krug voll Wein ein.

»Wegen der geplanten Hochzeit Eurer Stieftochter wollte ich noch mit Euch reden.«

»Da gibt es nichts zu reden.«

»Wenn es eine Frage des Geldes ist, die Euch bewegt, so kann ich Euch helfen.«

»Ihr glaubt, Ihr könnt Euch alles kaufen. Aber ich bin kein Frauenwirt, und Frauke ist keine Hure.«

»Ich wollte Euch nicht beleidigen. Es geht um Frauke. Ihr wollt sie gegen ihren Willen verheiraten.«

»Sie wird schnell erkennen, dass es zu ihrem Besten geschieht.« Der Wirt ließ Reinekin stehen und wankte die Stiege hinauf.

Pietro traf eine halbe Stunde nach Reinekin ein. Er griff sich den Weinkrug und nahm einen tiefen Schluck.

»Ich habe ihn verloren. Ich bin ihm gefolgt bis in die engen Gassen hinter St. Jakobi, und plötzlich war er weg. Ich habe das ganze Viertel abgesucht, aber keine Spur gefunden.«

»Das sieht aus, als hätte er Verdacht geschöpft.«

»Schon möglich.«

»Dann sei froh, dass es dir nicht ergangen ist wie dem kleinen Claas.«

Pietro zog einen Dolch aus seinem Ärmel. »Wenn er mir aufgelauert hätte, wäre ihm das schlecht bekommen. Und was hast du herausgefunden?«

»Der Mann, den er getroffen hat, wohnt in einem Gasthof bei der Heilgeistkirche. Er nennt sich Lüders. Ich werde mir den Burschen morgen bei Tageslicht ansehen. Es kommt mir nämlich vor, als würde ich ihn kennen. Ich weiß nur nicht, wo ich ihn hinstecken soll.«

Am nächsten Morgen standen der einäugige Claas und sein Sohn Hannes im Hof des Franziskanerklosters.

»Reinekin, gestattet, dass Hannes an die Stelle des kleinen Claas tritt.«

»Das kann ich nicht gestatten, Claas. Du hast einen Sohn verloren, und ich will nicht, dass noch etwas passiert.«

»Wenn Euch der Mörder erwischt, dann ist der kleine Claas umsonst gestorben. Es heißt, dass nächste Woche Frieden geschlossen wird. So lange werden wir Euch beschützen. Und danach bitte ich Euch, mich aus Euren Diensten zu entlassen, denn ich werde nicht eher ruhen, als bis ich den Mörder zur Strecke gebracht habe.«

Reinekin und Pietro gingen, begleitet von Claas und seinem Sohn Hannes, zu dem Gasthof, in dem Lüders abgestiegen war. Der Dicke saß beim Frühstück aus Eiern und Schinken, hatte einen Krug Dünnbier vor sich stehen und aß mit sichtlichem Genuss. Die Nase des Mannes war mit Warzen übersät, und jetzt wusste Reinekin, woher er ihn kannte. Er trat auf den Mann zu.

»Ja, welch eine Überraschung. Helmich Reibstein, wenn ich mich richtig erinnere.«

Dem Dicken blieb der Schinken im Halse stecken. Er hustete und spuckte Eier und Schinken auf den Tisch.

»Das tut mir Leid, dass ich Euch erschreckt habe.«

»Herr Kelmer.« Der Dicke japste nach Luft. »Ihr habt mich vielleicht erschreckt. Mit Euch hatte ich wahrlich nicht gerechnet.«

»Was führt Euch in die Stadt, Reibstein?«

»Ein paar kleinere Geschäfte.«

»Na, dann viel Erfolg, und lasst es Euch schmecken.«

Reinekin und Pietro traten auf die Straße.

»Woher kennst du das Warzenschwein?«

»Er heißt Helmich Reibstein und ist die rechte Hand von Rudolf Sudermann.«

»Capito. Dann dürfte die Sache ja jetzt klar sein. Sudermann leiht den Holsten Geld, das er praktisch nur dann zurückerhalten kann, wenn diese ihre Herrschaft auf Kosten der Dänen ausdehnen. Dazu bedarf es einer Fortsetzung des Krieges oder hoher Zahlungen der Dänen an die gegnerischen Kriegsparteien. Deshalb hat er Balthasar aus dem Weg räumen wollen und plant das Gleiche mit dir.«

»So einfach ist das nicht. Eine Summe von 50 000 lübischen Mark hat Sudermann mit Sicherheit nicht alleine aufbringen können. Vielleicht hat er das Geschäft vermittelt und war der Kopf, aber es müssen noch andere beteiligt gewesen sein.«

»Ghulsowe, Classoen?«

»Davon kann man wohl ausgehen.«

»Was hast du vor? Willst du Wulflam einschalten und sie festnehmen lassen?«

»Sudermann wird alles abstreiten. Ich habe eine bessere Idee.«

Kapitel 36

Am Himmelfahrtstag des Jahres 1370 stand Frauke Tyrbach wie immer zu Sonnenaufgang auf. Sie lag ohnehin schon seit geraumer Zeit wach und hatte schlecht geschlafen. Reinekin Kelmer war ihr nicht aus dem Sinn gegangen. Ob er wohl geschlafen hatte? Sie hatte sich gewaschen, ihre Zöpfe neu geflochten und sorgsam aufgesteckt. Ihre Garderobe bot wenig Auswahl an Festtagskleidern. Zwischen rotem Samt und grüner Wolle zögerte sie eine Weile und entschied sich dann für den einfacheren Stoff. Darüber würde sie die Jacke tragen, die Jakob, der Kürschnersohn, aus Fellresten genäht und ihr geschenkt hatte.

»Du hättest dich wirklich etwas festlicher anziehen können, wenn du mit einem angesehenen Mann wie Pleskow in die Kirche gehst«, hatte der Wirt eingewandt. Aber Frauke hatte andere Pläne.

Reinekin, flankiert von den beiden Schmieden, kam schon eine Stunde vor Beginn der Messe über den Alten Markt. Diesmal wollte er auf keinen Fall zu spät sein. Als Frauke ihn kommen sah, schlüpfte sie aus dem Tor und verschwand in Richtung Klostergasse. Er folgte ihr und reichte ihr seinen rechten Unterarm, den sie mit ihrer linken Hand umfasste. Sie gingen los.

»Wo willst du hin?«, fragte sie, als Reinekin nicht den Weg zur Kirche einschlug.

»Ich will noch ein wenig spazieren gehen und die Kirche betreten, wenn der Gottesdienst beginnt. Erzähl mir von der Verschwörung gegen Wulflam.«

Sie sah ihn entsetzt an. »Es gibt Gerüchte«, flüsterte sie. »Es gibt Leute, die behaupten, Wulflam habe nur ein paar konkurrierende Familien ausschalten wollen.«

»Aber das Gericht hat sie für schuldig befunden.«

»Bah, das Gericht. Das Gericht ist in Wulflams Hand, ebenso der Rat und die Wache. Hunderte von Spitzeln halten für Wulflam die Augen und Ohren auf. Selbst Barthel horcht abends die Gäste im Artushof aus und läuft morgens zu einem der Schreiber, um zu berichten. Wulflam beherrscht die ganze Stadt. Kaum einer glaubt an die Verschwörung.«

Sie erreichten das Portal von St. Nikolai, als der Alte Markt bereits menschenleer war und niemand mehr dem Gotteshaus zustrebte. Die Glocken läuteten schon eine ganze Zeit, und die Kirche war bis auf wenige Bänke voll besetzt. Als sie an den Plätzen der Kleinhändler, Wirte und Viehhändler vorbeikamen, stand Barthel auf und zischte ein kurzes »Komm her«. Frauke ignorierte den Befehl ihres Stiefvaters und würdigte ihn keines Blickes. Reinekin drückte ihre Hand fest gegen seine Brust und zog sie mit sich. Ein Raunen ging durch die Reihen. Mit großer Selbstverständlichkeit durchschritt Reinekin die voll besetzte Kirche, und Frauke fühlte, dass in diesem Moment alle Augen auf sie gerichtet waren. Reinekin strebte auf die Bänke der Kaufleute zu, die sich ganz vorne befanden. Der Priester wies ihm einen Platz am äußeren Rand der ersten Reihe zu. Hinter ihnen saßen die Sendboten der Hansestädte, darunter auch Hermen Burskup, der sie wütend anschaute. Kurz darauf kam die Wulflam-Sippe unter Führung Bertram Wulflams in die Kirche gestürzt. Eiligen Schrittes durchquerte er das Gotteshaus, setzte sich mit Wucht direkt am Mittelgang in die erste Reihe und gab dem Priester ein kurzes Handzeichen. Noch bevor auch seine greise Schwiegermutter und die bucklige Tochter hatten Platz nehmen können, begann die Messe.

Bertram Wulflam war kein Freund langer Gottesdienste, und der Priester gab sich sichtbare Mühe, die Liturgie so schnell wie möglich abzuarbeiten. Nach einer knappen Stunde war der Segen gesprochen. Wulflam stürmte aus der Kirche und eilte von Wachen eskortiert über den Alten Markt zu seinem Haus.

Frauke Tyrbach hatte damit gerechnet, dass Reinekin sie nun zum Artushof zurückbringen werde. Stattdessen schlug er einen Spaziergang zum Strelasund vor. Am Kniepertor sprach Reinekin kurz mit den beiden Claas, die in der Stadt zurückblieben. Reinekin und Frauke überquerten den Knieperwall, der den künstlich angelegten Befestigungsteich vom Sund trennte. Der Sund zu ihrer Rechten war an diesem Tag glatt wie ein Spiegel.

»Erzähle mir von dir«, sagte Reinekin, und Frauke Tyrbach deutete nach Norden, wo die Südspitze des Gellen am Horizont auszumachen war.

»Dort oben ist vor sechs Jahren eine Kogge im Sturm zerbrochen.« Frauke Tyrbach erzählte von dem traumatischen Unglück und von ihrer Kindheit in Visby. Seit langem waren ihre Gedanken nicht mehr dort gewesen, weil sie die Trauer gefürchtet hatte. Doch nun gab es einen Grund zu erzählen. Reinekin sollte wissen, wer sie war. Irgendwann setzten sie sich in die Dünen und schauten auf den Sund.

»Jetzt weißt du alles von mir. Erzähl mir deine Geschichte«, forderte sie ihn auf und legte ihren Kopf gegen seine Schulter.

»Mein Vater ist ein Kaufmann in Frankfurt, und ich war der kleinste von fünf Jungen. Mein ältester Bruder, Jakob, führt dort jetzt die Geschäfte. Die anderen drei haben sich in Brügge, Köln und Bremen niedergelassen. Ja, und ich hätte eigentlich in Venedig bleiben sollen. Stattdessen bin ich in Lübeck gelandet.«

Reinekin erzählte von seinen Lehrjahren bei Messer Ammaniti, von seinem ersten Weintransport und von Johanna, von Jan, Geseke und der jüngsten Tochter.

»Du hast sie sehr geliebt.«

»Ja, das habe ich, und ich dachte, dass ich nach Johannas Tod nie mehr würde lieben können. Aber jetzt glaube ich, dass das ein Irrtum war.«

Er küsste sie, und sie erwiderte den Kuss mit Leidenschaft. Sie strich mit ihrer Hand durch seine Haare und fühlte seine Hände auf ihrer Haut. Sie streifte ihr Kleid ab und öffnete sein Wams. Noch während sie sich liebten, fragte sich Frauke, ob sie dieses Glück festhalten könnte oder ob das Schicksal ihr auch diesmal wieder einen Strich durch die Rechnung machen würde.

KAPITEL 37

Kaum zwanzig Minuten nachdem Reinekin den Stralsunder Bürgermeister von dem Treffen eines gewissen Lüders mit dem vermeintlichen Mordschützen berichtet hatte, wurde Rudolf Sudermann durch einen Boten ins Rathaus gebeten, das er eine halbe Stunde später sichtlich verärgert verließ. Sudermann ging die Heilgeiststraße in Richtung Hafen, bog in die Wassertstraße ab und steuerte geradewegs auf den Gasthof zu, in dem Helmich Reibstein logierte. Sudermann betrat den Gasthof. Reinekin und Pietro waren in gebührendem Abstand gefolgt und blieben nun vor der Heilgeistkirche stehen.

»Warten oder nachschauen, was die beiden zu besprechen haben?«, fragte Pietro. Reinekin schien unschlüssig.

»Los, lass uns nachschauen. Vielleicht verpassen wir etwas«, schlug Pietro vor.

»Warte.« Reinekin deutete auf zwei Schergen der Stadtwache, die den Gasthof betraten.

Kurz darauf erklang Lärm aus dem Gasthof. Eine Frau schrie, und ein Mann mit der Schürze eines Wirts kam aufgeregt aus dem Haus gerannt und verschwand im Heilgeistkloster.

»Komm«, sagte Reinekin, »wir sehen mal nach, was der Bürgermeister sich ausgedacht hat.«

Im zweiten Stock des Gasthauses bot sich ein blutiger Anblick: Rudolf Sudermann lag auf dem oberen Treppenabsatz. Sein Blut war inzwischen die Treppe bis in den ersten Stock hinuntergeflossen. Zwischen Schulter und Hals klaffte eine tiefe Wunde, als habe Sudermann von hinten einen mächtigen Schwerthieb abbekommen. In der Hand hielt er einen Dolch. Auf dem Flur hockte einer der Wachleute neben seinem verletzten Kameraden, der sich von einer Frau den Oberarm verbinden ließ. Helmich Reibstein lag auf dem Boden eines winzigen Zimmers mit einer Wunde in der Brust, die von einem Dolch oder Messer stammte.

»Was ist passiert?«, wollte Reinekin wissen.

»Es hat anscheinend Streit gegeben«, sagte der Unverletzte der beiden Wachen. »Der da«, er zeigte auf Sudermann, »hat den da umgebracht. Wollte fliehen, hat uns angegriffen und ist tot.«

»Das ist ja sehr praktisch«, sagte Pietro. »Jetzt dürfte es wohl unmöglich sein herauszubekommen, wer außer dem guten Sudermann sonst noch an dieser Verschwörung beteiligt war.«

KAPITEL 38

Bertram Wulflam hatte die Sendboten der Hanse im Löwenschen Saal des Rathauses zusammenrufen lassen.

»Kollegen«, nuschelte er. »Es hat heute einen Zwischenfall gegeben, der sehr bedauerlich ist. Der Bremer Ratsherr Sudermann ist von der Stadtwache bei einem gemeinen Mord gestellt worden.«

Ein Raunen ging durch die Versammlung. Wulflam wartete, bis wieder Ruhe einkehrte.

»Er hat seinen Helfer und Mitverschwörer erstochen und wurde dabei von der Wache überrascht. Bei der Festnahme hat er den Mord an Gerkin Wollepont gestanden. Möglicherweise ist er auch für die Morde im Vorfeld unserer Verhandlungen verantwortlich. Das werden wir aber leider nie erfahren, weil Sudermann sich gegen die Wachen aufgelehnt und zu fliehen versucht hat. Dabei hat er eine Wache verletzt und wurde von der anderen niedergestreckt.«

Reinekin beobachtete die Reaktion von Thymme Ghulsowe und Siever Classoen. Letzterer war wie immer am lächeln. Ghulsowe war zumindest nicht sonderlich überrascht von den Neuigkeiten Wulflams. Reinekin schaute weiter in die Runde. Hermen Burskup war aschfahl geworden und schaute den Bürgermeister mit offenem Mund ungläubig an.

»Es ist wohl so, dass Sudermann, aus welchen Gründen auch immer, einen schnellen Friedensschluss verhindern wollte und deshalb einen Mörder beauftragt hat«, fuhr Wulflam fort. »Dieser Mörder hat auch einen feigen Anschlag auf das Leben unseres verehrten Reinekin Kelmer verübt und dabei dessen Schiffer getötet. Meine Wachen sind auf der Suche nach diesem Mann und werden ihn finden, wenn er sich noch in Stralsund aufhält. Übermorgen, liebe Freunde, wird der Vertrag unterzeichnet. Bitte bleibt ruhig und lasst Euch von niemandem provozieren. Wir stehen vor einem großen Erfolg.«

Unter den Sendboten brach heftiges Getuschel aus. Ghulsowe spuckte auf die kunstvollen Kacheln, Wulflam verließ den Raum in Richtung seines Amtszimmers, und Burskup folgte ihm, wie Reinekin aus den Augenwinkeln beobachten konnte. Doch mehr konnte er nicht erkennen, weil die Sendboten ihn bestürmten, um ihre Verachtung für so viel Niedertracht von Seiten Sudermanns zum Ausdruck zu bringen.

Pietro wartete im Artushof auf Reinekin.

»Sudermann ist an allem schuld. Er hat sogar den Mord an Wollepont gestanden, bevor er starb. Belastende Aussagen über mögliche Mitverschwörer konnte er leider nicht mehr machen.«

»So ist es. Vor allem die Rolle, die Wulflam selbst gespielt hat, wird damit für alle Zeiten im Dunkeln bleiben.«

»Aber er kann sich jetzt nicht mehr auf die Seite der Gegner des Friedensvertrages stellen.«

KAPITEL 39

Reinekin war auf der Suche nach Frauke. Er wollte in ihrer Nähe sein, und sei es nur als Gast im Schankraum des Artushofes, um ihre verstohlenen Blicke zu genießen, wenn sie aus der Küche kam, um das Essen auf den Tresen zu stellen, das der Wirt oder seine Frau dann servierte. Aber Frauke war weder im Schankraum noch in der Küche. Die Wirtin wich seinen Fragen zunächst aus und fing dann an zu weinen. Reinekin wusste, dass es ein schlimmer Fehler gewesen war, Frauke nach dem gemeinsamen Kirchgang in den Artushof zurückzubringen, aber sie hatte darauf bestanden.

»Schert Euch zum Teufel, Reinekin Kelmer«, giftete der Wirt. »Frauke ist da, wo sie hingehört, bei Ihrem Bräutigam.«

»Da ist sie mit Sicherheit nicht freiwillig. Und wenn ihr ein Haar gekrümmt wird, dann gnade dir Gott!«

Reinekin stürmte auf den Alten Markt, wo der einäugige Claas und Hannes in der Sonne saßen.

»Weißt du, wo Pleskow wohnt?«

»Der Brauer?«

»Ja.«

»In der Frankenstraße.«

»Bring mich zu ihm.«

Christian Pleskow besaß ein großes Anwesen an der Stadtmauer, in dem er das Bier braute, das er in Stralsund und bis hinüber nach Rügen verkaufte. Reinekin klopfte an die Tür von Pleskows Haus. Nach einer Weile öffnete ein Knecht, und Reinekin begehrte, mit Pleskow zu sprechen.

»Er ist nicht da, Herr Kelmer« drang eine Stimme, die er nur zu gut kannte, aus dem Haus. Er drückte den Knecht zur Seite und trat in das Haus. Hermen Burskup stand in der Diele zwischen zwei riesigen Kesseln.

»Kann ich meinem Vetter etwas ausrichten?«

»Ich will wissen, wo Frauke Tyrbach ist.«

»Da kann ich Euch leider nicht weiterhelfen«, grinste Burskup. »Die beiden machen einen Ausflug. Ich weiß nicht, wann sie zurück sein werden. Möglicherweise besprechen sie ein paar Details der bevorstehenden Hochzeit.«

»Hermen, du bist ein niederträchtiges Schwein. Du inszenierst dieses Gauklerstück nur, weil du dich dafür rächen willst, dass Johanna deinen Antrag damals zurückgewiesen hat.«

Burskup kam jetzt bis auf einen Schritt auf ihn zu. Die beiden Männer standen sich Auge in Auge gegenüber.

»Du hast sie mir damals weggenommen und mich in der ganzen Stadt lächerlich gemacht. Die Burskups sind eines der ältesten Geschlechter in Lübeck. Von Anfang an haben wir Sitz und Stimme im Rat, und dann kommt ein dahergelaufener Kaufmannsgeselle mit ein paar Weinfässern und macht mir meine Braut streitig.« Hermen Burskups Augen waren zornige Schlitze, und sein Doppelkinn zitterte.

»Sie war nie deine Braut. Deinem Werben wurde nie stattgegeben. Ich habe dir gar nichts weggenommen.«

»Wärest du nicht aufgetaucht, wäre ich heute Bürgermeister in Lübeck.«

»Darum ist es dir immer nur gegangen – um Macht. Ich habe diese Frau geliebt. Für dich war sie immer nur ein Mittel zum Aufstieg an die Spitze der Stadt. Johanna hat sich damals aus freien Stücken für mich entschieden. Nichts habe ich dir genommen. Du wirst bald ohnehin Bürgermeister. Sag deinem Vetter, er soll Frauke Tyrbach freigeben.«

Hermen Burskup fing an zu lachen. Ein stimmloses Hecheln, das langsam zu einem lauten Gelächter anschwoll.

»Reinekin Kelmer steht vor mir und bettelt um die Freigabe einer Wirtshausdirne. Das ist komisch. Zu komisch.«

Reinekin packte Hermen Burskup am Pelzkragen seines Wamses.

»Wo ist sie?«

»Lass mich los.« Reinekin drückte den Kragen zu, und Burskup japste nach Luft.

»Wo ist sie?«, schrie er.

Inzwischen waren zwei Knechte Pleskows aufgetaucht und rissen Reinekin von Burskup weg, der wieder zu Atem kam.

»Sie wird bald heiraten. Es gilt nur noch, den richtigen Popen zu finden. Diesmal hast du das Nachsehen.«

»Ich habe dich bis jetzt ignoriert, Burskup. Das wird sich jetzt ändern. Wenn ich mit dieser Geschichte hier durch bin, mache ich dich fertig.«

»Schmeißt ihn raus«, befahl Burskup. Die Tür wurde geöffnet, und Reinekin landete in hohem Bogen im Dreck der Straße. Der einäugige Claas half ihm auf.

»Sollen wir ihnen Beine machen?«

»Nein, ich war drauf und dran, mich von diesem Schwein provozieren zu lassen und eine Dummheit zu begehen. Ich werde diesen Kampf gewinnen, aber auf anderem Wege.«

KAPITEL 40 · STRALSUND, 24. MAI 1370

Die Stadt nahm wenig Anteil an dem, was sich in diesen Tagen zwischen dänischem Reichsrat und Vertretern der Hanse abspielte. Nur wenige Menschen hatten sich zu der Zeremonie eingefunden, die an diesem sonnigen Frühlingsmorgen um zehn Uhr mit dem Einzug des dänischen Reichsrates und den Hansesendboten in die Kirche von St. Nikolai begann. Die Sendboten nahmen im rechten Teil des Mittelschiffes Platz und die Dänen links. Reinekin schaute sich um. Hermen Burskup stand in der letzten Reihe und machte ein Gesicht, als sei ihm ganz und gar nicht zum Feiern. Henning von Putbus erhob sich und verkündete, dass man Einigkeit über die Beendigung des Krieges erreicht habe und fortan zu friedlichen Zeiten zurückkehren werde. »Der dänische Reichsrat verpflichtet sich zu folgenden Garantien gegenüber den Städten der Hanse.« Henning von Putbus hielt das Vertragspapier hoch und begann zu lesen.

»Freier Verkehr zu Wasser und zu Lande in Dänemark und Schonen wird den Kaufleuten der Hanse garantiert. Die Dänen sind verpflichtet, geborgenes Strandgut von Hanseschiffen an die rechtmäßigen Besitzer oder deren Erben auszuhändigen. Bürger der Hansestädte dürfen nicht vor dänische Gerichte geladen werden. Will man jemanden wegen einer Beschuldigung anklagen, so muss dies vor einem deutschen Vogt geschehen, der nach dem Recht der Stadt richten muss, aus der der Angeklagte kommt. Die städtischen Kaufleute dürfen eigene Schuten zum Be- und Entladen ihrer Schiffe auf Reede benutzen. Die städtischen Kaufleute dürfen auf dem Weg vom Schiff zu ihrer Herberge und zurück Waffen tragen.«

Henning von Putbus verlas die Bestimmungen des Vertrages mit monotoner Stimme, die keinen Unterschied machte zwischen Schankkonzessionen in den Vitten, den Handelsniederlassungen der Hanse in Dänemark, und der Übergabe der Sundschlösser von Helsingborg, Malmö, Skanör und Falsterbo sowie zwei Dritteln der Einkünfte aus den dazugehörigen Gütern für die Zeit von fünfzehn Jahren als Reparation für die Kriegskosten und Verluste der Hanse. Auch die Klausel, nach der die dänische Thronfolge nicht ohne Zustimmung der Städte geregelt werden dürfe, kam in monotonem Gleichklang über seine Lippen. Nur zum Schluss hob er seine Stimme an.

»Damit soll alle Zwietracht zwischen Dänemark und den Städten beigelegt und gesühnt sein – auf ewige Zeiten.«

Das dänische Reich, das war allen Anwesenden klar, würde

nicht aufgeteilt oder zerschlagen. Für die dänische Delegation war damit das wesentliche Verhandlungsziel erreicht. Reinekin sah Zufriedenheit und Erleichterung in den Gesichtern der Reichsräte.

Henning von Putbus legte den Vertrag auf den Altartisch, wo ein Schreiber der Stralsunder Kanzlei inzwischen eine Kerze mit Siegelwachs erhitzt hatte. Der dänische Syndikus rief nun die Mitglieder des Reichsrates nacheinander auf. Die Männer erhoben sich von ihren Bänken, traten an den Altar und siegelten die Vertragsurkunde mit ihren Familienwappen. Die Zeremonie dauerte an die zwei Stunden und wurde von einem Gottesdienst abgeschlossen. Danach bat Bertram Wulflam zu einem Festbankett in sein Haus. Kaum jemandem fiel auf, das Thymme Ghulsowe nicht dabei war.

KAPITEL 41

Thymme Ghulsowe hatte nach der Zeremonie in der Kirche von einem Boten die Nachricht erhalten, dass ihn ein Mann sprechen wolle, der im Auftrag von Rudolf Sudermann stehe. Der Bote hatte Ghulsowe ein Stück Leder übergeben, in das der Bolzen einer Armbrust eingewickelt war. Ghulsowe war kreidebleich geworden. Das ständige Wackeln seines Kopfes hatte sich verstärkt.

»Wo?«, hatte er flüsternd gefragt.

»Am Getreidespeicher. Ich führe Euch hin«, hatte der Bote geantwortet und war vorangeschritten.

In dem Getreidespeicher in der Fährgasse hatte der einäugige Claas gewartet und Ghulsowe mit einer schallenden Ohrfeige begrüßt, die den Wismarer von den Beinen riss. Der grüne Hut flog durch die Luft, und Ghulsowe landete zwischen Getreidesäcken. Er rappelte sich benommen auf, spuckte einen Zahn und blutigen Speichel aus und wollte sich gerade beschweren, hielt aber inne, als er auf die Klinge von Pietros Schwert blickte.

»Was soll das? Was willst du von mir?«, fragte er weinerlich und mit heftig wackelndem Kopf.

»Wulflam hat sich – sagen wir – geirrt. Sudermann ist gar nicht so schnell gestorben. Er hatte noch genug Zeit zum Reden. Er hat von einer ziemlich großen Summe gesprochen, die er den Holsten geliehen hat. 50 000 Mark. Das ist eine Menge Geld, selbst für einen Mann wie ihn. Er hat das Geld von anderen erhalten und an die Holsten nur vermittelt, und in diesem Zusammenhang fiel auch dein Name.«

»Unsinn. Wer soll denn so einen Quatsch glauben?«

»Zum Beispiel das Ratsgericht von Stralsund.«

»Ihr wollt mich hier vor Gericht bringen?« Ghulsowe fing mit verzerrtem Mund an zu lachen und spuckte erneut blutigen Speichel aus.

»Du glaubst, Wulflam wird dich schützen, wie er dich und die anderen bisher geschützt hat? Falsch. Du wirst schneller am Galgen baumeln, als du dir vorstellen kannst. Wulflam entscheidet nur, nachdem er sich die Frage beantwortet hat, was ihm am meisten nutzt. Und jetzt, wo der Vertrag unterzeichnet und euer Plan gescheitert ist, da ist ein toter Ghulsowe für ihn wesentlich ungefährlicher als einer, der Geschichten über die Verschwörung von Stralsund erzählen könnte.«

»Was willst du von mir?«

»Du erzählst jetzt die Wahrheit und verschwindest danach unbehelligt, oder ich schleppe dich auf die Wache, wo Reinekin Kelmer dich wegen Verschwörung anzeigen wird.«

Ghulsowe schien zu überlegen, wobei sein Kopf heftig hin und her wackelte.

»Wenn du es dir anders überlegst, bin ich der Dumme«, sagte er zweifelnd.

»Mein Wort als Kaufmann gebe ich dir. Außerdem bist du der Dumme, wenn du nicht endlich das Maul aufmachst. Dann verlierst du nämlich noch deine restlichen Zähne.«

Das Kopfwackeln wurde nochmals heftiger. »Na schön«, sagte er endlich. »Vor zwei Jahren, am 25. Januar 1368, haben die Holsteinischen Grafen Heinrich und Nikolaus mit dem Herzog von Mecklenburg und mit Albrecht von Schweden in Wismar einen Vertrag abgeschlossen, der die Teilung Dänemarks nach dem Krieg vorsah. Die Städte waren damals nach der Kölner Konföderation zum Krieg entschlossen. Die Dänen sahen sich einem übermächtigen Bündnis gegenüber. Es war keine Frage, dass sie den Krieg verlieren würden. Als die Holsten Geld brauchten, um ihre Truppen aufzustellen, schien das eine absolut sichere Sache. Sudermann stand mit ihnen ohnehin schon in vielfältigen Geschäftsbeziehungen und hat ihnen zugesagt, die gewünschte Summe aufzutreiben. Es ging um 50 000 Mark. Der alte Classoen hat als Erster eingeschlagen und mich dann mit ins Boot gebracht. Sudermann, Classoen und ich haben jeweils 10 000 Mark beigesteuert. Die restlichen 20 000 kamen aus einer anderen Quelle, von der Sudermann nie gesprochen hat. Erst hier in Stralsund habe ich erfahren, dass das Geld von Hermen Burskup stammte.«

»20 000?«, fragte Pietro ungläubig.

»Ja, 20 000. Ich habe Sudermann und Burskup im Artushof belauscht. Burskup verlangte sein Geld zurück. Er steckt anscheinend in irgendwelchen Schwierigkeiten, und Sudermann hat ihn vertröstet. Er arbeite daran, hat er gesagt. Burskup hat gedrängt, dass Kelmer endlich beseitigt wird, damit er, Burskup, die Verhandlungen weiterführen könne. Zusammen mit Wulflam werde man die Städte dann schon wieder auf Kriegskurs bringen. Aber damit hatte ich – das schwöre ich bei Gott – nichts zu tun.«

Pietro grinste. »Einem Ehrenmann wie dir glaube ich das aufs Wort. Als klar wurde, dass die Städte mit den Dänen einen Friedensvertrag schließen wollten und es nicht zur Aufteilung Dänemarks kommen würde, da waren die Chancen auf den großen Gewinn eher klein geworden, und Sudermann hat begonnen, mit Hilfe eines gedungenen Mörders den Prozess der

Meinungsbildung zu seinen Gunsten zu beeinflussen. Und du hast dir nichts dabei gedacht, als die Ratsherren Molteke, Wackerowe und dein Ratskollege Karbow aus dem Weg geräumt wurden?«

»Ich habe geahnt, dass Sudermann etwas damit zu tun haben könnte, aber ich war in diese Geschichte nicht eingeweiht. Was sollte ich machen? Konnte ja nicht einfach hingehen und fragen: Na, Sudermann, wen hast du als Nächsten auf der Liste?«

»Und Classoen, war der eingeweiht?«

»Der Schwachkopf noch viel weniger. Der Einzige, der etwas wusste, war Wulflam, zumindest seit dem Beginn der Verhandlungen. Er hat Sudermann überwacht, Reibstein auch und natürlich die Dänen. Dabei hat er mitbekommen, dass Wollepont bestochen worden war. Das hat er dann Sudermann erzählt, woraufhin dieser Wollepont in die Scheune bestellt und erschlagen hat. Das habe ich alles erst hinterher erfahren. Burskup wurde anscheinend immer nervöser, und da hat Sudermann ihm gesagt, er solle ruhig bleiben, alles werde sich richten, denn Wulflam, der ja immerhin Wollepont ans Messer geliefert hatte, stünde nunmehr auch auf ihrer Seite.«

»Eine Woche später hat Wulflam es sich dann aber anders überlegt. Die Verhandlungen waren zu weit gediehen und Kelmer immer noch am Leben. Als Kelmer ihm dann auch noch gesagt hat, dass wir einen gewissen Lüders beobachtet haben, der sich mit dem Mörder getroffen hat, wurde die Sache für Wulflam zu gefährlich, und er hat erneut die Seiten gewechselt. Er hat Sudermann informiert und ihm gesagt, er solle Lüders aus dem Weg räumen, weil die ganze Verschwörung aufzufliegen drohte. Das war aber eine Falle, denn eigentlich ging es Wulflam darum, Sudermann selbst loszuwerden. Die Verhandlungen mit den Dänen waren zu weit fortgeschritten, und es zeichnete sich ab, dass die meisten Städte den Friedensvertrag unterstützen würden. Da war Sudermann inzwischen eher lästig geworden, und Wulflam hat ihn von seiner Wache auf der Flucht umbringen lassen. Und du bist genauso lästig wie Sudermann.«

»Du hast versprochen, mich gehen zu lassen.«

Pietro grinste den Wismarer an. »Geh und sieh zu, wie weit du kommst. Wenn Wulflams Schergen hinter dir her sind, geht es um mehr als nur um dein Gebiss.«

KAPITEL 42

Das Bankett im Hause Wulflam zog sich in die Länge. Die Mägde brachten einen Weinkrug nach dem anderen. Die Stimmung war inzwischen ausgelassen. Dänische Edelmänner fielen Kölner Sendboten um den Hals und versprachen sich ewigen Frieden. Der Erzbischof von Lund hatte mit einem Lüneburger und einem Danziger Ratsherrn ein Würfelspiel begonnen. Wulflam ließ mit Honig überbackene Feigen auftischen und erklärte Henning von Putbus, dass eine Stadt von der Größe Stralsunds nur mit harter Hand zu regieren sei. Reinekin schaute sich nach Burskup um, doch der war nach der Zeremonie in der Kirche offenbar verschwunden. Burskup wusste mit Sicherheit, wohin Pleskow Frauke verschleppt hatte. Er ging hinüber in den Artushof, wo Pietro in Begleitung des einäugigen Claas gerade eingetroffen war.

»Thymme hat eine schöne Geschichte erzählt«, sagte Pietro und berichtete von ihrer Unterhaltung in dem Getreidespeicher.

»Burskup. Das passt genau zu dem Brief, den ich vor drei Tagen von Balthasar bekommen habe. Burskup konnte ein paar Rechnungen nicht begleichen. Er hat Hypotheken auf mehreren seiner Grundstücke und konnte die fälligen Renten nicht bezahlen.«

»Wenn er zurückkommt, wird er sich verantworten müssen.«

Die Frau des Wirts hielt Reinekin am Arm fest, als er das Lokal verlassen wollte.

»Sie ist in Rambin. Das ist drüben auf Rügen. Pleskow bezieht von dort seine Gerste«, flüsterte sie und verschwand Richtung Küche, bevor der Wirt etwas bemerken konnte.

Reinekin nahm Pietro beiseite. »Pleskow hat Frauke in einem Dorf versteckt – in einem Dorf drüben auf Rügen. Kommst du mit?«

»Naturalmente.«

Reinekin und Pietro verließen die Stadt durch das Fährtor, stiegen in eine Schute und erreichten eine halbe Stunde später die Rügener Seite des Strelasundes. In Altefähr mieteten sie zwei Pferde und ritten zwischen Getreidefeldern auf einer sandigen Landstraße nach Nordosten. Nach kurzer Zeit erreichten sie Rambin. Es war eine Ansammlung von etwa zwanzig Höfen um einen Dorfteich, umgeben von Getreidefeldern. Der Dorfälteste, zu dem sie sich bringen ließen, war ein grauhaariger Mann, der um die sechzig Jahre alt sein mochte.

»Ich komme, um die Frau abzuholen, die Pleskow bei Euch versteckt hat«, begann Reinekin.

Der Alte lächelte verlegen und schwieg. Reinekin war ungeduldig. Er holte einen Lederbeutel aus der Tasche.

»Was zahlt Euch Pleskow? Ich gebe Euch das Zehnfache.« Reinekin öffnete die Schnur des Geldbeutels. Der Alte schwieg noch immer.

»Nun, was ist?«

»Wer seid Ihr?«, fragte der Alte mit ruhiger Stimme.

»Reinekin Kelmer, Kaufmann aus Lübeck, und Frauke Tyrbach, die Frau, die Pleskow bei Euch gelassen hat, gehört zu mir. Ihr könnt sie gerne fragen.«

»Wir bekommen kein Geld von Christian Pleskow. Es ist so, dass wir unsere Gerste verkaufen müssen, und da gibt es nur wenige Abnehmer. Er kann sich aussuchen, wo er seine Gerste kauft, aber wir haben keine Wahl. Schaut Euch um, wir sind arme Leute, aber wir sind rechtschaffen.«

»Wo ist sie?«

»Die Frau, nach der Ihr sucht, ist im Nachbarhaus bei einer Witwe untergebracht, aber ich warne Euch. Es sind vier Knechte des Brauers hier, die sie bewachen.«

Die Tür des strohgedeckten Lehmhauses war verschlossen. Reinekin klopfte an die Tür. Er rief nach Frauke, aber nichts rührte sich. Er ging um das Haus herum und versuchte durch eines der niedrigen Fenster zu schauen. Dann hörte er ihre Stimme. »Reinekin«, schrie sie. Plötzlich ging die Tür auf, und ein Mann trat auf den Hof. Er war groß und kräftig, mit einem langen blonden Bart, und hielt eine Mistforke in der Hand. Hinter ihm erschienen drei weitere Männer mit Knüppel, Dreschflegel und Sense.

»Gebt die Frau heraus«, sagte Reinekin mit schneidender Stimme.

»Verschwinde«, antwortete der Bärtige knapp.

Pietro zog sein Schwert.

»Wir sind zu viert. Ihr habt keine Chance«, fügte er hinzu.

»Es ist gegen das Gesetz. Ihr haltet die Frau gegen ihren Willen fest. Dafür werde ich Euch in Stralsund zur Rechenschaft ziehen, wenn Ihr sie nicht umgehend freigebt.«

»Holt sie Euch.« Der Blonde lachte.

Reinekin drückte die Forke zur Seite und schlug dem Mann die Faust ins Gesicht. Der Bärtige war überrascht und taumelte zurück, doch bevor Reinekin nachsetzen konnte, sauste ein Dreschflegel auf ihn nieder, und er konnte sich nur mit einem Sprung in Sicherheit bringen. Pietro wurde von dem Sensenmann und dem Knüppelschwinger attackiert. Mittlerweile hatte sich auch der Bärtige wieder gefangen, wischte sich das Blut aus dem Gesicht und stürmte mit der Forke auf Reinekin los. Eine Peitsche knallte.

»Aufhören«, schrie der Dorfälteste, der mit zwei anderen Bauern im Hof der Witwe erschien.

»Halte dich da raus, Mönning, sonst wird dir das noch Leid tun«, drohte der Anführer der Knechte.

In diesem Augenblick bogen zwei Reiter auf den Hof. Hannes und der einäugige Claas stiegen von den Pferden und stellten sich neben Reinekin.

»So schnell kann sich das Blatt wenden, Großmaul«, grinste Pietro, woraufhin der Knüppelschwinger wieder auf ihn losging. Auch der Bärtige mit der Forke setzte sich wieder in Bewegung, doch der Kampf war nur von kurzer Dauer. Der Hammer des einäugigen Claas traf den Bärtigen am Oberarm, und fast gleichzeitig schlug der Schmiedehammer von Hannes den Knüppelschwinger aus den Schuhen. Der Bärtige ging mit einem Schmerzensschrei in die Knie.

Die beiden verbliebenen Knechte ließen ihre Waffen fallen.

»Holt das Mädchen«, befahl der Alte, woraufhin einer der Bauernburschen in dem Haus verschwand und nach einer Minute mit Frauke Tyrbach erschien, die sich, von der Sonne geblendet, eine Hand vor die Augen hielt. Es dauerte eine Weile, bis sie die Szene überblickt hatte. Sie lief zu dem Bärtigen und trat ihm mit Wucht ihren Holzschuh zwischen die Beine. Der Mann klappte unter Schreien zusammen. Die Dörfler lachten. Dann ging Frauke zu Reinekin und fiel ihm um den Hals.

Sie überquerten den Strelasund, als die Sonne hinter den Türmen von St. Nikolai unterging. Der Dorfälteste begleitete sie bis zur Wache im Rathaus, wo Reinekin die vier Knechte des Brauers der Wache übergab. Frauke Tyrbach erhob Anklage gegen Christian Pleskow. Der Dorfälteste machte seine Aussage vor einem der Schreiber. Reinekin reichte dem Mann die Hand.

»Ich danke Euch. Für den Fall, dass Ihr Eure Gerste nicht loswerdet, schickt mir eine Nachricht nach Lübeck.«

Noch am gleichen Abend wurde Christian Pleskow auf die Wache gebracht und der Bürgermeister gerufen, um darüber zu entscheiden, ob der Beschuldigte in den Kerker gesperrt und Anklage erhoben werden sollte.

Wulflam erschien sichtlich angeschlagen von dem Gelage in

seinem Haus. »Herr Kelmer, wir haben Euch vermisst. Die Feier geht jetzt im Artushof weiter. Ich hoffe, Ihr seid dabei.« Wulflam nuschelte noch stärker als sonst.

»Wenn diese Geschichte hier erledigt ist, werde ich tatsächlich einiges zu feiern haben«, erwiderte Reinekin.

»Worum geht es?«

Der Schreiber verlas die Anklage und die Zeugenaussage des Dorfältesten sowie die Einlassung des bärtigen Knechtes, wonach man nur auf Befehl des Brauers gehandelt habe.

»Was sagst du dazu, Pleskow?«, fuhr Wulflam den Mann mit dem roten Gesicht an.

»Mein Gott, es war alles die Idee meines Vetters Burskup. Er hat mich angestiftet.«

»Ist es zu, ähm, zu sexuellen Übergriffen gekommen?«, wollte Wulflam von Frauke Tyrbach wissen.

»Nicht durch ihn, aber durch den Knecht.«

»Du zahlst zehn Mark an die Geschädigte«, entschied Wulflam und schaute Pleskow ärgerlich an, »und zehn Mark an die Stadt. Bis das Geld übergeben ist, bleibst du im Kerker. Der Knecht kommt drei Tage an den Pranger und erhält an jedem dieser Tage zum Sonnenaufgang zwanzig Hiebe. Und Burskup – nun ja – dieser Fall hat sich ja zwischenzeitlich erledigt. Und nun lasst uns feiern gehen. Der heutige Tag wird in die Geschichte der Hanse eingehen und auf immer und ewig mit Stralsund verbunden sein.«

»Was sagt Ihr da über Burskup?«, fragte Reinekin.

»Burskup war an der Verschwörung mit Sudermann beteiligt mit dem Ziel, den Abschluss des Friedens zu verhindern, um möglichst schnell wieder in den Besitz des Geldes zu gelangen, das er dem Sudermann zur Weitergabe an die Holsten geliehen hatte. Insbesondere hat er den Sudermann damit beauftragt, Euch, lieber Reinekin, ermorden zu lassen, um möglichst selbst die Verhandlungen weiterführen zu können. Burskup hat gestanden. Wenn Ihr wollt, lasse ich Euch das von Burskup unterzeichnete Geständnis verlesen.«

»Wo ist Hermen Burskup jetzt?«, fragte Reinekin.

»Er hat sich seiner gerechten Strafe entzogen und sich selbst gerichtet, aber hängen wird er trotzdem. Das Volk verlangt nach derlei Vergnügungen. Und nun lasst uns feiern.«

KAPITEL 43

Am Tag nach der Unterzeichnung des Friedensvertrages war die dänische Delegation abgereist. Henning von Putbus hatte sich von Reinekin Kelmer im St.-Johannis-Kloster verabschiedet.

»Wenn wir uns das nächste Mal begegnen, Herr Kelmer, werden wir eine Partie Schach spielen.«

»Richtiges Schach«, ergänzte Reinekin grinsend.

»Die Stralsunder Partie werten wir als ein Remis.«

»Darüber werden unsere Kindeskinder zu urteilen haben, Herr von Putbus.«

»Übrigens lässt der Bischof von Lund fragen, ob Ihr zufällig etwas über den Verbleib eines Lederbeutels mit 1000 Mark wisst, der sich im Besitz des Gerkin Wollepont befunden haben muss, aber eigentlich seiner Exzellenz gehört.«

»Nein, das tut mir Leid. Aber ich habe gehört, dass die Brüder des heiligen Franziskus unlängst eine Spende in dieser Höhe erhalten haben. Wenn es sich dabei um das Geld des Erzbischofs gehandelt haben sollte, so ist das sicherlich ganz in seinem Sinne.«

Henning von Putbus umarmte Reinekin lächelnd.

»Es war mir ein Vergnügen, Herr Kelmer.«

Der Abschied vom einäugigen Claas fiel Reinekin schwer. Er hatte das Gefühl, dass er mitschuldig am Tod des kleinen Claas war. Daran änderte auch die feste Überzeugung des Einäugigen nichts, dass es allein Gottes Ratschluss sei, wann und wo das Leben eines Menschen ende. Reinekin versuchte über den

Frieden von Stralsund zu reden, darüber, dass der kleine Claas für eine gerechte Sache gestorben sei, aber der einäugige Claas verstand ihn nicht.

Frauke Tyrbach hatte sofort nach ihrer Rückkehr nach Stralsund ihre Aufgaben im Artushof wieder übernommen. Sie schenkte Bier und Wein aus, servierte das Essen und räumte die Tische ab. Mit ihrer Stiefmutter hatte sie sich in den Armen gelegen und versöhnt. Der Wirt indes hatte sich ob des Scheiterns seiner Hochzeitspläne in den Weinkeller zurückgezogen. Als Reinekin in den Artushof kam, half Frauke in der Küche bei der Vorbereitung des Mittagessens. Er begrüßte die Wirtin und schaute Frauke fragend an.

»Wir sollten los. Bist du fertig?«

Sie legte das Tranchiermesser zur Seite, wusch ihre Hände in einem Wassereimer und ging mit Reinekin hinaus auf den Hof.

»Ich bin mir nicht sicher, ob ich das Richtige tue, wenn ich mit dir komme.«

»Wie kommst du denn darauf?«

»Du bist ein angesehener Ratsherr, ein reicher Kaufmann, und ich bin die Tochter der Wirtsleute aus dem Artushof in Stralsund.«

»Wen sollte das stören?«

»Hast du sie nicht tuscheln hören am Sonntag in der Kirche, als du mich zu den Bänken der Kaufleute geführt hast? Hast du nicht die Blicke gespürt? Ich habe Angst, dass ich dir schade.«

»Wenn du stark bist, dann wird es dir nichts ausmachen, was andere über dich reden, und irgendwann gewöhnen sie sich daran, dass du etwas Besonderes bist, jemand, der sich über Grenzen hinwegsetzen kann.« Er nahm sie in die Arme. »So ist es mir immer ergangen.«

»Na schön, Reinekin Kelmer. Wenn du diese Stärke hast, dann komme ich mit dir.« Sie gab ihm einen schnellen Kuss und lief davon. »Ich hole meine Sachen.«

KAPITEL 44

Das System von Zuträgern, Spitzeln und Spionen, mit dem Bertram Wulflam Stralsund seit seinem Amtsantritt vor sechs Jahren überzogen hatte, hatte bislang bestens funktioniert. Nur in einem Punkt erwies es sich seit Tagen als unzuverlässig. Die Spur des Todesschützen war verloren gegangen. Sudermann, Burskup, Ghulsowe waren komplett überwacht worden. Auch Kelmer hatte er überwachen lassen, aber der hatte sich geschickt nach St. Johannis zurückgezogen, einem der wenigen Orte, an denen Wulflams Spitzel keinen Zutritt hatten. Immerhin hatte die Überwachung Sudermanns auf die Spur von Helmich Reibstein geführt, der sich mit dem Mörder getroffen hatte. Doch anstatt dem Mörder zu folgen, war die unnütze Überwachung Reibsteins fortgesetzt worden. Zwar war seit der Unterzeichnung des Vertrages nicht zu erwarten, dass der Mörder, der im Auftrag Sudermanns und Burskups gehandelt hatte, noch einmal zuschlagen würde, aber es missfiel Bertram Wulflam, dass sich eine solche Gestalt in seiner Stadt unbehelligt bewegen konnte. Der Bürgermeister hatte daher den Befehl erteilt, den Mann ausfindig zu machen. Dennoch war es nur ein Zufall, der schließlich auf die Spur des Armbrustschützen führte. Tiedemann Voet, Geselle eines Krämers, der es noch nicht zu einem eigenen Geschäft gebracht hatte und deshalb noch unverheiratet war, besuchte regelmäßig die Badestube des Frauenwirts. Seine bevorzugte Gespielin war die rothaarige Lisbeth, die er auch am gestrigen blauen Montag besucht hatte. Die Rothaarige hatte von einem reichen Mann erzählt, der sie aufgefordert hatte, mit ihm zu kommen, und dass sie Stralsund in Kürze verlassen werde. Der Krämergeselle hatte nachgefragt, um wen es sich bei ihrem reichen Gönner handele, und die rote Lisbeth hatte von einem Mann erzählt, dessen Körper von Narben überzogen sei, der nicht größer sei als ein zwölfjähriges Kind und dessen diabolischer Blick ihr zunächst Angst eingejagt habe.

Tiedemann Voet hatte sich schon so manchen Pfennig verdient, indem er Dinge, die im vertrauten Gespräch geäußert wurden, an einen Sekretär des Bürgermeisters weitergab. Jetzt erinnerte er sich an die Beschreibung des Mannes, der seit Tagen gesucht wurde, und stellte fest, dass er mit großer Wahrscheinlichkeit den Mörder gefunden hatte. Das dürfte ihm einiges einbringen – genug jedenfalls, um mit der Rothaarigen ein paar Nächte zu verbringen. Er eilte am nächsten Morgen zum Rathaus, wo er den Sekretär über seine Beobachtung informierte.

»Wenn du Recht hast, soll es ein paar Pfennige wert sein«, sagte der Mann und schickte nach einem Boten, um den Bürgermeister informieren zu lassen. Wulflam sollte entscheiden, was mit dem Todesschützen zu geschehen hatte.

Der Bote, ein junger Mann von gerade zwanzig Jahren, war der Neffe eines Schmieds. In dessen Haus hatte er vor drei Jahren den kleinen Claas kennen gelernt und sich mit ihm angefreundet. Er lief hinüber zu Wulflams Haus und machte dem Bürgermeister Meldung. Wulflam saß beim Frühstück und rief sofort nach einer der Wachen.

»Festnehmen«, nuschelte er. »Und lasst mir den Mann nicht entkommen. Ich lasse ihn rädern. Die Bürger von Stralsund sollen endlich wieder etwas zu feiern haben.« Wulflam lachte und schlug mit der flachen Hand auf den Tisch.

Der Bote eilte auf dem Rückweg in der Bechermachergasse vorbei, wo sich die Werkstatt von Hannes, dem Schmied, befand.

Der einäugige Claas hatte lange gezögert, ob er nicht doch mit nach Lübeck zurückfahren sollte. Irgendetwas hatte ihn abgehalten. Er fürchtete, in Lübeck erklären zu müssen, warum er ohne seinen Sohn zurückkam, mit dem er zusammen fortgefahren war. Er hatte außerdem das Gefühl, in Stralsund seinem toten Sohn näher zu sein. Sicher würde er irgendwann wieder nach Lübeck zurückgehen, aber zunächst wollte er in Stralsund bleiben. Der Abschied von Reinekin war ihm nicht leicht gefallen. Fast sein ganzes Leben hatte er für Balthasar Grevenrode und dann für dessen Schwiegersohn gearbeitet. Aber als er die Geschichte des aufgeregten Boten hörte, wusste er, dass er sich richtig entschieden hatte.

Als Claas und sein Sohn Hannes die Badestube betraten, gefolgt von gut zehn Männern, die allesamt Schmiedeschürzen trugen, erbleichte der Frauenwirt. Die Männer hatten Schmiedehämmer in den Fäusten und sahen nicht aus, als kämen sie zum Baden.

»Wir suchen einen Eurer Gäste, Bader.«

»Das Narbengesicht. Er ist nicht mehr da. Die Wache war auch schon hier und hat nach dem Mann gefragt. Er hat sein Bündel gepackt und das Haus heute Morgen verlassen. Der Lisbeth hat er noch gesagt, heute sei es endlich so weit. Aber die weiß auch nicht, was er damit gemeint hat. Mehr kann ich Euch nicht sagen. Mein Gott, ich wusste doch nicht, wen ich hier beherberge. Das könnt Ihr mir glauben.«

»Wo ist Reinekin?«, fragte Hannes.

»Er will heute Morgen abreisen.«

»Ich gehe zum Artushof. Vielleicht ist er noch da, und Ihr durchsucht die Speicher am Hafen.«

Claas rannte mit den Zunftgenossen seines Sohnes in die Fährgasse.

»Jeder nimmt einen Speicher. Seid vorsichtig«, warnte der Einäugige die Männer und betrat den ersten Schuppen.

KAPITEL 45

Bertram Wulflam empfing Reinekin, Pietro und Frauke in der Diele seines Hauses am Alten Markt. Als er Frauke Tyrbach sah, zögerte er einen Moment.

»Reinekin, ich sehe, Ihr habt die Zeit in Stralsund hervorragend genutzt.«

Reinekin ignorierte die Bemerkung des Bürgermeisters.

»Wir sind gekommen, um uns zu verabschieden, Herr Bürgermeister.«

»Natürlich begleite ich Euch bis zum Hafen.« Wulflam klatschte in die Hände und nuschelte ein paar kurze Befehle. Eine Magd tauchte mit dem im Hause Wulflam unvermeidlichen Würzwein auf. Auch die Familie des Bürgermeisters erschien.

»Wir trinken auf das Wohl unseres Freundes Reinekin Kelmer, auf eine ruhige Rückreise und ein baldiges Wiedersehen.« Wulflam ließ in gewohnter Geschwindigkeit den Rotwein im Schlund verschwinden und sich ein zweites Mal das Glas füllen.

»Ich trinke auf das Wohl der Stadt Stralsund und ihren Bürgermeister«, sagte Reinekin und hob sein Glas.

Wulflam leerte auch dieses Glas in einem Zuge und trat dann hinaus auf den Alten Markt.

»Wir haben Ostwind. Da werdet Ihr eine gemütliche Heimreise haben.«

In Begleitung seiner Frau, seines Sohnes Wulf und dessen Ehefrau setzte sich Wulflam in Bewegung. Sie gingen hinunter auf das Fährtor zu.

»Habt Ihr schon gehört, dass der arme Thymme Ghulsowe erschlagen wurde?«, fragte Wulflam mit freundlicher Stimme.

»Nein.«

»Er hat gestern die Stadt verlassen, um nach Wismar zurückzukehren. Anscheinend haben ihm Räuber aufgelauert. Man fand seine Leiche heute Morgen, keine Stunde von der Stadt entfernt.«

»Das überrascht mich nicht«, sagte Reinekin, während sie durch das Fährtor schritten.

Wulflam schaute ihn fragend an.

»Nun, Ghulsowe war einer der Verschwörer von Stralsund«, fuhr Reinekin fort. »Es wundert mich daher nicht, dass Gott seine schützende Hand nicht mehr über ihn hielt und ihn dadurch einer gerechten Strafe zuführte.«

Der Bürgermeister stimmte eifrig zu, wobei ihn das leichte Grinsen im Gesicht des Lübeckers zu irritieren schien.

Sie erreichten die Schute, mit der Reinekin, Pietro und Frauke zur »Stolz von Lübeck« übersetzen wollten. Reinekin schüttelte die Hände der beiden Frauen und von Wulflams Sohn. Dann verabschiedete er sich mit einer Umarmung von Bertram Wulflam.

»Es ist gut, dass Ihr auf die richtige Seite gesetzt habt. So wird man später in den Chroniken nur Gutes über Stralsund, seinen Bürgermeister und den Frieden finden, den wir hier geschlossen haben.« Reinekin sah Wulflam lächelnd an und sprang zu Frauke in die Schute.

»Ich habe nicht einfach nur auf eine Seite gesetzt, sondern das Spiel zu unseren und Euren Gunsten entschieden, und es sieht ganz so aus, als würde mir zum Abschluss auch noch der Mörder in die Hände fallen, den Sudermann und Burskup gedungen hatten.«

»Ist er noch in der Stadt?« Reinekin schaute ihn ungläubig an und fühlte, wie sein Herz zu rasen begann.

»Nach dem, was ich heute Morgen erfahren habe, treibt er sich noch hier herum, aber ich krieg ihn. Die Wachen sind …«

Es war die Reflexion von Sonnenstrahlen in den Brillengläsern von Albert Puster, die Reinekin wahrnahm. Augenblicklich warf er sich nach vorne, um Frauke zu schützen. Noch im Fallen zischte der Bolzen an ihm vorbei und riss den Kragen seines Wamses auf. Die Schute kippte, und Reinekin, Frauke und der Fährmann landeten im Wasser.

KAPITEL 46

Albert Puster wusste, dass er zu lange gezögert hatte. Wie immer hatte er diesen Moment der Entscheidung genossen und diesmal für den Bruchteil einer Sekunde zu lange gewartet. Warum hatte der Lübecker sich plötzlich bewegt? Er konnte ihn unmöglich gesehen haben. Zwar fielen inzwischen die ersten Sonnenstrahlen in sein Versteck, doch der Lübecker hatte nicht zu ihm hochgeschaut und trotzdem etwas geahnt. Albert Puster hätte jetzt eigentlich verschwinden müssen. Stattdessen spannte er den Bogen der Armbrust erneut. Der Lübecker schwamm im Hafenbecken, der Bürgermeister und sein Anhang liefen in Richtung Fährtor davon, ebenso die ihn begleitenden Wachen. Albert Puster griff mit ruhiger Hand in den Köcher an seinem Gürtel und legte einen weiteren Bolzen ein. Als er die Armbrust anlegen wollte, spürte er die Gefahr in seinem Rücken. Er drehte sich um: Die Fratze des Einäugigen war das Schrecklichste, was er seit langem gesehen hatte.

KAPITEL 47

Der einäugige Claas hatte zunächst nur die Lache mit der dunklen Flüssigkeit gesehen, die sich neben einem der Getreidesäcke gebildet hatte. Dann hatte er den Mann mit der durchschnittenen Kehle gefunden und gewusst, dass er richtig war. Kurz hatte er überlegt, ob er die anderen holen sollte. Es bleibt keine Zeit, hatte er sich gesagt, aber der wirkliche Grund war, dass er den Mörder seines Sohnes allein fassen wollte. Er schlich die Stiege hinauf. Oben angekommen, hörte er das Geräusch des sich mit Wucht entspannenden Bogens. Vorsichtig tastete er sich hinter Getreidesäcken entlang und stand endlich dem Mörder seines Kindes gegenüber, der die Armbrust erneut spannte. Der Mann drehte sich zu ihm um, schwenkte die Armbrust, aber da hatte Claas bereits den schweren Schmiedehammer losgeschleudert. Die Wucht des Hammers riss dem Narbengesicht die Armbrust aus den Händen. Eine Brille fiel zu Boden. Claas stürmte auf den Mann zu, der sich bückte, die Brille aufhob und dann ohne Zögern aus dem Tor des Speichers sprang. Claas trat an die Verladeöffnung, durch die mit einem Flaschenzug Waren direkt vom Hafen in das Speichergebäude gehievt werden konnten, und schaute hinunter. Zwei Meter unter ihm verlief die Stadtmauer. Er eilte dem Mörder hinterher, und der setzte zu einem Sprung von der mehr als vier Meter hohen Mauer auf das Pflaster des Hafengeländes an. Claas zögerte, aber es war die einzige Chance, des Mörders habhaft zu werden. Er sprang und schlug der Länge nach hin. Sein rechter Knöchel schmerzte. Er kam mühsam auf die Beine, folgte dem Mörder humpelnd und musste doch einsehen, dass er ihn nicht mehr einholen konnte.

KAPITEL 48

Albert Puster war an der Stadtmauer entlang in Richtung des Knieperdamms gerannt, als ihm plötzlich der Südländer mit dem Schwert in der Hand entgegentrat. Er hätte es mit dem Mann aufgenommen, doch aus dem Kniepertor tauchte eine Gruppe von Männern mit Schmiedeschürzen auf. Als Albert Puster die Situation erkannte, drehte er um und lief zum Hafen zurück. Aber auch aus dem Fährtor waren inzwischen die Zunftgenossen des Schmieds heran. Hier gab es ebenfalls kein Durchkommen mehr. Albert Puster schaute zurück. Aus dem Kniepertor kamen inzwischen noch vier Mann der Stadtwache gelaufen. Es gab kein Entkommen. Mit dem Dolch in der Hand trat er dem Einäugigen gegenüber.

Albert Puster wusste, dass es nun vorüber war. Er hätte nach dem ersten Schuss sofort fliehen müssen. Aber selbst dann wäre er dem Einäugigen in die Arme gelaufen. Es war schon seltsam, dass er ausgerechnet jetzt sterben sollte, wo die Dämonen vertrieben waren, die ihn jahrelang gepeinigt hatten. Ausgerechnet jetzt, wo er das Gefühl der Geborgenheit, das er seit dem Tod seiner Mutter immer vermisst hatte, für kurze Momente wiedergefunden hatte, ausgerechnet jetzt musste er sterben. Er hatte sich nie vor dem Tod gefürchtet, denn was hatte er schon zu verlieren? Angst hatten ihm stets nur die Dämonen der Nacht gemacht. Er dachte an Lisbeth, die Hure, die mit ihm kommen wollte. Der Zipfel eines ordentlichen Lebens war fast greifbar gewesen, aber er hatte ihn nicht zu fassen bekommen. Albert Puster ließ den Dolch fallen, nahm die Brille von der Nase und warf einen Blick auf das kostbare Instrument, das bei seinem waghalsigen Sprung unversehrt geblieben war, steckte es in die Tasche seines Wamses und ging auf den Einäugigen zu.

KAPITEL 49

Reinekin half Frauke aus dem Hafenwasser.

»Was war das?«

Reinekin schaute auf den zerrissenen Kragen seines Wamses und machte drei Kreuze.

»Glück«, sagte er, »und vielleicht der Schutz eines Engels.«

Frauke umarmte ihn. Sie zitterte am ganzen Körper.

»Es ist jetzt vorbei«, sagte Reinekin.

EPILOG

Bertram Wulflam war von 1364 bis 1391 Bürgermeister von Stralsund. Selbstherrliches Verhalten gegenüber dem Rat und Misserfolge seines Sohnes Wulf bei der Bekämpfung der Piraten führten schließlich zur Wahl Karsten Sarnows zum Bürgermeister und ermöglichten eine Stadtreform. Die Wulflams waren entmachtet und gingen ins Exil. Durch ihre Intrigen wurde Karsten Sarnow später verhaftet und enthauptet. Nach dessen Tod kehrten die Wulflams nach Stralsund zurück. Bertram Wulflam konnte seinen Sieg jedoch nicht mehr auskosten. Er starb. Sein Sohn bestand aber darauf, dass seinem Vater volle Genugtuung widerfahre. So wurde Bertram Wulflams Leichnam vor der Bestattung noch einmal in seinen angestammten Ratsstuhl im Stralsunder Rathaus gesetzt.

König Waldemar IV. Atterdag starb 1375, ohne den Vertrag von Stralsund mit dem großen Siegel ratifiziert zu haben. Die Ratifizierung wurde erst von Waldemars Nachfolger und Enkel, Olaf von Norwegen, vorgenommen.

Der Stralsunder Friede und seine politischen Folgen sind mit Recht als ein Meisterstück hansischer Diplomatie und als ein Beweis für ihren Realismus, ihre Mäßigkeit und ihre Klugheit bewertet worden.
Philippe Dollinger, »Die Hanse«

Noch mehr

Hanse, Händler, Halsabschneider …

Silke Urbanski

Safrantod

Ein Hansekrimi

Taschenbuch 52818

263 Seiten

ISBN 3-434-52818-0

Hamburg 1353: Seit sechzehn Jahren liegt die Geistlichkeit mit dem Rat im Streit. Der Papst hat den Bannfluch über die Stadt verhängt. Der Domvikar Diederik Ryben will der hohen Geistlichkeit endlich zum Sieg verhelfen und lässt sich auf einen waghalsigen Plan ein. Kurze Zeit später wird er ermordet aufgefunden. Seine Schwester, die Nonne Reymburg Ryben erfährt im Kloster Harvestehude bei Hamburg von seinem grausamen Tod. Fast zerbricht sie unter dem Leid, denn kurz zuvor ist angeblich ihre stumme kleine Halbschwester Marie gestorben. Sie sucht Trost bei ihrem Beichtvater Willekin, doch den interessiert nichts als ihr Erbe, welches nach Diederiks Tod verschwunden ist. Reymburg ist fest entschlossen herauszufinden, wer ihre Familie zerstört hat. Als sie das Reliquienkreuz ihres Vaters untersucht, findet sie eine geheime Botschaft des Ermordeten ...

Die Hanse